中国作家前沿丛书·小说卷

鲁迅文学院 编

繁 华

朱文颖 著

新疆美术摄影出版社
新疆电子音像出版社

图书在版编目(CIP)数据

　　繁华 / 朱文颖著. -- 乌鲁木齐：新疆美术摄影出版
社：新疆电子音像出版社, 2013.1
　　(中国作家前沿丛书·小说卷)
　　ISBN 978-7-5469-3493-8

　　Ⅰ.①繁… Ⅱ.①朱… Ⅲ.①中篇小说 – 小说集 – 中
国 – 当代 Ⅳ.①I247.5

　　中国版本图书馆 CIP 数据核字(2013)第 015363 号

中国作家前沿丛书·小说卷

繁华　FAN HUA

著　　者	朱文颖	
主　　编	施战军　于文胜	
责任编辑	张好好　张筱谨	
特约编辑	郭　艳　邰　筐	
封面设计	党　红	
制　　作	乌鲁木齐标杆集印务有限公司	
出版发行	新疆美术摄影出版社　新疆电子音像出版社	
地　　址	乌鲁木齐市经济技术开发区科技园路 7 号	
邮　　编	830011　　　电　　话　0991-3773964	
印　　刷	北京华宇信诺印刷有限公司	
开　　本	880 mm × 1 230 mm　　1/32	
印　　张	9.25	
字　　数	210 千字	
版　　次	2013 年 1 月第 1 版	
印　　次	2013 年 1 月第 1 次印刷	
书　　号	ISBN 978-7-5469-3493-8	
定　　价	29.80 元	

本社出版物均在淘宝网店：新疆旅游书店(http://xjdzyx.
taobao.com)有售,欢迎广大读者通过网上书店购买。

目录

1

三天前，我在上海又见到了王莲生。

我已经有四年没见他了。王莲生一直在国外，从孤独的亚细亚到伤心的太平洋。他倒是常给我写信。在信里，还经常会出现密度极高的地名，比如说："我从九月就一直在欧洲，先去法国一星期，之后就在芬兰的大学里教书。圣诞节元旦，到英国、纽约、弗罗里达去了一次。我在这里至少要待到五月底，之后的去处未定。你说得有道理，我就像一只失踪的大鸟。明年，我可能会有机会参加一个海上大学项目，在船上教学生，周游世界，真的周游。我们会到委内瑞拉、巴西、南非、印度、越南、香港、菲律宾、日本。"

就是这个王莲生。四年前，我在一次聚会上认识了他。那时王莲生36岁。这个年纪的中年男人往往略微有些发福，但王莲生不胖，甚至还是偏瘦的。瘦归瘦，身上的气却很足，从头撑到脚，贯穿整个经络。那次聚会上，大家都在讲笑话，王莲生也讲了一个。他说，在美国的时候，有一次，他和几个美国同学一起吃"药蘑菇"。所谓"药蘑菇",就是一种美国印第安人在做仪式时吃的幻觉药。吃了以后,王莲生说,他真的产生了幻觉。他开始幻想他的上半截和下半截分开了。上半截跟着红军上了井岗山,下半截则跟着一个美国大妞跑了。

那次聚会的地点是上海和平饭店。王莲生选的,但不是他买单。后来王莲生看到了我,我们在蓝丝绒和爵士乐里跳了两曲舞。王莲生便提出:聚会结束后换个地方,喝咖啡或者喝酒。

"我来买单。"王莲生说。

那天我穿了旗袍。需要说明的是,那时《阮玲玉》和《花样年华》都还没有公映。王莲生也并不知道,在九龙,有一个替张曼玉做旗袍的上海老师傅。虽然后来王莲生真的赶去找他。老师傅已经七十多岁了,他看了王莲生带去的服装草图,说:这种式样的工很细,比他做20年代的旗袍工要细多了。样式倒见过,小时候见师傅做的。滚边又出牙,但工实在太细,而他眼力大不如从前,爱莫能助了。

四年前的王莲生还不知道这些。和平饭店的聚会进行到一半,他就带了穿旗袍的我和另外几个人去喝咖啡。他显得兴致很好,还凑在我耳边说了些话。

那话的意思大致是这样的:

首先,他刚才说的梦有一部分是假的,至少是一半。

王莲生说他确实产生了幻觉。上半截也确实是跟着红军上了井岗山,但下半截并没跟着美国大妞跑掉。王莲生说他已经拿到绿卡了,犯不上再跟着美国大妞。王莲生说,他其实还是喜欢中国女人,温婉而有教养的东方女人。他说他不能想象,早上醒过来的时候,躺在身边的,是一个金头发、蓝眼睛的女人。

王莲生说这话的时候我有点吃惊,但没有立刻作出反应。首先,我的头发基本上是黑色的,至于眼珠,不是纯黑,但起码也是亚洲色系。其次,作为含蓄的东方女性,温婉和教养是不能自封的。所以我矜持了一下,做出事不关己的姿态。

王莲生就接着往下说。

王莲生说，在梦里，他的下半截其实是跟着一个东方女人跑了。中国女人，但也可能是日本人、印度人，或者韩国人。王莲生说那女人回头看了他一眼，他就跟着跑了，屁颠颠的，一下子就把井岗山、沂蒙山以及金门大桥扔在后面了。王莲生接着说："那女人和你一样，身上穿着旗袍。"

我在心里骂了句：流氓，但还是有点喜滋滋。不能否认，王莲生很会调情，并且，也不是太让人生厌。

2

那天我们喝了很长时间咖啡。

后来王莲生的一个朋友又提议去酒吧，我们也都同意了。上海是个适合室内活动的城市，即便月亮，也像室内的月亮，用白纸剪出来的。而那些霓虹、钢管、高楼，一到晚上，就全都坚挺着。王莲生说："它们很像一张张淡绿色的美钞。"

在喝咖啡的地方，王莲生又请我跳舞。他的舞姿相当不错，虽然不很标准，但确实有着不受约束的美感。对于女人的趣味，看来他也很有经验。请我跳舞时的两个曲子，都是我喜欢的。一个是《我为卿狂》，还有一个则是电影《巴黎最后的探戈》里的爵士。他的手放在我腰上，很灵巧，转圈和摆动时有些小动作，性感的，但也是绅士的性感。即便跳舞的时候，他也没忘了和我说话，眼睑一垂，脸上带笑的。

王莲生说我很像他住在洛杉矶时的一个女邻居，一个台湾女人。他说他常在黄昏时约她出来散步，有时找个地方吃简餐，有时走一段就回去。他说台湾女人的厨艺很好，偶尔也会请王莲生去她家吃饭。她烧闽南菜，偶尔也烧上海菜。

王莲生没说他和台湾女人究竟是什么关系，也没说我和她到底哪里相像。但后来，王莲生又讲了些其它的事。他说去年他在洛杉矶过春节，特别热闹温馨，好多华人集中在一起，用最老式繁琐的礼节。男男女女都穿唐装旗袍，放鞭炮、磕头、祭祖、压岁钱、走亲戚什么的。王莲生说，他已经好多年没在国内过春节了，好像这边的人现在都有点西化，觉得以前的那些东西，既陈腐又束缚。

"但那种感觉，其实美妙极了，真的美妙极了。"王莲生说。

王莲生说这话的时候，表情认真而纯净。不能否认，这表情在瞬间里有些打动了我。所以那天咖啡和酒全都结束后，王莲生提出送我回家，我同意了。

我们叫了辆强生车队的出租。穿着开衩旗袍，而又要优雅地上下出租车，确实需要些技巧。我原本希望王莲生先上车，坐前座，然后我就能尽量从容些，但王莲生把后座车门打开后，就两手背后，站在了路边。

他看着我，微微笑着，并且眼睛发亮。

后来，那辆出租车的前座是空着的，王莲生坐在了我旁边。

"你很性感。"王莲生说。

"我真想跟着你跑掉。"王莲生又说。

3

王莲生在国外常给我写信。

他的信美妙，优雅，并且极有分寸感。他常在世界各地跑，在不同国家的大学里教书，做不同种族、不同肤色学生的"先生"。在他的来信中，充满了一种奇丽的脱离了日常生活的美质。比如说，有一次王莲生告诉我他在非洲，刚下了一场急雨。他说，地上积着水，能看见棕榈树，远处两个人披着草笠，正飞快地跑过草地。

"在这种非洲热带的雨季里，连马群看起来都是淡蓝色的。"这也是王莲生信里的原话。他还告诉我说,有一天他看到狮子了。就在不远的地方,一头雄狮,一头母狮。它们蹲在一个土堆上,很久很久。他说他估计它们是在眺望牛群和其他猎物。他说他也讲不清楚。

不能否认,我喜欢看王莲生的信。但有些时候,我也会产生怀疑,究竟哪个是更真实的王莲生?也是四年前,在上海的酒吧里,王莲生在我耳边说:酒吧是个锻炼眼力的地方。还有,要看一个女人是否性感,酒吧也是最好的去处。紧接着,他还没安好心地说了句俗语:"是骡子是马,拉出来遛遛。"

我在翻看那些来信的时候,眼前总会闪过王莲生那副挤眉弄眼、没正经的样子,还有那句让我惊诧不已的话:"是骡子是马,拉出来遛遛。"看得出来,他喜欢并且善于与女人调情,但你当然不能信以为真。他的坏心眼不能信以为真,他的假殷勤同样不能信以为真。因为我虽然相信那种半真不假的调侃,并不影响他骨子里的优雅美质,但这毕竟是个复杂的男人,中年,既复杂又丰富。

当然,真正的问题在于:王莲生身上的这些特点,恰恰倒是正配了我的胃口。

是的,现在应该讲讲我自己了。

我生于1972年,上海人,现在是上海滩上的一个白领,并且继承了这个城市的主要特点:小资、虚荣、精明、物质感,以及细微精密的情欲。

我每天在淮海路的一座写字楼里上班,是一家化妆品公司大众化妆品部的市场总监。和大部分白领阶层一样,我的工作时间是朝九晚五。上班时间穿职业装,化淡妆,中午则在公司附近的快餐店或者麦当劳吃简餐。

一般来说,我和我的手下保持着微妙而又恰如其分的距离感。他们略微有些怕我,同时,也不得不承认,我其实是个很有亲和力的女人。曾经有一个礼拜,每天上班,我会在办公桌上发现一束玫瑰,非常新鲜,有时是黄玫瑰,有时是红玫瑰。我怀疑是某个对我有好感的男同事送的,但也不能完全确定。不管怎样,我不是个喜欢发生办公室恋情的女人。在工作场合,我不希望把事情搞得暧昧不清——首先是商人,然后才是女人,这是我的原则。在黑色皮靠椅的后面,我是一个严谨、娴静的女主管。

没有人能轻易发现我感性的一面。

前几天,我在一本时尚杂志上看到这样一段话:老板身边的得力干将,兼具漂亮的外表与精明的头脑;微笑不代表柔情,冷静也不代表绝情;经常在你身边,却仿佛离你很远。被形象地誉为:查理的天使。

我想了想,觉得这话有点像在讲我。我们公司的老板不叫查理,我也不是天使,但我还是觉得那段话有点像在讲我。

我们公司的老板是个外籍华人,我们叫他比尔。比尔很有艺术趣味,特别喜欢音乐。他喜欢的东西宽广、多元,甚至相互矛盾。比如说,比尔喜欢爵士乐,百老汇的歌剧,还喜欢古典的交响乐;但同时,对于重金属乐队以及特别前卫先锋的音乐,比尔同样照单全接收。

比尔跑过很多地方,对性和爱,老婆和情人,以及理想与现实都有非常清晰的判断与疆界。这反倒让我感到了真实,我把他归于某一类男人:这类男人对于世界有着丰富而宽阔的理解,但很容易让头脑简单的人得出错误的善恶判断。

我把这类人统称为"南美洲"。

道理很简单,也很形象。比尔桌子底下压了张大照片,是他去古巴旅行时拍的。奇丽的夜景,亦真亦幻,扑朔迷离。我和比尔聊天,比尔说只能用两个词来形容他的南美洲之旅,第一个词是"巴洛克",第二个词则是"大艳情"。我想,比尔或许真有他的道理。美洲拥有原始纯真的景物,它的结构、本原被发现得较晚,而印第安人、黑人的奇异并存和多血统的混杂,还真能让它够得上"巴洛克"这个词。至于"大艳情"，就只能让比尔自己来解释了。

"南美洲"比尔曾经对我表示过好感，但也只是点到为止，极为理智。我想，他也不希望在工作区域里弄出什么麻烦来——我们当然是一条战壕里的战友，并且彼此欣赏，但彼此的原则也是一致的。

好像有人说过这样的话：上海是母的。我非常同意，比尔也同意。比尔说他特别欣赏上海骨子里的那种女性气质。他说他知道在上海的什么地段、什么时间、什么天气，能看到最典型的上海美女。而在我们公司的写字楼，不论工作时间，还是午间休息，都会传出隐约的背景音乐。当然，这也是比尔的意思。

比尔还把对于公司员工的犒赏，分为显性与隐性两种类型。显性的是一年两度的红包，隐性的就是一年数次去大剧院听歌剧。

"穿上你们最好看的衣服，像孔雀一样。"比尔说。

确实能在大剧院大厅里看到很多好看的衣服，有礼的握手，以及优雅的贴脸相吻。就像当年法国殖民地里的那些法国女人，为了她们的情人，为了去欧洲，为了到意大利度假，为了每三年里六个月的长假，她们按时收藏各种衣物。她们在等待。因为比尔的这句话，我们也在等待。《阿依达》《葛蓓莉娅》《茶花女》，那个仿佛上弦月的大剧院拱顶，以及红丝绒座椅上突然爆发出的招呼旧友的声音——我觉得这些都没什么不对的。

这是一个讲究时尚的时代，你也可以说是时尚毁了一切，但事情还真不是这样简单。因为我也可以这样讲：至少，在上海，时尚就是这个时代的一个秘密。

4

我只在下班时间才穿旗袍。

在听过那个"井岗山"和"美国大姐"的笑话后，我倒是也想过上半截和下半截的事情。我想,我究竟是上半截穿职业装,下半截穿旗袍,或者还是反过来,好像讲不大清楚。如果说上半截代表一个人的理智,而下半截代表本能的话,那么王莲生的讲法或许要明确些,但比尔就不是。因为你很难一针见血地说出什么是比尔的上半截,而什么又是他的下半截。

但很快,王莲生也让我迷糊了。

有一次,我给王莲生写信。在信里,我问王莲生:"你去过哈瓦那吗?"

这话讲得有点玄乎。真实的情况其实是这样的:那天晚上"南美洲"比尔突然单独约会我。这是史无前例的事情,我稍稍有些慌乱。当然,这慌乱仍然源于我的精明。事情是明摆着的,这种性质暧昧的单独约会,一旦处理不好,后果只有两个,要么收起天使的翅膀,要么就是干脆卷铺盖走人。

我心怀忐忑地赴了约。

比尔请我吃西餐,然后又聊会儿天。9点刚过,比尔就送我回家了。在楼下把车停好后,比尔打开车门,他轻轻捏了捏我的手,然后说了句话。比尔说:"明年跟我去哈瓦那吧。"

等电梯的时候,我一直想着比尔的这句话。

哈瓦那。美洲国家古巴的著名海港;比尔嘴里经常叼着的"哈瓦那"牌香烟,还有公司午餐时间飘出的歌声——"当我独自离开那遥远的哈瓦那海港,没有人知道我心里有多么悲伤。"

我知道,比尔对哈瓦那情有独衷。那张压在比尔桌子底下的大照片就是在哈瓦那拍的。比尔曾经告诉我说,那天晚上,他刚从著名的老字号餐馆"五分钱小酒馆"出来,喝了点酒,就是那种名叫"莫希托"的古巴对酒,远处恰好传来了炮声。比尔说那是沿袭了三百多年的习俗,哈瓦那城门将在炮声中关闭,以保卫哈瓦那镇免遭海盗袭击。

我不太清楚比尔这句话究竟意味着什么，"明年跟我去哈瓦那吧。"这种模棱两可的语言，由"南美洲"比尔说来，既可能是一片柔软的羽毛，但也绝不排除哈瓦那炮声般的预警功用。

上楼以后，我鬼使神差地打开一本旅游手册，翻到美洲那一页。

哈瓦那。一些史学家推测，"哈瓦那"一词来自当地原始土著居民的语言，一说是"大草原"或"大牧场"，也有的称是"小海港"或"停泊处"。但是，更为普遍的看法，称它源自古代印第安民族一位酋长的名字，他叫哈瓦瓜内克斯。

我看得莫名其妙，同时又有些心烦意乱，这种心情不太符合我先前的预测。天使之翅倒是没有被迫收起，也无需以走人作为一种了断，但这种感觉并不美妙。因为，从那晚开始，我突然觉得，自己也成为了"南美洲"的一部分。

就这样，那晚我想起了王莲生。

凭直觉，我认为王莲生喜欢我。当然，用的也是"南美洲"的方式。这没什么，挺好，但我希望它能变得更好。也就是说，我希望王莲生能用一种直接的、古典的甚至亚洲的方式来对待我。

我给王莲生写了信，信里有这样一句话：

"你去过哈瓦那吗？"

王莲生的回信很快就来了。

在信里，王莲生没说他究竟有没有去过哈瓦那，倒是说了些其他的事，他说前一阵他去越南了。王莲生说他去乘渡船，湄公河上的渡船。他说湄公河真是条大河。在渡船上，他看到了滔天的水，凶猛的水，渡船四周的河水齐了船沿，向前流去。水流穿过沿河的稻田，又从洞里萨、柬埔寨森林顺流而下。他说水流经过的地方，不管遇到什么，都让它冲走了，茅屋、丛林、死鸟、死狗、淹在水里的牛、捕鱼的饵料、长满风信子的泥丘，都被大水裹挟而去，冲向太平洋。我看得有点心惊胆战，不知道这家伙说的是真是假。但紧接着，王莲生笔锋一转,说他站在船头,看到那些水把什么东西都带走了,突然感到非常孤独,孤独极了,他说他从来都没感到这样孤独过。

在这样的孤独里面,王莲生说他想起了我。我有些欣喜,但又免不了心生疑窦,我不知道应不应该相信王莲生。

在上海这座城市里,滔天而凶猛的水是看不到的。当然,上海有黄浦江,但黄浦江的水是有规则的,黄浦江的沿岸也没有稻田,更不要说死狗和死牛了。我和王莲生初次相遇的和平饭店就在黄浦江边,那里有蓝丝绒和爵士乐,但窗帘半下着。至于天空,不管蓝色、因为大气污染而灰蓝,或者干脆铅灰阴沉,它们都只是背景。在它们的背后,有更强大的背景,比如东方明珠,比如著名而广阔的陆家嘴。

我很难想象王莲生站在湄公河渡船上的情景。但他的那句话还是触动了我。虽然在我的判断里,王莲生和比尔同属于"南美洲",但我相信,比尔就不会说出这样的话。比尔会对我说"明年跟我去哈瓦那吧",或者其他一些什么。而即便我真的去了哈瓦那,比尔说出那句话的概率仍然很低。

比尔是清晰的。他的清晰在于,连他自己也分不清自己的上半截与下半截了。

我得承认,我突然有些记挂起王莲生来。

那天下班后,我坐在黑色皮靠椅上发了会儿呆。一个生活优裕、视野广阔,或许还阅尽人间春色的男人,无伤大雅地和你说几句情话——这样的男人太多了,这没什么。我是个上海女人,骨子里很现实的。以现实的盾,抵御虚幻的矛,是件绰绰有余的事情。我从来不怕这个,但问题在于:在那柄虚幻的矛的后面,有什么东西,它悄悄地伸了过来——我有点知道那种"药蘑菇"的滋味了。

这时,我的上半截坚定地站了出来。它告诉我说,王莲生是个骗子!但我的下半截对此非常不屑一顾。在这种时刻,下半截因为沉着而宽广,反倒显出了优雅的质地。它没有说话,只是轻轻一笑。

下半截的这种姿态,突然让我想起了王莲生信里的一句话:"在这种非洲热带的雨季里,连马群看起来都是淡蓝色的。"

我觉得有点莫名其妙,但也隐约感到了兴奋。

5

我再次见到王莲生时,他对我说的第一件事,竟然是有关芬兰的红灯区。

四年没见,王莲生几乎看不出变化。他用欧洲人的方式拥抱了我,代替四年前的领首致意。他在我耳边说了句:"很想你。"换下四年前关于美国大妞的解释。因为是单独见面,所以当然由王莲生买单。他周到地为我推门、挪椅子,并且眼睛发亮地盯着我看。

我穿了旗袍。知道王莲生回来,特意赶做的。为了赴这个约会,白天我就穿了旗袍去上班。灰蓝绸缎在黑色皮椅上伸展开,有水的光泽。"南美洲"比尔走过来时,眼睛突然也亮了亮。

他朝我笑笑,还耸耸肩膀。

要是上半截和下半截实现统一,我想,我和比尔的关系,可能就远非现在这样了。他甚至根本无需暗示什么——用"南美洲"的方式,"查理的天使",很可能摇身一变成"比尔的宝贝"。我倒是真看过几个这样的宝贝,最终成为比尔南美洲之旅里的奇丽光影。可惜,没有一个能定格下来。

不过,比尔向我耸肩微笑时,我还是听到了空气里飘浮着的一个声音:"明年,跟我去哈瓦那吧。"

那天,我和王莲生聊天的咖啡座里放着爵士。在上海不难找到这样的地方,人影憧憧、气息混浊,当然,还带着些伤感。

太阳升起前忧郁向我袭来

我泪水汪汪

太阳升起前忧郁向我袭来

我泪水汪汪

我不喜欢这种情感

它令人多么悲伤

王莲生坐在我的对面,微微笑着。现在从王莲生脸上,一点看不出信上写的那种孤独了。后来他点了一支烟,点烟的时候,他顺带说了句:"你一点没变"。说这话的时候,他没看我,十拿九稳的样子,好像我一直就活在他后脑勺那里,不需要再作任何论证。

后来王莲生就讲到了芬兰的事情。他说,他对芬兰印象最深的,一个是芬兰的森林,还有一个,就是它的红灯区。王莲生建议我有机会一定要去欧洲看看。

"博物馆和街上的女人都很有风格。"王莲生说。他说他在芬兰住的地方,走10分钟就是森林了。里面很静,满地的树叶,还有很亮的湖,真的像镜子一样。王莲生说他经常一个人去林子里。

王莲生还说,另一个他经常去的地方,就是芬兰的红灯区了。他说,其实也不是真正意义上的红灯区。倒类似于商店橱窗,有很多个,一个个排开着。很大的落地玻璃,里面打着灯光,每个都不一样。冷色光、暖色光,或者冷暖交织,女人就站在里面。站,或者坐,摆出各种姿式,希望路过的男人能多看上几眼。

王莲生说,有一次他看到个打紫光的,里面的女人穿着紫色三点式,也不说话,坐着,就那样看着你,特别鬼魅。

"我给迷住了。"王莲生说。王莲生说他一点都不觉得那是个妓女,只觉得很远,而且神秘、迷幻,就像森林里的那面湖水一样。他说那天恰好和女友一起逛街,走过那个街区后,女友突然说,她还想回去看看,再看看那个穿紫色三点式的女人,她说她觉得那女人美,特别美。

我有点相信王莲生说的这句话。他说:"因为这句话,那时候我特别喜欢这个女朋友。"我觉得这话就像王莲生说的。这种事情,他做得出来,这种事情就应该是他做的。一边在芬兰的街区和森林里闲逛,一边写信告诉我说,他感到孤独,并且想起了我。

那天我是一个人回家的,我坚持着没让王莲生送,他略微有些难堪,脸上的表情很复杂。他试探着问了句:"生气了?"我没回答他。沉默了一会儿,他看了我一眼,又说:"明天我打电话给你。"

6

第二天早上,我主动打了电话给王莲生。

我后悔了大半夜。其实那天出租车刚一开动,我在反光镜里看到了站在路边的王莲生,很多车从他身边开过,唰唰的,像一根根钢筋混凝土拉成的线。王莲生就站在线与线的当中,还是像四年前那样,两手背后。

其实那时候我就已经后悔了,我还差点叫出声来,差点让司机把车停住,倒回去。然后,就像四年前那样,让王莲生坐在我的身边。

当然,后来我没有叫。车子坚定地跑动起来,在上海街头拉出又一根硬梆梆的线条。

我觉得自己刚才有些失态了。我没理由做这种事情:一个男人对你说"他孤独",你便认为他与另一个讲"明年跟我去哈瓦那"的男人截然不同。这种事情,简直就是恩将仇报。前几天我去参加个婚礼,有个请来唱歌的歌手坐我身边。这歌手说她经常在婚礼上唱歌,她会唱好多情歌,她说好多女人听了都会掉眼泪,有些结婚的人就会怪她。很煞风景的意思,但也有些不怪。这个戴着金色假发的歌手说,其实真的没什么好怪的,她说要怪只能怪任何人都尝过孤单的滋味。她歪过头，看我一眼，突然补了句："尤其是身边有伴的那种孤单。"

瞧，这个唱歌的歌手也在说孤独，而且说得还很漂亮，可见这件事还是有些复杂的。而我，作为一个上海女人，作为"查理的天使"，竟然用如此简单的方式来处理它，这是我不能容忍的。更糟糕的是，我那些别别扭扭的小动作，至少已经泄露了两方面的问题：

第一，"查理的天使"也有下凡的时候；

第二，"他孤独"，有时可要比"明年同去哈瓦那"危险多了。

可以说说我的上一次恋爱。

我的上次恋爱结束在三个月以前，我和前任男友在上海商城吃最后一次早茶。分手的时候，我们拥抱，并且贴脸相吻。他离开的时候，我也抬头看了看波特曼的高楼。站的地方像洼地，而自己则像蜉蝣。是的，有这种感觉。但这感觉在这顿早餐前后并没产生太大的区别。

倒是有个细节，至今让我记忆犹新。那天，我抬头的时候，看到城市上空刚好飘过一片云。是的，在上海，在上海的中心地带，在波特曼，我看到天空中飘过一片云。不仅仅是飘过，这云是灰青色的，中间部分很饱满，像棉絮，很白，它以缓慢凝滞的速度从远方飘来，来到波特曼上空，又渐渐笼罩在巨大高耸的建筑顶部。

一朵云，一朵经常出现在稻穗香、麦秸垛、奔跑的老牛或者淡蓝色马群上空的云，现在，它盘旋在波特曼的尖顶那里。安逸、奇特，甚至还有点柔情蜜意。

但仅仅是那样的一瞬间，接下来的事发生得很突然。云突然不见了，整块的云变成了很多细小碎片，碎片又变得更小、更细碎，成了一团团的雾气，也是白色的。是波特曼的尖顶，就在云层穿越这城市的标志型建筑时，波特曼的尖顶把它一下子刺破了。

我看着。一个刚和恋人分手的年轻女人难免会伤感，并且虚弱。我看得有些目瞪口呆、心口发凉，突然很想叫住刚走不远的他。

我真的叫了一声。我说："哎——"

他没有听见，周围的声音太大。况且，他也没有抬头望天。贴脸相吻并且告别后，他便沉着头走了。他一向认为我是个理性精明的女人，没料到我会抬起头看着天上，还叫他"哎——"

但"查理的天使"并没有叫第二声。毕竟，天使总是天使，天使总是不同于凡人的。但是现在，我莫名其妙地想：这事情如果发生在王莲生身上，或许就会有些不同。如果是王莲生，我应该还是会叫第二声的。还是不一样。三个月前，因为看到了那片云，觉得楼那样高、人那样小、头发晕脚底发软，我才想着要叫住"他"，而现在的不同之处在于，我认为王莲生或许就是飘过我上方的那片云。

我不要它被粗糙坚硬的尖顶刺破，我也不要它变成无影无踪的雾气。

7

我倒是陆续知道些关于王莲生的事情。一半是事实，另一半则是想象。有时候，我坐在办公室的黑色皮椅上，眼前会突然幻觉出一小束新鲜玫瑰，或者，比尔进来了，和我商量开除一位高级雇员的事。他用那只戴着大钻戒的手，做了个手势：五指并拢，刀刃朝下。

这是我和上司比尔间的一个暗号。手势说明了一切，当然，这仅仅是个基础，我也会根据这手势的力感、方位、速度，甚至微妙的倾斜度，来判断一些具体的东西。

做完手势后，比尔一般会和我聊几句家常，气氛轻松融洽。然后，再一尘不染地走出去。

从比尔的背影中，我常常会幻觉出王莲生。有一次，我差点叫出来了："王莲生！"我差点就这样脱口而出。很可能，嘴唇前面的气流已经受到冲击，所以比尔像受到感应似的，回头看了一眼。

15

哈瓦那

"嗯？"他说。

我不知道这幻觉从何而来，但不可否认，王莲生仍然类似我的雾中风景。而能够顺藤摸瓜、并且心细如丝，这正是我的特点，我还认为，这恰恰是上海带给我的礼物。

传统的东方的底子，加上高压生活的磨练，造就了上海人内心的坚硬、矛盾与畸形，但同时产生的，还有一种奇异的智慧。我认为王莲生身上就有这种奇异的智慧，我喜欢他身上那种刀光剑影的东西，就像烈日下的荒凉，墓地前的白光，它让人眼睛生疼，却又按捺不住心里东奔西突着的好奇。

至于我三个月前的那个男友，那个与现实世界有着千丝万缕联系、分手时又与我优雅相吻的上海白领，我认为，他与我太相像了。至少，与我的上半截太相像了。他可能并不平庸，但他太像浮面中的上海了。很可惜，在我和他相处的日子里，他并没有发现我隐藏在黑色皮靠椅后面的东西。而我，则认为他除了与我相像的上半截，可能再也没有其他的什么了。

是的，我是上海人，但我同样不喜欢浮面中的上海。换种说法，也可以这样理解：我很势利，但对于势利之人，我同样也会表现出内心的鄙夷。

那天早上，我在电话里和王莲生聊了会儿。

王莲生好像刚起床，或许根本就没起床。他的声音很慵懒，但心情不坏。从他的语气里听不出惊奇，就像料定我的电话会在清晨响起似的。

"你等会儿。"王莲生说。

王莲生说有扇窗打开着，风吹进来了，还夹着雨，所以他要起来把窗关一下。他说不知道这雨是什么时候开始下的，他昨天回来时，天是好的，并没有下雨。王莲生说，昨天我坐上出租车走掉以后，他并没有马上回去，而是在夜上海的月光下走了走。王莲生说他又去了和平饭店，并且"坐在我们四年前坐的座位上。"

我的心呼地一跳。随着心跳声，我的下半截兴高采烈地欢呼着、雀跃着，想告诉王莲生说，其实我非常地想念你。

但上半截不干了，上半截对王莲生一直存着戒备之心。在日常生活里，上半截很像我的伤湿止痛膏、感冒冲剂、必利痛以及达喜胃药，诸如此类的东西。如果逢上战争时代，那么，它很可能就是荒原上的一道铁丝网、地雷、定时炸弹或者暗杀用的毒药。或许，它还是南美洲的地产毒蛇？树汁含有巨毒的硕美无比的绿色植物？

总而言之，我的上半截不信任王莲生，怎么也不信任他。并且，为了防止我伤筋动骨，我的医生兼警卫的上半截出动了，毅然决然的。"哦，你还记得？我倒是忘了。"我说道。

电话那边传来打火机的声音，还有小资们常说的那种"淡淡烟草味道"。我的前任男友身上就常有这种味道，他很注意香烟的牌子、打火机的牌子、衬衫的牌子，甚至还有袖扣的牌子，反正是各种各样的牌子。弄到最后，我觉得，他本身就成了一种牌子。这反倒让我感到了厌倦。上海从来不缺少这种东西，上海缺少的是突围，是漂亮的转身与虚晃一枪。

如果我的前任男友在波特曼的那朵白云下面，猛地掉转头，狂奔而来，像头非洲雄狮般拥我入怀，我想，我是会爱上他的。当然，这已经是不可能发生的事了。不过，我倒是真不记得王莲生抽什么香烟，如果硬要揣测，我认为是杂牌，就像扑朔迷离的"南美洲"一样。

8

三天过后，王莲生打电话约我了，他很简单地说了几句，说有点事，想和我谈谈。

这三天里倒是发生了些事情。在上海，这是相当正常的。每天，有很多白云、彩云、乌云被高楼的尖顶刺破,有很多"南美洲"出现在南京路、淮海路、襄阳路,还有很多人的上半截和下半截走散了,自动走散的、棒打鸳鸯的,结果一辈子也合不到一起去。反正是林子大了,什么鸟都会有。

首先是我的上司比尔。

比尔在看歌剧时认识了一个上海妹妹。我叫阿三,上海妹妹对比尔说。阿三长得很漂亮,穿着银色的削肩连衣裙,站在大剧院闪着金光的大厅里,很靓,就像一座小型银矿。阿三不属于与人贴脸相吻,或者优雅握手的,因为很显然,她是一个人来的。没有熟人,但阿三并不孤独,有很多人会注视这座小型银矿。而比尔,或许就是打定主意、要对这座银矿进行开发的。

也说不清是比尔先招呼阿三,还是阿三先招呼比尔,反正等我们注意到这边的动向,比尔已经拥着阿三丰腴的左肩,向大剧院门口走去了。临出门前,比尔没忘了向我们招手致意。比尔在法国呆过一段时间,能够把南美洲的艳情与法国的优雅合二为一是比尔的本事。而我,则不失时机地向比尔颔首微笑,也向比尔身边的阿三点头致意。

我觉得自己挺虚伪的,有点自责。

第二天早上,比尔走进了我的办公室,后面跟着漂亮的上海妹妹阿三。称赞了一下我的着装以后,比尔指着阿三对我说:"这是你新的行政助理。"

我在如释重负之后,又稍稍对比尔感到些失望,这种事情有点像通俗小说里发生的,不是我不理解,没什么不能理解的。但我认为比尔的这种行为有点奇怪。第一,他不够尊重我,为了一个在歌剧院大厅里认识的女孩子,得罪他最得力的下属,这不应该是比尔的做派;第二,我不理解比尔的真实用意,把一首前卫的试验作品融入交响音乐?归根到底,阿三是种杂质,是个不和谐音符。比尔应该思路清楚地把她纳入另一个轨道，一个她应该进入的轨道。而这一点，则是比尔完全能够做到的。

不管怎样，我对阿三还是很客气。我为她安排好办公的区域，并且交待了几件事情，然后便冷眼观察她。

倒不是那种恃宠的女孩子，虽然生于70年代末期，但很乖巧，惊人的成熟。她很会看眼色行事，做事也麻利，并且眼睛很毒。所以说，半小时过后，我几乎断定了昨晚在歌剧院大厅里发生的事情，一定是阿三先招呼比尔的。这座闪亮的小银矿款款而行，上前对比尔说："你好，我叫阿三。"

当然，这种幻想中的场景，很带有些女性视角的意味。现在，她可再也不是漂亮的上海妹妹阿三了，她现在是"助理阿三"，这称呼带有比较强烈的社会学意义。现在，她已经成了淮海路写字楼里一家公司的一个部分，成了个社会角色，成了这城市对外经济交流中的一个小窗口，成了"助理阿三"的阿三，再也不用像80年前的那个白流苏，找个男人把自己养起来，然后为他"把俏皮话省下来讲给旁的女人听，而把自己当作自家人看待"而欣喜。也犯不上像六七十年前的王琦瑶，用自己的一辈子，换了盒终生没有享用过的金条，临到终了，还死在了那上面，并且"只有鸽子看见了，它们咕咕哝哝叫着"。

"助理阿三"可要聪明多了。更何况，这城市里又该有多少"上海妹妹阿三"，以及"助理阿三"呵。

想到这里，我眼前突然闪过一个奇怪的念头，如果阿三遇到了王莲生呢？如果阿三也笑眯眯地走到王莲生面前，说"你好，我叫阿三"呢？

在接下来的时间，我变得有些烦躁不安起来。我仔细回想着和王莲生在一起的每个细节。手机关着，我把它打开，并且从振动档拨回到标准档。"助理阿三"老在我面前晃来晃去，我把她叫过来，关照她去见一个客户。

阿三走后，我接到了前任男友的一个电话。他说话声音有些犹疑，像很有难处似的。过了大约5分种，他终于告诉我说，他遇到了一点麻烦。"也不是大麻烦。"他说。他说他现在在一个派出所里，需要一个保人，他说，他想到了我。"是个误会。"最后，他又再次强调了一遍。

那个派出所的地址非常陌生。虽然前任男友说"就在淮海路附近"，但我仍然感到怀疑。我手里拿着一张纸条，拐七拐八地寻找时，心里有种极为荒诞的感受。

按照我前任男友的说法，事情的经过是这样的：昨天晚上，他陪几个客户吃饭，喝酒了，而且喝得有点多。喝完酒后，客户希望继续娱乐，他就带他们去了另一个夜总会，那里正在表演钢管舞。跳艳舞的人染了很淡的头发，在灯光下面，很像是白色的。他们就在那里看了会儿，喝了七八瓶啤酒，还与几个小姐聊了会儿天，然后就进了包厢。

我的前任男友说，后来发生的事情他就不知道了。他醒过来时，几个陌生人站在他面前。我们是派出所的，他们说，神色很锐利。他们轻蔑地看着他，告诉他说，他们正在进行突击检查，而现在，他必须跟他们回警局，因为他涉嫌两桩不光彩的事情：

1.嫖娼。

2.私藏毒品。

我的前任男友说，他是冤枉的，他怀疑有人在啤酒里下了药，但没人信这个。因为证据似乎是确凿的：他的裤子口袋里被人翻出了些软性毒品，而在他隔壁的包厢里，有个嫖客被当场抓住了。至于同来的那几个客户，则早已消失得像夏天的风一样。

"我是冤枉的，给人害了。"我的前任男友说。

我手里拿了纸条，寻找那个陌生的地址。

阳光灿烂,天上一朵云都没有,天空很高远。因为没有云,所有的楼层愈发显得硬朗、独立,或许还有些不近情理。那么多的人,在楼层与街道间走动着。那么多的上半截、下半截、查理的天使、比尔的宝贝、爱着比尔的阿三,以及现在戴了头套、晚上则要去表演钢管舞的小姐们。他们都在这条街上走动着,彼此毫不相识,而每个人的脸上,普遍带有一种大城市的表情:冷漠、防备、警觉、强抑住内心的冲动,就像非洲原野上,一群走在自己领地里的孤独的狮子。

我打了把伞,避免夏天的烈日把我晒伤。阳光是白色的,烫得灼人,但我的头脑仍然非常清醒。我仔细分析了这桩突如其来的事情,暂时得出了三个结论:

首先,要严格区分人的上半截和下半截绝对是件相当困难的事情,而且,这种区分本身,或许就是幼稚的;

其次,我的前任男友很可能根本就没爱过我。因为不管怎样,这种事情,终究是桩污点。而通常来说,这类事情只愿意和两种人分担:最亲密的人,与最没关系的人。我想,现在,我只可能属于后者;

最后,在白花花的太阳底下,我突然非常强烈地想念起王莲生来。城市那样大,阳光那样烈,而王莲生,则是我希望的飘过我上方的那片云。

9

和王莲生的这次约会,我是认真的。

王莲生倒没在电话里具体说什么,他讲得很简单:"有点事,想和你谈谈。"

一般来讲,和我说话时,王莲生很少使用这种口气,他基本避免现实主义姿态。要么在空间上,"非洲热带的雨季""芬兰的红灯区",要么在时间上,"我们四年前坐的座位"。

那天我们约了个旋转餐厅,在外滩。餐厅的楼层极高,可以俯瞰上海夜景的。当然,也是王莲生的主意。

"那里安静些。"王莲生说。

我有些失望。我原本想让王莲生去衡山路,或者干脆去和平饭店。虽然常有人说"衡山路甜得发腻,对老上海的怀旧是种做作"诸如此类的话,但我从不这样认为。在这方面,我是强硬的。我一向认同自己的身份:小资。在这个城市里,我从不认为小资是种耻辱。经济独立,不看男人脸色行事,兼具一定的品位——对女人来说,这已经是个不错的评价。我认为一个人总得坚持点什么,最好是真正属于你的什么东西。不管是什么,这可不是耻辱。况且,对于王莲生,这样的坚持还有着另外的意义:我愿意把我最美好的一面呈现出来。

王莲生坐在一个角落里,背对着我。我隐约觉得,今晚的光线有点怪异。这个旋转餐厅的主要色调只有两种:蓝色,还有就是黄色。蓝是宝蓝,黄是明黄。在东方的色彩观里,这种组合是犯冲的。东方人认为,这两种色彩间少了默契与谐和,奢华而扭曲,有点要争斗的意思,不安分了,这可不是件好事。

但我说的怪异不是指这个。

那天我坐锃亮的观光电梯,上到顶层,两个餐厅服务生迎出来,他们穿蓝色西装,打金色领结,对我微笑。

"有位先生在等您。"其中一位矮个的说。

没什么不对的,但我就是觉得什么地方不对。说不出确切的原因,就是不对。楼层太高? 这里太静? 服务生的笑太诡秘? 还是王莲生的背影太落寞?

朝角落里的王莲生走过去时,我的脑子飞快转动着。

想象与幻觉经常是接踵而至的。比如说,我想,今天的事情有可能会是这样开始的:

我在公司对比尔打了招呼,然后说:"晚上的冷餐会不能去了。"

"有约会?"比尔看了我一眼,眼角挤出一丝微笑。

阿三来公司的这几天,"南美洲"比尔对我相当客气,他甚至偷偷在我的手提包里塞了个红包。他来我办公室的次数略微有些增加,但绝不过分。他每次来,我都会找个借口,得体地离开会儿,反正助理阿三在那里。阿三会负责倒上茶水,准备文件,以及做些我力不能及的事情。

那天我向比尔请假的时候,他没多问什么。他甚至还破例送我下楼,并且在门口朝我挥了挥手。

我转身离开,这时比尔开口说话了。但比尔说话的时候,恰好有辆车啸叫着开过去,所以我只清晰地看到了他的形象:一只挥动的手。在夕阳下面,比尔手上的钻戒划出一道闪亮的白光。奇怪的是,比尔竟然又做了那个手势:五指并拢,刀刃向下,并且有力地一挥。

至于比尔的意思,由于那辆车的关系,更多的只是猜测。比尔可能说了"谢谢",也可能说"好胃口"。但恍惚之间,我好像还听到了另一个词。我听到比尔在说:"哈瓦那。"

我用了35分钟赶到旋转餐厅底层。在上海,这是个相当快的速度。我穿过大厅,坐上观光电梯。电梯里还有两个人,一个眼睫毛涂成银色的女孩子,一个中年人。女孩子嘴里嚼着口香糖,哼着歌。而中年人身穿深色西服,脸往下拉着,相当沉默。

在电梯里,我们分别朝三个不同方向站着,表情很漠然。有一个瞬间,在全封闭的钢化玻璃里,我看到了那个女孩的侧影。我很惊讶,我发现她像极了阿三!

当然,今天的事也可能会这样继续:我在公司和比尔打过招呼,然后打车前往餐厅。

事情显得很简单,甚至还有些结实与严谨。比尔既没有送我下楼,更没说什么莫名其妙的"哈瓦那"。和往常一样,他来我办公室,关照明天早晨例会的事情。恰好阿三也在,穿了件黄色连衣裙。

"明天9点,在二楼会议室。"比尔说。

"好的,9点,二楼会议室。"这话原先应该我说的,现在有了助理阿三,所以就由助理阿三回答。

车道非常通畅,我临时让司机改走高架桥。戴白手套的他显得很高兴:"那倒是会快些。"但接着也补充了句:"不过,可能要绕点路的。"

我回答道:"那就绕点路吧。"

我挺喜欢这种做派,有事讲在前面,并且尽量讲讲清楚。这是一种结实的态度。如果说,事情是以这种方式开始的,那么,它也应该会以这种方式得以延续……

或许,当然啦,也不排除事情将这样往下发展:

其实这天下午我根本就没遇见比尔。我到处找他。办公室、走道、小型会议厅、玻璃隔断的办公区域。到处找,但到处没有。

比尔突然不见了,像南美洲奇丽的光影。

而就在这时,天上开始下雨,还夹着几点雷声。我去关走廊里的一扇窗,雨点正是从这里飘进来的,同时飘进来的还有歌声。忽然,我觉得它很熟悉:

太阳升起前忧郁向我袭来

我泪水汪汪

我不喜欢这种情感

它令人多么悲伤

我神情恍惚地在门口叫了车。司机穿着黑恤衫,戴白手套,脸色很阴沉,下雨似的。

我没想到王莲生会在楼下等我,还撑着伞。他看我下车,迎上来,也不说话,就把伞撑到我头上。

他看着我,眼睛像给雨泡过似的。

这样安静的王莲生,实在是出乎我所料。我跟着他穿过寂静的大厅,坐上观光电梯。雨点打在全封闭钢化玻璃上,有金属的响动。天上布满了云,铅黑色的,有几朵还跟着我们,一直往上面来。

我有点心惊胆战,侧眼看着。担心其中的任何一朵给什么东西刺破了。

餐厅里放着爵士,但光影的色调只有两种:宝蓝和明黄。餐桌放在四周,中间是个小舞池。我和王莲生跳舞,他做了个脱帽邀请的动作,还向我微微鞠了一躬。

然后他就在舞池里站住了,朝我笑,脸上还有种少有的柔和。

"来,过来。"王莲生说。

我的眼睛有点迷茫,像给雨泡过似的。我站在舞池的这头,两手交握,脸上一定也很柔和。

"来,过来。"王莲生又说。

我闭上眼睛,慢慢向王莲生走去。舞池很空阔,我突然想起很久以前看过的一本书:有个人在晾晒床单的时候,一阵发光的微风吹过来,把床单从她手里吹起,并且完全展开。这个晾床单的人,眼睛几乎全瞎了,奇怪的是,她却能镇静地辨别出这无可挽回的闪着光的微风是什么东西。然后,这床单就带着一个漂亮姑娘飞升起来啦,扑扇着飞升,飞上了布满了金龟子和大丽花的天空,飞得连最高的鸟也赶不上。

也不知道为什么,我向王莲生走去的时候,突然也有了吃"药蘑菇"的感觉。我的上半截和下半截也分开了:上半截变成了那个姑娘,下半截则变成了那张床单。

好了,好了,就此打住吧。现在,让我告诉你那天晚上真实发生的事情:

那天，我准时去赴王莲生的约。我坐上观光电梯，上到顶层，两个服务生微笑着向我迎来。我绕过他们，向坐在角落里的王莲生走去。

王莲生缓缓回过头来，餐厅里响着明亮的爵士。我看到王莲生的嘴唇在动，也听到空气里传来一个声音："明年，跟我去哈瓦那吗？"

悬崖

1

姚一峰的第一个女朋友叫王霞。那是他24岁那年,姚一峰工作的那家保险公司开发西南片市场。他考虑了两天,便主动申请去了那里。

王霞是他在当地认识的一个女孩子,比他小三岁。和姚一峰一样,王霞也是外地办事处的职员。她长得又细又高,还喜欢穿绿颜色的衣服,所以很像一根青葱的小竹竿。姚一峰头一次见到她时,觉得这女孩子有点发育不良,但要是讲她纯情,仿佛也对。纯情的女孩子对月思人,吃饭的时候也想心思,所以多半会瘦些。

他们处得还算愉快。王霞也是江南一带的人,饮食起居之类的事,与姚一峰有着相当多的共同语言。第一年过中秋节,王霞约了姚一峰一起吃饭。她手脚相当麻利地摆出好几样江南小菜,还不知从哪里弄来了一盒苏式月饼。两个人喝了点酒,月饼的油酥皮子窸窸窣窣的,掉了姚一峰一身,掸都掸不掉。

先是讲了些单位的事,吐吐苦水……后来外面的月亮升起来了,王霞推开窗,探出去小半个身子。

"月亮真圆呵。"她的身体冲着外面,声音也是这样,于是很快便成了一股烟。这在屋里的姚一峰听来,却是最合适最妥帖的乡愁。或许,还会有些其他的愁⋯⋯

"小的时候,倒是常能看到这样的月亮。"他听着自己的声音,有些虚,还很文艺——反正和平时不太一样。

这一晚的小聚,给姚一峰留下了不错的印象。临走时,他记得自己说了句不太合适的话。他穿好外衣,拉开门,突然回头对王霞说:"多吃点,最好⋯⋯吃胖些。"回去的路上他不断回想着这句话。让一个女孩子吃胖些,这当然是错误的。只有在一种情况下不错误:他是这个女孩子非常亲密的朋友,但显然他还不是。

他们很久没有再见面。临近冬至的时候,两个办事处组织了一次篮球友谊赛。人手七零八落的,连光会拍皮球的门卫都顶上去了,结果满场就变成了姚一峰的投篮表演赛。那天他穿了件绛红色的新球衣,跨步上篮的时候,正好背对着夕阳——"彩云之南"的夕阳。

半场过后,姚一峰渐渐觉着身上的热了,他兜手一脱,光剩下里面一件白色小背心。等到休息喝水的时候,他眼梢里突然瞥到了王霞。王霞穿着草绿色的套头毛衫,棒针织的,尺寸有点大,整个人都被罩在了里面。那天的王霞不像青竹竿了,倒有点像夏天挂在客厅口的竹帘子。现在,这幅竹帘子手里紧紧地抱了堆绛红色的东西。姚一峰一眼看出,那是他刚才脱下来的球衣。它一定还是热烘烘的,散发着一个男人的汗臭味。

现在姚一峰知道,王霞不单能做江南小菜,其实,她倒是更喜欢当地的米线,恰巧他单位附近有一家。所以到了中午,或者下班过后,王霞就经常过来叫他。

她站在街拐角那儿,像棵青翠的小竹竿在微风里晃。一只嗡嗡乱叫的蜜蜂,正在花坛和她的桃绿外套之间穿行。姚一峰向她走去的时候,突然想到了几句诗。姚一峰不喜欢诗,除了那首"丁香花"。但是有一次

他坐长途的硬座,一觉醒来,发现手边扔了本折破角的书:

活着
所谓现在活着
那就是口渴
是枝桠间射下来耀眼的阳光
是忽然想起的一支旋律
是打喷嚏
是与你手牵手

现在,姚一峰就与王霞手牵着手。他昨晚洗澡时受了点凉,鼻炎又犯了,一早醒过来就打了好几个喷嚏。刚才,那只蜜蜂嗡嗡叫着,一头扑向王霞的绿外套时,他又打了两个。

他很小的时候就有鼻炎,稍稍紧张些,清水鼻涕便会淌下来。这是老毛病了,但多少总让他有些挫败感。这还不算,姚一峰对自己的长相也一直不甚满意。不够高,也不够威武。就说现在,他和王霞手牵手走在街上,斑驳的阳光刺得他眼睛发疼……但很显然,他们并不是引人注目的一对。王霞长得不漂亮,走路时还稍稍有些驼背。有时姚一峰免不了会想:假如她长得好看些……

那天中午,不太好看的王霞吃米线时倒是兴致很高,连鼻翼两边的雀斑颜色都深了很多。她很瘦,但仍然怕胖,把汤里面湿淋淋的排骨和鸡骨头挑出来,放进姚一峰的碗里。

2

姚一峰从小就是个胆小的孩子。上职校二年级时,坐他身后的那个男生,喜欢用硬梆梆的铅笔头顶住他的后背,探讨些哪个女生屁股大、哪个女生大腿粗之类的问题。每次姚一峰都涨红了脸，恨不得把脑袋微缩到那根铅笔头的大小。有一次，这人不知从哪里搞来一只脏兮兮的棉布胸罩，搭拉在姚一峰座位的靠背上。然后，他把手臂交叉放上桌子，又把头磕在手臂上，两只眼睛则眯成一条窄缝。

从那条窄缝里看起来，教室门口斜背着书包、屁股上犹如被人踹了一脚的姚一峰，就好像一只正走入狩猎范围内的小鹿。

姚一峰就是这样的小鹿。他父母都是极普通的工人，下面有个弟弟，再下面，则是一个"小卷毛"妹妹。她比他小了整整10岁，最喜欢用她肥嘟嘟的小手，牵住他的衣服下摆："上街买糖吃。"姚一峰倒是很疼他这个小妹妹。他觉得她那么好看，那么娇憨，几乎就不像是他们家的小孩。但除了这些，没人知道姚一峰究竟在想什么。每天上午，他就骑着那辆哐当哐当的"飞鸽"牌自行车来上课；到了下午，他又重新跨上它，慢吞吞地蹚过操场，再慢吞吞地蹚出校门。

天上的云积久了还会下雨，但姚一峰就是半天打不出个闷屁来。后来有一天，那个嗡声嗡气的男生落座时，突然觉得屁股上钻心一凉，他像一只被强奸的母鹿般惨叫了起来——椅子上竖着一根钉，一寸来长。那个男生的左半边屁股活生生被扎出个洞来。整整三个多礼拜，他像只癞皮狗趴在床上，屁股朝着上面。

没人会怀疑姚一峰。即便相信钉子是从椅子上长出来的，如同青草破土而出，也没人认为姚一峰会有勇气干出这种事情来。这是英雄或者流氓才有的行为。而姚一峰，充其量也就是个懦夫。

只有在上体育课，穿着那套蓝底白竖条的运动服时，姚一峰才会焕发出平时没有的光彩。他往上跳起来，没人会想到姚一峰能跳那么高，那哪是姚一峰呵。他的眼睛似笑非笑，嘴角轻轻一牵，跑上几步，手里再高高的抛起一只篮球——它蹦起来，他也紧跟着蹦起来。虽然这是短暂的，有点像灰姑娘脚上的水晶鞋。

但是有一天，这只水晶鞋却真的变成了玫瑰花。一次课间休息过后，他在铅笔盒里发现了一张小字条："下午5点半，北操场双杠下……要是你不来，我就杀了你。"

接下来上课的时间里，姚一峰像滩泥一样瘫在椅子里。他怀疑这是个恶作剧，但字条上的落款却是真实的。他隐约记得有那样一个女生，比他小一级，胖圆脸，小圆眼睛，外加一个大蒜头似的小圆鼻子。有一次年级篮球比赛，他在操场上打篮球，她就在旁边拍手尖叫——尖叫的声音倒有那么五六个，但她无疑是叫得最响的。

那天，他绕道从南操场的边门回家。云层压得很低，最上边一层焦暗急促，像热锅里滚动着的废油，下面却是似雾非雾的细雨。姚一峰捏着龙头的手汗腻腻的，也不知是汗，还是雾水。

刚到家，外面便下起了急雨，像小棒槌砸在玻璃窗上，他不由得又担起心来。万一那字条真是她写的呢，她会在那儿等吗？一直站在那儿，等着他？雨水顺着她淋得透湿的头发滴下来，一滴，又是一滴。她的眼睫毛上也沾着水，那可不是雨，是她心头的眼泪。

雨下了很长时间，一会儿是小棒槌，一会儿又是"大珠小珠落玉盘"，他坐在窗下发着呆。如果她去了，如果她一直在那儿等他，她或许会淋出病来的。等到了晚上，就开始发烧了。额头烫得吓人，脸蛋那儿却是两块很不健康的红晕……但是不对，她说了，她说要杀了他，她竟然说要杀了他！

她没病。倒是姚一峰翻来覆去睡不着，做了好几个恶梦。等到第二天去学校时，自己已经觉得像个被斩首的幽灵。在去食堂的路上，他遇到了她。她的胖圆脸，小圆眼睛，以及那个大蒜头鼻子，都像匕首，都像子弹，迎面向他扑来。姚一峰倒吸一口冷气，差点掉头就跑。

"姚一峰。"不知什么时候，她已经走到他旁边了。

姚一峰眼前一黑，觉得鼻腔里粘乎乎两道东西正虫一样往外爬。

"你怎么啦？病了吗？"她抬起手，向他额头那儿伸过去。

姚一峰触电一样的向后弹开几步。"你要干什么？"他大叫一声。

他瞪大眼睛，胆战心惊地看着她。她的侧面要瘦些，鼻子的线条也秀气了，几乎换了个人。但她的眼睛——姚一峰突然发现，她的眼睫毛非常短，就那么光秃秃的两三根，根本就不像沾得住雨水的样子。

姚一峰完全不记得她是什么时候走开的，他像被钉子钉在了路上，也像一枪打断了脖子的麻雀。姚一峰知道，他的很多同学都收到过类似的字条，男学生写给女学生，或者女学生写给男学生，但从来没人是像他这样的。他既不相信这字条是写给他的，更不敢去赴这个约，他甚至还真的担忧那张字条上无聊的后缀。这是真的，所以愈发让姚一峰觉得伤感。

那天姚一峰没去上课。他慢慢地跨上车，骑出校门。他被自己的怯懦深深地打击了，因此他用颤抖的声音命令着自己："骑到大街上去！胆小鬼，闭上你的眼睛！"

3

姚一峰想象中的女朋友可不是王霞这样。瘦弱的男人更喜欢丰腴的肉体，高女人反倒能接受矮丈夫，姚一峰的理想便是与自己不一样的：他是草，她就得是花；他是鼻炎与脚气，她就是气若幽兰，打哈欠的时候都会引得蜂蝶寻香而至。

王霞在家里排名老二，不聪明，读书也不很用功，稀里糊涂就长大了，这一来反倒发现了一片新天地。她好歹总是个女人——这类女子最容易强调的东西。她固然有些驼背，走路时微微含胸，但她才二十出头。她穿着绿颜色的衣服，脸颊上跳动着几颗新鲜的雀斑，和人说话时，还略有些痴傻地眯缝着眼睛。王霞并不近视，所以姚一峰老有些怀疑，她的这种眯缝其实只为了显示出她是个可爱的女子。

但难保也会有人下结论说："这是年轻女人的稚气。"稚气当然与年轻有关,而年轻总是好的,至少在于男人这方面。

姚一峰问过王霞南下的原因。她支支吾吾的,两只手抱着胳膊,光是咯咯地笑,仿佛这是个相当滑稽的问题。她的这种态度,多少让姚一峰感觉狐疑,但又不能说里面有阴谋的成分——阴谋需要心机,但王霞除了那年中秋布过一桌好吃的酒菜,毕竟还不能算是有心机的女人。

王霞的母亲和哥哥倒是来看过她一次。她母亲是个瑟缩的家庭妇女似的老太太,看人的眼光闪闪缩缩的,全然没有这个年龄应该有的笃定,姚一峰不太喜欢她。王霞的哥哥却极为高大,皮肤黑亮有光,一座黑铁塔似的立在面前。他有力地和姚一峰握手,而眼光里,则很有些"你不善待我妹妹,我便狠揍你一顿"的意思。

四个人一起吃了晚饭。姚一峰狠花了点钱,气氛却并不太热烈。为了显示出自己是"被追无奈",王霞在席上显得相当矜持,她拼命往娘家人盘子里夹菜。一只虾,两根人形的野山菌……姚一峰点了只"五香乳鸽",香气四溢地端上桌时,王霞突然尖叫起来:"鸽子!你怎么这么残酷呵,竟然吃鸽子!"

姚一峰被她吓了一跳,一时手足无措起来。王霞朝空气那儿白了个眼,拿着桌上的餐巾纸,使劲给自己扇风。她母亲呢,嘴里咕咕哝哝的,嘴角挂着一丝难看的笑——不管什么时候,它都挂在那儿的。

姚一峰去叫人换菜,服务员正忙着,便耽搁了一会儿。等他带着一个扎小辫的女服务员回到桌前,却一下子愣住了。

那盆"五香乳鸽"光剩下一颗可怜的小脑袋,孤零零的歪在盆子里……桌上的三个人倒是都很镇静。王霞正拿着一面小镜子补妆,她哥哥粗壮的手里抓着一根奶白色牙签,至于她母亲,则正专注地朝着面前鲜红色的餐巾布微笑。

姚一峰气得半天说不出话来。重新入座以后,他继续用沉默表达着内心的抗议,王霞却突然变得活泼起来,她似乎觉得,刚才那一招已经足够显示她在男朋友心目中的地位,所以预备略微地做些安抚。她伸出手去,从才上来的"竹筒鸡"身上撕下一只翅膀,放进姚一峰的盘子里,说道:"鸡翅膀,你喜欢吃的,对不对?"

姚一峰正赌着气,没理她。他斜了她一眼,心想:"她倒若无其事的。"旁人怎么都不会看出,就在昨晚上,这女人还和他睡过觉。

母子两人在当地玩了三天。姚一峰固然心里有气,但责任所至,还是力所能及地陪着。临走时,还大包小包送了好些当地特产,老太太似乎略微有些感动。这未来的女婿其貌不扬,钱包鼓不到哪里去,也看不出很有出息的样子,但人多少是厚道的,况且她女儿也就不过如此——后面这一点来得更重要些。即便女儿假装娇蛮,成心和姚一峰闹闹别扭,作为母亲,一个过来人,她心里还是相当有数的。

他们临走时,王霞和姚一峰去火车站送行。那天王霞的母亲穿了套旅游景点上买的民族服装,上衣宽大,裤子紧窄,颇像只彩绘的鸟鹤。她手里挎着一只讨价还价来的珠线包,紫色和金色珠片交错串着,镶的却是发亮的银线。在正午的大太阳底下,闪得人眼皮子酸疼,但她不酸疼。非但不疼,而且眼光第一次焦点集中。她看着姚一峰,意味深长地说道:"有空……上家里玩呵。"权作这几天的辛苦钱,那顿晚餐上死于非命的"五香乳鸽",以及对这毛头小伙较为扎实的见面礼。

火车的汽笛声像那件民族服装的大袖子,已经往前跑了很远,还牵牵扯扯的。姚一峰一直记得王霞哥哥从车窗里探出来的那颗脑袋,火车开出相当长的一段距离,它还执著地挂在那儿——像故事里受了委屈的冤魂。

4

这几年,姚一峰的相貌变得很厉害。每次从西南回来,再走,他的"小卷毛"妹妹都要去火车站送他。像小的时候，她喜欢伸出手去，摸摸姚一峰的下巴："哥，你该刮胡子了。"再摸摸姚一峰的脸，"哥，你的脸怎么硬梆梆的。"他便摸一摸自己的下巴，再摸一摸自己的脸："哥在火车上喜欢坐靠窗的位子，老吹风，老吹风，皮肤就变硬了。"

其实姚一峰在火车上很少能坐到靠窗的位子，他不舍得买卧铺，而长途的硬座，就是见缝插针的意思。他上了车，两只脚不断替换着重心。后来，他别过头，无意中在对面窗玻璃那儿看到了什么。

他吓了一跳，几乎都有点不认识自己了。

姚一峰毕业过后干过保险推销的事。有一天，一个面相很善的老太太，半头的白发，在门口拉着姚一峰的手，希望他留下来吃晚饭。姚一峰听到她没几颗牙的嘴里还在嘀咕着："这小囡真讨喜呵……这小囡的眼睛真好看……"

他去镜子里看自己的眼睛，不大，且是单眼皮，眼梢还微微下挂，再怎么都瞧不出好看来，直到后来又有一天……

那天他坐在一个陌生人的客厅里，鼻尖上湿着汗。他从斜背的大挎包里朝外掏资料，手忙脚乱……平时他稍稍的有点脚气，不是很严重，但那是个潮湿的返潮天，车子骑得急，袜子也已经两三天没换了，他便很有些担心脚上的气味。

他把脚朝椅子后面缩缩，突然又觉得动静太大，反倒会遭人疑心。

他的客户，正坐在对面的沙发上结绒线。她是个四十开外的中年女人，两只眼睛距离分得很开，仿佛隔夜吵了架，正闹别扭似的，很有些市井的凶相。刚才她在门后出现的时候，姚一峰心头一凉："长着这样一双眼睛！"他觉得她是不会让他进门的。但她瞥了他一眼，听他结结巴巴地说了几句，就朝里面努了努嘴，径直先进去了。

她摆弄着手里的毛衣针，一上一下，一下一上，偶尔抬头看看姚一峰。看不出她对姚一峰的保险计划有什么兴趣，她好像也没注意到姚一峰的脚气——现在这气味已经很重了,像一只嗡嗡乱飞的蜜蜂。姚一峰脸上红一块,白一块,是被它蜇到的伤口。

后来姚一峰出门的时候,把一份保险资料忘在了沙发上。先是想回头去拿,终于还是算了。他觉得这眼睛分开的女人有些怪,从头到尾,她几乎没有开口说过话。后来他又仔细看了她几眼,她的眼珠从来不转,而且几乎是透明的,不像一个活人的眼珠。屋子里就她一个人,但她好像一点不怕他,后来倒是他有些害怕了起来。

她送他出门,她走在后面时,他只觉得后脑勺那儿冷冰冰的。他重新骑上"飞鸽"牌,骑出很远,才有些缓过神来。

外面没有大太阳,淡灰色的日光挟着尘土,却是真实的。他回想起那个女人,她那双分得很开的眼睛……突然明白了过来,那不是凶,而是呆,什么都已经无望的感觉。他甚至觉得,他即便是个小偷、杀人犯,说不定她也会放他进去。

姚一峰一连好几天都忘不了那个女人。她的那双眼睛,冷冰冰,几乎透明的。他万万没想到,几年以后,在南下的火车上,在晃动的车窗玻璃里,他看着自己……

倒真是有风,从大开的窗户外面刮进来,穷凶急恶的。但他老觉得那不是风,是一只凶恶的手。它在他的脸上不断动作着,左面一巴掌,右边一巴掌。而玻璃窗里他的脸,就莫名其妙的有种被人打过的感觉。打了,还不敢还手。那些被打的痕迹,留在他的皮肤与眼神里,他伸手摸摸自己的脸,倒吸了一口冷气。

5

王霞倒是一点都没认为姚一峰长变了。每个礼拜,她都要趴在桌上给家里写信。有一次,她写到一半时跑卫生间去了,姚一峰便凑上去看了看。

……照片收到了吧,我拍老气了,他倒还是那样……放心吧,哥……有你在,他不敢欺负我!……

姚一峰脊背那儿一阵冰凉,只以为是古代的黑旋风降临。幸好王霞在卫生间呆了很长时间,近段时间她老是这样。好几次,她对姚一峰抱怨说脸上的雀斑颜色又深了。姚一峰仔细观察了一下,说:"好像没有吧。"王霞不同意,坚持说是。接着就说到了西南这边的海拔。海拔高,太阳辐射自然就强,还说到每天中午吃的米线。米线里总习惯放点辣,这一辣,就又是色素沉积。再有最重要的——王霞现在吃口服避孕药——这回姚一峰无话可说了。

王霞每天在镜子前逗留的时间越来越长。她拧着自己的脸,做着怪相,呲牙咧嘴的。

开始时姚一峰还劝她,后来便不劝了。因为米线倒是可以少放些辣,海拔是低不了的,至于避孕药——毕竟,现在她还只是他的女朋友,所以也就只能将就吃着。

他没想到王霞会把这事看得这么严重,她本来就不是个好看的女人,五官平平,身材平平。倒是这雀斑长在她脸上,还平添了几分生动,奇峰突起似的。让人觉得那张平淡无趣的脸上,多了些别样的内容。

但王霞不要这内容。她倒是仍然爱吃米线,现在辣是不放了,但吃着吃着,她会把随身带的小镜子拿出来。就那样对着太阳光,东照照,西瞧瞧。正午的日照是最强的,这一照,结果总是不满意。好几次,甚至都有些不欢而散的意思了。要么是不吃了,板起脸走人;要么非但把排骨、鸡骨头挑给姚一峰,连两只鸽子蛋以及大半盆的米线,都"哗"的一声倒进姚一峰碗里,差点溅了他一脸的汤水。

渐渐地,王霞脸上的雀斑让姚一峰也烦恼了起来。有时,他甚至觉得,它们好像已经离开了王霞的鼻梁四周,悄悄爬到了他的脸上。

有一天中午,王霞带了一个女人来吃米线。那天王霞仍然穿绿,那女人却偏偏着红。两人勾着手臂,推开米线店的玻璃门进来时,灰暗的店堂里便是姹紫嫣红的两道闪电。

那女人坐在姚一峰对面,姚一峰注意到,她脸上涂着粉。或许因为原本肤色不差,倒还不觉着浮白,但她确实是白,并不是脂粉的缘故,她的五官倒是长得不错,人也开朗活泼。王霞在一边尖声细气地介绍时,她便微微笑着,还不时起手拢拢耳边的碎发——她的头发略微有些卷,发梢那儿尤其厉害些,但看不出是烫过的,还是天生如此。

她的白给姚一峰留下了极为深刻的印象,整个吃饭过程中,姚一峰一直都在想着这件事……王霞叽叽喳喳地说着话,滴水的鸡翅膀,扑地一下飞进了姚一峰的碗里,一只青头苍蝇不知从哪里钻了出来,她的白,这女人的白……

在姚一峰的记忆里,只有一个人的白能够和她相比,也是好多年前干推销时的事了。有一回,开门的是个漂亮小姑娘。她脸色不太好,苍白着。嘴唇却异样的红——姚一峰断定她是生了病,在家里养着。但一个病人却有着那样红而娇嫩的嘴唇,她的眼睛大得吓人,像两只极深的洞,姚一峰被她那双大眼睛整个地吸了进去。他几乎产生了幻觉——这小姑娘的身后一定藏着一对翅膀,天使的翅膀——姚一峰梦里面的那种。

当时,姚一峰整个昏头昏脑的,没听清小姑娘说了什么。她的声音很小,风一吹就飘走了,天使的声音都是这样的。姚一峰还记得,她的下巴尖尖的,像被一种绿羽毛的鸟啄过似的。它往上抬起时,姚一峰恨不能上去轻轻地扶上一把。

"有事吗?"她说。

但姚一峰觉得自己分明听到了这样一句话:"你……来啦?"

当然,当然了,现在坐在姚一峰对面的这个女人,她是另一个人。刚才王霞已经介绍过了,她叫曼玲,是王霞的客户。她和丈夫在这里开了家公司,生意做得不错。新近他们还在郊区添了一处房子,前几天王霞就被邀请去过他们家。坐在客厅的落地窗前,喝着曼玲刚煮的咖啡,能听到远处的水声,咚咚的,像王霞身上绿衣服的波纹……一头牛闷声叫着,两只苹果掉在了地上,还有人在用藏语唱歌。

王霞说,曼玲的丈夫叫丁铁。虽然姓丁名铁,但长得相当秀气,人也斯文。他和曼玲同岁,今年都是整30。曼玲和丁铁是几年前结婚的,虽然暂时还没有小孩,但就如同大部分体面的家庭,一切看上去都是那样井井有条……至于那句最重要的话,王霞是后来凑在姚一峰耳朵边说的:"她以前脸上也有雀斑,后来有人给了偏方,现在,真是一点看不出了吧。"

曼玲和丁铁很快就进入了姚一峰的生活。当然,这主要还是王霞的选择,她张开双臂,兴高采烈地迎接着生活里的两个新朋友。

随着在小镜子里的笑逐颜开,王霞对于那夫妇的评价也越来越高。很显然,王霞羡慕他们的生活方式,丁铁有一辆相当不错的越野车,逢到周末礼拜,丁铁开车,载着曼玲去附近的什么地方走走。要找到那样的地方,其实一点都不困难。除了人、树、很蓝的天,通常还能看到各种各样有意思的东西:草丛里钻出来的蛇、乌鸦、无数只发着光亮的蜜蜂;山坡上长满了蕨类、羊齿、一小溜细白的水从脚底下凉飕飕地爬过去,远处却是发怒的惊天动地的水声……

有一次,王霞突然带回来一只野兔腿。她告诉姚一峰说,这是今天她跟着曼玲、丁铁他们打猎弄来的——一只红着眼睛的野山兔。在山坡上他们追了老半天,但它跑得那样快,为了追它,曼玲还差点把脚给扭了。后来他们在山上生了火,烤着吃了大半只。剩下来的这条兔腿,就是曼玲让她带回来的:"他们说了,让你也尝尝鲜。"

现在,王霞在谈及和姚一峰的未来时,一下子便多出了一个参照物。他们的未来,这东西原本多少有些空洞无物,就像王霞眯缝着的那双眼睛,但是如今它却突然之间集中了焦聚,变得能够憧憬了。

有些个晚上,王霞坐在姚一峰乱糟糟的床上,把刚剪下来的手指甲一根根排在床头柜上。他们的未来,便也像这些半月形的小东西吧,清晰可视,条理分明——总有一天,他们会和曼玲、丁铁一样。是的,总有一天,曼玲和丁铁的生活,就是他们的未来。等到再过个几年,他们多赚些钱,回去,然后结婚,就是这样。王霞系着围裙,在厨房里洗菜、洗碗、煮咖啡,姚一峰则坐在客厅的落地窗前看报纸……他们也会尽力买辆不错的车,当然了,只是尽力而为,并不强求。等到周末的时候,姚一峰开了车,载着王霞去郊区转转。江南不一定会有蜈蚣出没的山洞、马帮经过时的铃声,也不会有野兔腿,但总会有些东西是一样的,那些体面的、打理得井井有条的生活……

这甜蜜的憧憬,让王霞以加倍的热情介入到曼玲、丁铁的生活中去。后来,就连姚一峰也不自觉地卷入了。不过,总的来说,他们四个人倒是相处融洽、和谐共存。丁铁开车的时候,要是曼玲坐副驾驶座,王霞便在后面对姚一峰耍耍小性子;如果两个女人坐后座呢,车里仍然全是王霞的声音,叽叽喳喳的,从反光镜那儿,姚一峰偶尔会看到丁铁的脸。一般来说,丁铁鼻梁上总架着一副黑色墨镜——他是安静的,除了嘴角常挂的那丝笑意,看不出还有其他什么表情。

有一天下午,他们在林子里打落了几只山雀。太阳离奇地好,从树梢间洒下碎金子、碎银子来。其中有只山雀惨叫一声,从天上直直的掉下来时,纷纷扬扬的,下了好一阵灰白色的羽毛雨……曼玲脸上溅到了几点血滴,可能是从山雀打断的脖子那儿喷出来的。曼玲擦了几下,没擦干净。姚一峰生火烤肉时,不由自主地老想着这事。

"只要擦一下，轻轻的一下。"他想道。火焰一点一点往上蹿，冒出焦火气来。

姚一峰和丁铁各吃了两只山雀，曼玲吃了一只，王霞才咬两口，就嫌烤得有焦糊味，便把剩下来的给了姚一峰。还有很多瓶啤酒，空酒瓶扔得东一只，西一只的……他们在烤肉香、酒气，以及火堆最后的噼啪声里重新上路。都有些兴奋了，临上车前，姚一峰甚至还在地上打了个滚。

突然就不想回去了，都说再往前开，一直往前开。这样开着，天猛的就阴下来了。然而高原的阴天也是奇特的，下面是灰黑翻滚的阴云，上面却仍然是蓝天——不容商量的凛然的蓝色，看着都让人心寒。渐渐的车子上了一条泥巴路，颠得厉害。路旁还有些牛粪、马粪、驴粪什么的，极偶然的，一个披着羊毛毡子的丑女人闪过，面颊上是红紫色的晒伤斑，在她前面，则走着一群肥笨的绵羊。

也不知道这样开了多少时间，只觉得天蓝得吓人，更吓人了。就连说话不断的王霞也有些沉默，她伸出手，抓住旁边姚一峰。她的手很凉，冷冰冰的，姚一峰的也是。

丁铁把车开上了一个缓坡，慢慢停下来。车门刚一开，一股寒气直扑过来，每个人都忍不住哆嗦了一下，酒全醒了。

这缓坡的尽头是个断崖，王霞抱着胳膊跑了过去，探头朝下面看了看，便赶紧回头向姚一峰直摆手，还连着吐了几次舌头。

倒是旁边山坡上扔了好些黑色石头，石头缝里却开出黄灿灿的花。王霞小心翼翼朝后退着，然后便眯缝着眼睛看那些花去了，一直走出很远。姚一峰在地上跳了几下，暖暖身子，便也走到那断崖边看了看。

但很快的，姚一峰就回来了，脚下有些不稳，脸也白了。他神思恍惚地往回走，突然听见曼玲一声惊叫：

"快看呐！"

姚一峰和丁铁猛地抬起头来，穿着葱绿外套的王霞已经走远了，没听见。

"雪山！是雪山！"

确实是雪山，只要转过身去就能看到它，就在看起来离他们很远的山坡的后方。在蓝到令人发指的天空下面，能看见山尖上亮得刺眼的积雪，如同无数把钢刀插在那里，而刀与刀之间，则是云遮雾绕的白色……

姚一峰的脚还有些抖，丁铁则要镇定很多，他点了支烟，很深的吸了一口。只有曼玲是那样的兴奋——她涨红了脸，朝着雪山的方向张开双臂，甚至还久久的、久久的闭上了眼睛。

那只野兔，就是这时候突然窜出来的。没人知道它从哪里来，也没人知道它要到哪里去。但它跑得是如此之快，像一支黑箭一样，从曼玲身边斜着插了过去。

一阵飞沙走石，姚一峰只觉得脚下的坡地雾一般飘了起来……那只兔子一定是狠狠地撞了曼玲一下，她一个趔趄，人整个失去了平衡，脚底却沙沙地直打滑。又是一阵飞沙走石，姚一峰眼见着，曼玲正急速地向那个断崖那儿滑过去。

姚一峰吓坏了。其实，刚才姚一峰就已经被吓坏了，仅仅只是在崖边站了那么一小会儿——姚一峰这辈子都没见过这样阴森恐怖的峡谷。并且他想：恐怕以后也再不会见到了。

7

曼玲并没有掉下山崖去。

就在曼玲失去平衡，向断崖那儿打滑的时候，姚一峰伸手一把拽住了她。在幻觉中，姚一峰觉得，自己刚才像是做了个漂亮的投篮起跳动作。他的双手是那样有力，他的动作又是如此准确。此刻，曼玲正在他的怀里大声喘气。她仍然紧紧闭着眼睛,但这一回可不是因为享受。

"你……没事吧?"姚一峰听到自己的声音,它听上去有些发抖。尤其不争气的是:因为紧张和寒气,他的鼻炎病又犯了。姚一峰明显觉得,有两小道清水鼻涕,现在它们正沿着他的鼻孔,慢慢地向外流出来。

"你应该当心点。"

这是丁铁的声音。说完这句话,丁铁就转身去车里了。但不知道为什么,姚一峰觉得这声音有点冷,冷冰冰的。像远处那座雪山上的积雪,也像最高、最高处的蓝色,但它完全不像一个丈夫的声音。确切地说,完全不像想象中丁铁对曼玲说话的声音。

"是呵,刚才可真险呵。"姚一峰自言自语道。这时,他突然意识到,曼玲的头仍然还钻在他的怀里。无论如何,这总是件不太合适的事情,所以姚一峰挪了挪身体。就在挪动身体的同时,姚一峰下意识地做了个动作:他抬起手,在曼玲的脸上擦了一下。

"刚才你溅到血了。"姚一峰说。

曼玲没动。姚一峰抱住她时,她没动。姚一峰的手碰到她的脸时,她还是没动。但是,丁铁看到了。姚一峰觉得丁铁应该是看到了。丁铁手里拿着毛毯,慢慢转身朝这里走过来时,曼玲还是保持着这个姿式。突然之间,姚一峰产生了另一个奇怪的念头,他模模糊糊的有种感觉:好像曼玲是故意要让丁铁看到。曼玲是故意的,光这念头本身,就已经让他吓出一身冷汗来。

但是,曼玲为什么要这样做呢?

就在刚才,他们三个人站在断崖上:曼玲,丁铁,还有姚一峰。他们两人——丁铁与姚一峰,他们与曼玲的距离几乎是对等的。这时姚一峰又想起了另一个细节。他起手去抓曼玲时,觉得有股十分巨大的下坠的力量。当然,那只野兔的冲力非常大……但是不对,他明显觉得,当时曼玲并没有挣扎,或者说她完全放弃了挣扎。如果不是姚一峰拼命拽她,曼玲便会如同一片山雀的羽毛,永远的坠入那片山谷……

然而,这同样又是为什么呢?

"毯子,来,披上。"

丁铁拿了条薄绒毯,走到曼玲身边,替她披在了肩上。姚一峰注意到,丁铁的鼻梁上仍然架着那副黑色墨镜。

王霞从附近山坡上采花回来时,他们三人已经坐回了车上。

车里开足了暖气,还放着一种懒洋洋的音乐。王霞把采来的花放在了后座上。那些花是草本的,路上被暖气烘了会儿,很快便蔫了。车里很暖和,除了开车的丁铁,大家都在打瞌睡。奇怪的是,一路上没有一个人告诉王霞,刚才曼玲差点滚下了山崖,对于这件事,大家全都绝口不提。

8

接下来的几个礼拜,姚一峰都没有参加曼玲、丁铁他们的周末越野。但王霞还是去了,并且继续带回些鲜血淋漓的动物肢体。像以前一样,对于他们的出行,姚一峰会不咸不淡地问上几句:

"今天看到黑颈鹤了吗?"

"山上是不是又下雪了?"

"你老是跟着去,他们也不嫌烦?"

王霞总是兴味盎然地回答着。现在,和曼玲他们周末出行,已经成为了王霞生活中最为重要的事情。从礼拜一开始,她就兴致勃勃地等待着礼拜六的到来。她脸上的气色好了很多,雀斑竟奇迹般地淡了,就连含胸驼背的习惯也改了不少。偶尔的,王霞甚至也穿起了红色——但这些难免又让姚一峰想到曼玲。曼玲是那样挺拔,在山崖上,如果不是他自小练就的身手,曼玲真会直直掉下去的……

有一天晚上，姚一峰就真的梦到了这个。他站在悬崖边上，眼睁睁地看着曼玲掉了下去。山谷是那样的深，他浑身发软。在梦里，姚一峰几乎不敢再看那峡谷第二眼。因为，要是再看的话，连他自己都会掉下去的。

现在王霞每礼拜的家信中，"曼玲""丁铁"也成了经常出现的名字。

"他们人都很好，是一对很好的夫妻……他们有辆很棒的车，棒极了，有一次，我们还把车开到了一个悬崖上面，真是开心死了……"

但是有一天，王霞回来，无意中告诉了姚一峰这样一件事情。

像往常一样，那天丁铁开车，带着曼玲和王霞。他们先是上了国家公路，接着拐进颠簸的乡村马路，最后，车子在一片树林前停了下来，没法往前开了。

他们要去不远处的一个村子，据说村里有很多有意思的东西：锅庄舞、传说中的神山、脸上有三百三十三道皱纹的算命老人……

丁铁去附近打听了一下，说旁边有条土路可以直接开进去，但曼玲坚持要走小路。小路，穿过林木幽深、野猪出没的山坡……

王霞说，当时丁铁劝了几句，但曼玲就是不听，执意如此。两人甚至还争起来了。后来丁铁压低声音说了句："你太荒唐了！"便铁青着脸钻进了车子。就这样，他们三个人，分了两条路走：曼玲一个人步行，丁铁和王霞坐车。

"我真是尴尬死了，一路上，只能和他没话找话说。"王霞穿着拖鞋从卫生间跑出来，她脸上涂了层白色膏状的东西，粘粘的，足有一寸多厚，光剩下眼睛和鼻孔露在外面。王霞是小眼睛，这时突然显大了，而且黑，但在姚一峰看来，那仍然是白瓷片上的黑炭洞——瓷片是冷冰冰的，炭洞也是烧过夜的炭洞，连余烟都别想冒出来。

"你们在车上都说什么了？"

姚一峰闭上眼睛，想象着车里发生的情景。丁铁沉默着，把车开得飞快。茂密多汁的树叶不断在车窗玻璃上擦过,沙沙有声。树影中,王霞的脸蛋红扑扑的,她眯缝着眼睛,身体微微向前倾——王霞一旦遇到她觉得有意思的人和事,总是这副样子。很显然,王霞是欣赏丁铁的。已经不止一次了,她在姚一峰面前不止一次说过这样的话:"瞧瞧人家丁铁!"

姚一峰在心里轻轻的"哼"了一下。丁铁那一直戴着黑色墨镜的脸,他的不苟言笑,以及他那优雅的中产阶级作风。姚一峰突然想到一个细节,如果那次,王霞的母亲和哥哥来的那次,如果请客的是丁铁……他们在餐厅里坐下来,面前铺好了鲜红色、柔软喷香的餐布。然后,丁铁把菜单拿过来,轻轻地、绝对绅士风地翻看着。"就来这个吧,五香乳鸽。"丁铁说。这时,王霞一定也是脸色泛红,眯缝着眼睛,身体微微往前倾斜着……

"也没说什么。我就夸了夸曼玲,说曼玲漂亮,他们家的房子宽敞,还有……还有那辆越野车也好。"

"哼!"

"你哼什么?"

王霞突然从镜子那边转过脸来,一脸诧异地望着姚一峰,"你哼什么? 你有什么好哼的! 瞧瞧人家丁铁,又能干,又开公司,还有,人家可是16岁就会给曼玲写字条了……"

9

王霞的哥哥从江南寄了封挂号信过来。信里有两样东西:一张香喷喷的粉红色结婚喜帖。喜帖四周镶着花边,左上角是一个胖乎乎的天使,光屁股,圆滚滚的胳膊后面长出了两只白色翅膀,右下角则是烫金的五个大字:

"我们结婚了!"

字体是俏皮的舒体，每个字都像酒后的醉汉，摊手摊脚地躺在那里，一脸的烂漫与迷离。

那张结婚彩照从信封里掉出来时，王霞"呀"地尖叫一声，一把就抢了过去。她把照片拿在手里，翻来覆去验证了好半天，才重新递给姚一峰："长得也不过如此呵！"她撅起嘴巴，皱着眉头，眼神里却是放下一块石头的神态。对于新嫂子的长相，实在看不出她究竟是满意，还是不满意。

姚一峰倒是把那张照片仔细地看了看。新郎穿着深藏青色礼服，脖子那儿紧紧地扣了个深色领结。与上次看到的相比，王霞的这个黑铁塔哥哥好像长胖了不少。姚一峰还突然发现，黑铁塔的脖子其实很短。身体的高大，反衬出脖子的粗短，愈发觉得，那个紧扣在脖子上的深色领结，就像一只凶犯的黑手："勒死他！勒死他！"

新娘其实倒还可看，至少，姚一峰觉得，她长得要比他想象中好出许多。像一切婚纱照中的新娘，她的脸和身上的白礼服一样白，非但白，而且僵。她咧着嘴，脸上撑开着笑，这也如同下半身怒张的裙裾。她是瘦小的，站在黑铁塔身边，戴着长截白手套的手从深西服里探出来。怎么看，怎么都像大街上被劫持来的人质："不许动！不许动！"

两个人拿着照片看了半天，接下来便说到了回去参加婚礼的事。喜贴上倒是清清楚楚地写了两个人的名字："恭请王霞、姚一峰届时光临！"但首先王霞就不同意这样。

"一起回去？那要多少钱！简直是开玩笑了！"她说得气鼓鼓的，那张照片被她捏在手里，都有些皱了，倒颇像只折断翅膀的病鸟。"你倒是算算看，那要多少钱！路费、见面礼，还有礼金！两个人可不就是两个人的礼金！话说得倒轻巧，他们只要说一声，一起回去……"

王霞走的那天，姚一峰陪着她去火车站。

两人离开家时天上只不过滚着几片乌云，等进了车站，雨点却如同泼妇的骂街话——"噼噼啪啪""噼噼啪啪",劈头盖脸地兜头下来了。车站小卖部那儿黑鸦鸦的围了好些人,抢购里面的伞和一次性雨衣。姚一峰拨拉了好久,外套上的扣子都挤掉两颗,才好不容易买到一把艳蓝色的折叠伞。他一只手打伞,另一只手拎着鼓鼓囊囊的旅行包。

刚才王霞就守着这只包,窝窝囊囊地站了好久。她脸上的线条直朝下挂,还蒙着层灰。昨天王霞特意去做了个新发型,准备回去见新嫂子时镇她一镇的,没想到却逢上了这场雨。一直到上了火车,找着座位坐定下来,她脸上仍然还是别别扭扭的。

"别忘了每天打电话……知道吗?"她皱着眉头打开车窗,探头关照道。

姚一峰站在站台上,不断有拖着行李、在他身边跑来跑去的旅客,深一脚浅一脚踩在水塘里,泥点溅起来……

"路上当心点,看好自己的行李。"姚一峰说话时,有辆拖轮车正好被人推过来,隆隆的轮子声。

"你说什么呢?"

"你在说什么呵?"

王霞的眉头皱得恨不能倒挂下来,她再一次把头探出窗外,大声说道。但黄豆大的雨点打在她头发上,如同伸手触到了滚烫的铁块,她触电般的,又把头迅速弹了回去。

火车发出一声怪叫,在灰蒙蒙的雨雾里启动了。姚一峰看着车窗后面的王霞,为了防雨,她把车窗玻璃放了下来。现在,雨点像一只只发怒的妇人的小拳头,狠命地砸向窗玻璃。然后,突然又安静了下来,变成一行行幽怨的眼泪,唰唰唰直往下流。

隔着玻璃窗,姚一峰突然产生了一种奇怪的感觉:仿佛那正是王霞的眼泪,它们正从她的眼眶里涌出来,然后顺着她的脸庞,流得唰唰唰的。

10

王霞走后的这几天,姚一峰老觉得睡不踏实。前四天里,下了两天雨,又出了两天月亮,房间里到处弥漫着王霞的气味。厨房里是王霞的酱油、麻油、白糖和粗盐;客厅里是王霞的芬芳牌空气清新剂;卫生间里还残留着那种白色膏状的味道。最新的一只小鹿腿,风干了,姿态优美地挂在墙上。到了晚上,姚一峰钻进被窝里,那种香喷喷、干净的女人味道,仿佛仍然缭绕在姚一峰的周围。

王霞翘着一只脚,把脚趾甲一根根剪下来。

王霞推开窗,纤弱的身体如同缠人的蛇类:"月亮,看到了吗? 真圆呵!"

但是不对,姚一峰并不是因为王霞而感到了孤独。是的,王霞确实不在,他也确实感到了孤独,但这孤独是因为王霞的离开产生的,却不是因为王霞造成的。姚一峰躺在床上,辗转反侧。有一天,到了下半夜的时候,他给"小卷毛"打了个电话。

是"小卷毛"接的电话。

"哥,是你吗?"她说话了。她即便还没说话,姚一峰都能听出那种蜷曲、纤细的气息。

"哥,你什么时候回来? 这次可别再坐靠窗的位子了。"

"小卷毛"已经是个大姑娘了。上一次姚一峰看到她时,"小卷毛"看他的眼神里,已经有了一种少女的羞涩……但有一点是不会变的——她是他的"小卷毛",他梦里永远的"小卷毛"。

那是个有月亮的夜晚,但姚一峰觉得有种特别奇怪的感觉,这感觉是他不熟悉的。即便"小卷毛"一如往昔的甜丝丝的声音,都没能把他从里面拖出来,这却是让姚一峰有些害怕的。

就在王霞走后的第五天,姚一峰意外地接到了曼玲的一个电话。

她在他们常去的米线店那儿等他。

也就是个把月不见,曼玲瘦得脱了形,就像换了个人似的。不,准确地说,现在她看起来几乎就不像一个人。她那头微蜷的头发不知什么时候剪了,剪成男孩的长度,脸颊却像悬崖边的峭壁。她的脖子突然细了很多,撑不住脑袋似的,摇摇欲坠。她倒还是白,但那是骷髅才会有的白。仿佛为了证实这个可怕的感觉,姚一峰觉得,她身上正散发出强烈的消毒药水的气味。

姚一峰惊讶地张大嘴巴,半天说不出话来。

"我现在很难看,是吗?"倒是曼玲先说话。

"不……"姚一峰不由得慌乱起来,连连摆手道:"不是……但你瘦了,瘦得很厉害。"

曼玲笑了笑,但她笑起来显得有些勉为其难,叫人看起来都觉得吃力。姚一峰看着她吃力的笑,恨不能上去帮她一把。就像那个去悬崖的下午,帮她擦掉溅在脸上的山雀的血迹。就那样,就那样伸出一只拇指,轻轻的,轻轻的,如同傍晚的风刮过树梢。

曼玲从包里拿出一只小盒子,递给姚一峰:"这是我送给王霞的,前些日子她告诉我,你们很快就要结婚了。"

"结婚?"姚一峰愣了一下,"哦,是嘛……真是谢谢你了,再过几天她就要回来了,到时候你自己给她吧。"

"不必了,还是你交给她吧。"曼玲抬起眼睛,迎着姚一峰有些躲闪的眼光,"今天我是偷着从医院跑出来的……这事一直瞒着你们,得了这种病,真是一点办法都没有。"

她又朝着姚一峰笑了笑,仿佛得病的不是她,却是他;也仿佛因为告诉了他这件事,而深感抱歉似的。

"那么,丁铁……他知道吗?"

那只悬崖上的兔子,丁铁的黑色墨镜,睡梦中阴森恐怖的峡谷,姚一峰听到自己的声音在发抖,牙齿和牙齿交错的声音。一个人从峡谷上掉下去,发出的撕心裂肺的喊叫声。

"他早就知道了。"曼玲淡淡地说道。

11

去医院的那天晚上,姚一峰特意换了身衣服。

那是套半旧的运动服,袖口、膝盖那儿都有点发白,布料也软了,摸上去像是瘫痪发软的动物的四肢。姚一峰穿上它时,略微觉得有点小,紧绷绷的,像蛇皮一样裹在身上。

他在房间里走了几个来回,然后,他夸张地伸了伸手臂,又使劲往上蹦了几下。

以前,在姚一峰还小的时候,每次去操场打篮球,他也总是会做一下这样的习惯动作。草吸足了水的时候就是这样,一只忧伤的暮色里的小鹿,看着前方影影绰绰的树林,它要奔过去,像薄暮里射出的利箭……姚一峰临出门前,在那面挂着小鹿腿的墙下站了会儿。他抬头看着它,安静地抽了一支烟。他昂起的下巴与它形成一道美妙的弧线,仿佛正在低声交谈似的。后来,他像是突然醒了,他向它伸出手去,手起刀落,啪的一声,它被他一把抓了下来,扔进垃圾桶。

街上到处是回家的人群。暮色刚来,但天并没有黑,反倒有一种迷露般的雾气,像是从垂死的动物口腔里吐出来的。姚一峰记得,有一次,丁铁射中了一只小鹿。他们呼叫着奔到它身边时,它正侧躺在草丛里。它的嘴巴不断闭合着,从里面吐出来的就是这样的雾气。甜腻、粘稠、迷惘,一碰到空气就散了。但是后来,当他们提着血淋淋的尸体走在山道上,跨过密集的草丛往回走时,空气里到处都是那种雾气的气息,怎么赶都赶不掉。

在大街上,姚一峰找到了一家自行车出租行。老板是个矮胖的秃子,正坐在门口的小板凳上剔牙,姚一峰果断的走向他。

"租车。"姚一峰一手推车,一手扔了张纸币给他。

"什么型号的?"秃子说。

"飞鸽牌。"

"嗳——什么时候还?"秃子的声音已经远了,因为车上的姚一峰是箭。

"不知道。"

车子骑得真快,微风凛冽,姚一峰觉得自己的脸上糊满了鼻涕。而那个沉闷的、几乎不像自己的声音,就是从那些臭烘烘的液体间流出来的。

"不知道。"姚一峰说。

12

躺在病床上的曼玲没认出姚一峰来。她不可能认出他,因为她睡着了,头歪向一边,枕在软而白的枕头上。在姚一峰看来,睡着了的曼玲,就犹如一个安静而又甜蜜的婴儿。虽然坐在她床边正打毛线的女护工是这样说的:"她刚睡着。打了一针,昨天又整整痛了一夜。"

是个雪洞般空洞的单人病房。床边的矮柜上摆了一大束花,刺眼的鲜黄色,如同倾泻而下的蛋黄瀑布。姚一峰一下子叫不出这花的名字,只觉得半人高的枝条嚣张而凶狠,很像章鱼漫天飞舞的手臂。

姚一峰拖了把椅子,在曼玲床边坐下来,看着她。

"你瞧,她还是那么好看。"姚一峰说。

女护工打毛衣的手在半空中停了会儿……她觉得自己可能听

错了话,抬起头,有点好奇地看了看姚一峰,又看了看床上的曼玲。

"小的时候她就是这样。一睡就能睡一下午,特别乖。"

姚一峰伸手给曼玲掖掖被子。掖被子的手像游动的蛇,往上游就触到了曼玲的脸,再往上游又碰到了曼玲的头发。曼玲的头陷在枕头里,枕头很白,但衬不出曼玲头发的黑。因为她现在既不是微蜷的长发,也不是男孩的短发。现在,曼玲的头上连一根头发都没有,头皮青汪汪的,活脱一只煮熟了的鸭蛋。

姚一峰的手指在曼玲的光头上滑过去,滑过去……它们不断做着弯曲的动作,勾起来,又翘上去;翘上去,再勾起来。就像一只奋力想飞上天、但又被打折了翅膀的鸟。

"她的头发从小就是蜷的。蜷得特别厉害,像打着一个个小嗯哨。"姚一峰把一根食指竖起来,堵在嘴上,轻声说道。

女护工的脸上闪过了一丝惊恐的神色。好多天了,她陪着床上这个丑陋的怪物,现在突然又来了个疯子。女护工觉得姚一峰真像个疯子呵,他胡子拉碴的,上面还沾了好多脏东西。他可真脏,就像躺在床上的那个。现在,这个怪物的头动了动,朝着姚一峰站着的那一侧。她的两只眼睛也动了动,但那根本就不是人的眼睛,在女护工看来,那简直就像两只烧焦了的大洞。

女护工下意识地用手抱住了自己——在她看来,这个冷冰冰的病房里,只有那个叫丁铁的男人是正常的。虽然他确实是严肃了些,说话也冷冰冰的,但就连他,也已经有两天没来了。

这时姚一峰突然又说话了:"医生怎么说的?"

女护工正沉浸在可怕的冥想里,忍不住哆嗦了一下:"医生说……说命是能保住的。"

姚一峰恶狠狠地:"就这样保住?"

女护工又哆嗦了一下:"那是医生说的。"

姚一峰说:"医生还讲什么?"

女护工往后退了一步,战战兢兢地说道:"医生还说,她可能慢慢地会失去知觉……但医生说了,她不会死,她不会死的。"

姚一峰的声音里突然有了一丝恍惚:"那么,她会成为一个植物人?"

女护工察言观色着:"但医生还说了,也不完全是植物人,她能听到别人说话。有时候,她也会觉得疼。"

姚一峰在病房里走了两圈。走到窗口的时候,他推开窗,探出去小半个身体,还用手指触摸了一下外面的空气。

"湿度挺高的,要下雨了。"姚一峰说。

又过了大约两秒钟,他重新走回到女护工面前,说道:"你回去吧,今天我来陪她。"

"你……我还不知道你是……"女护工一脸的迷惘。

姚一峰直视着女护工的眼睛,坚定而明确的说道:

"我是她哥哥。"

13

姚一峰那天离开医院时已经是半夜了。在他陪夜的四、五个小时里,一个年轻小护士进去过两次。第一次的时候,她好奇地看了姚一峰一眼。这个陌生的男人,正呆呆地坐在床边的椅子上,以前她从没见过他。

"都好吗?"小护士例行公事地问道。

她记得这个陌生的男人是这样回答的:"一切正常。"

第二次进去时,那个男人正拿着手机通话,但他通话的姿式仍然有些奇怪:他嘴巴对着话筒,整个的上半身却向床上的病人俯视着。这给人一种感觉,他其实是对着床上的人说话,他嘴里说出来的话都是讲给她听的。

这种怪异的感觉，让小护士留意了一下他说话的内容。

"你爱哥哥吗？"他说道。

小护士不知道对方是怎样回答的，但紧接着这个男人又说了：

"哥哥也爱你。"

这是小护士最后一次查房，关门出去时，她还想着这件有趣的事，但很快也就忘了。已经很晚了，她觉得困倦。

下半夜的时候，在值班室里打瞌睡的小护士听到一阵急促的铃声，自行车铃的声音。这铃声清脆悠扬，让少女想起春天的田野，金黄色摇动的野花，几只羚羊在香喷喷的黑土地上奔跑……她微微笑着，重又沉沉睡去了。

没有下雨，月亮反而出来了。月色普照，如同白雾升腾。姚一峰骑在那辆"飞鸽"牌自行车上，潮湿、沁凉的雾气，它们趴在他的脸上、鼻梁上、他裸露在外面的双手上。看不见四周，白雾迷漫，如同看不见山崖的边缘。有些时候，在他还是一个少年的时候，他就会这样两手离开笼头，两脚离开踏板，缓缓地闭上眼睛。然后，车子载着他，向着雾气蒸腾的山谷，滑过去，滑过去……

其实刚才，他站在曼玲床边向她告别的时候，就已经有这种感觉了。他闭上眼睛，慢慢地向她俯下身去，他对她说了最后一句话。他要告诉她的，他说了，即便很有可能她根本就没有听到。等到做完了这一切，他果断地抬起手，拔掉了曼玲正在挂水的针头，以及所有正闪烁着红绿灯的抢救设备。他做这些动作的时候，仍然觉得手有点发抖。他一直都觉得自己是个怯懦的人，所以还是有些不太满意。

繁华

一

王生初来上海是个阴雨的下午。那天他坐的是二等舱,船不大,还刮着风,所以颠得很厉害。他对面躺了个瘦小的干瘪老头,一上船就开始吐。王生好不容易小睡一会儿,梦里听到一种奇怪的声音——前些天他刚看过一场京戏,里面那个旦角受了委屈,咿咿呀呀地哭,但半天了,一滴眼泪还挂在水袖尖尖上。等到王生睁开眼睛,却是那老头抱着一只小罐,在床边半蹲着身子。他呕吐时眼睛半睁半闭,极为享受,让人怀疑那小罐里装着的,其实是很快就能烹饪上桌的一尾活鱼。

王生叹了口气,起身去了甲板。

雨倒是停了,还微微地起点太阳。在远处,几只白色的海鸥紧贴着水面飞,王生看了半天,觉得它们像要一头扎进水里自尽似的。

一个戴帽子的外国巡警冷漠地走过来。王生刚受尽那干瘪老头的折磨,心里对规则、清洁、秩序以及权威有关的事物多了几分亲近,他微笑着迎了上去。王生见过些世面,还不好不坏地能说上几句洋文,这多少让巡警灰蓝的眼珠子泛出了珍珠的光泽。

"还要多久能到上海?"王生问。

"天气不好,可能会迟点。"

"船颠得厉害呵——"

"听说……听说已经翻了两艘小船了。"这估计是上头关照要保密的消息,但蓝眼睛巡警一个犹疑还是说了出来。话一出口,他便有点后悔,眼睛里的珍珠光泽暗了暗,手顺带搭在了腰里的警棍上。

王生原本还想打听一些治安方面的事。听说上海是不太平的,石库门外的里弄,到了晚上9点钟就要上锁。还有呀,听说上海好吃的东西多,好看的人多,但是小偷、强盗、野鸡、骗子也多……正在这时,突然从船头那儿传来一阵嘈杂的人声,一个拉高了的嗓门在叫:"瘪三! 真是瘪三呀!"停了一下,紧接着又传来了哭声:"那我该怎么办呀——怎么办呀——我要跳海了呀——"

王生心头一紧,但并没听到类似于"扑通"的声响。人没有跳下去,好奇心倒是上来了。

蓝眼睛巡警在前,王生在后。蓝眼睛巡警用洋文说,王生再用中国话复述一遍。

一个穿绿衣服的身影正俯在船栏上哭,是个二十来岁的纤弱男孩。他给王生的第一印象是白如玉色的脸上挂了满脸的泪珠子,倒像是剔透的珍珠,但给脸上的白冲淡了,越发显得凄清。

"你们别过来! 我要跳了! 我真的要跳了!"他哭得很凶,人和衣服都在剧烈地发抖,但他说话与喊叫的声音,却有着奇怪的女性化特点,这莫名其妙的悲剧因此变得有些滑稽起来,连王生都忍不住笑了。

"你多大了?"蓝眼睛巡警皱了皱眉。围观的人已经渐渐多了起来,带着晕船时微青或者发白的脸色。王生发现,和他同舱房的那个干瘪老头也出来了,人显得更小了,佝着,手里却还紧紧抱着那个小罐头。

"19岁。"

"19岁？才19岁你就想跳海？"蓝眼睛巡警的眉毛皱得正紧了。

伴着海浪，四周有掩饰不住的窃笑声。这话虽然说得正义凛然，但听上去，仿佛二十多岁跳海就要正当很多似的。

19岁的小男人正沉浸在自己的悲恸中，自顾自地把话说下去："那个瘪三！那只贼骨头呀！我在睡觉他就进来了，也不知道是从哪里进来的呀！现在的人怎么这样坏呵！"

大家突然警醒，有几个立刻分头回了自己的舱房。但还是有人没被贼的气焰吓住，一个手里抱了孩子的胖女人探头问道："那偷了什么东西没有？"

"偷了倒好了呀，我现在宁愿他偷呀——"这话说得离奇，甲板上一时安静了下来。这突如其来的气氛却让小男人再一次悲从中来："我怎么这样苦命的呀，好不容易托人买来的金鱼呀，花了不少铜钱的，钱还在其次。"他停顿了一下，不知该不该把底下的话接着往下说。但还是说了，并且突然有了条理，一板一眼的，"我花了大价钿买的金鱼，那叫好看呀，五颜六色，讲是从很热很热的地方带来的，我们这儿从来看不到的，就是上海人也难得看到的。上海啥东西没有呀，就是没有这种金鱼！我带到船上来，准备到了上海送人的。哪知道刚打了个瞌冲，贼骨头就来了呀。我睡得糊里糊涂，从床上跳起来就追他，那么就出事情了呀，贼骨头倒逃脱了，那只金鱼缸就放在床脚下头，我睡觉睡得忘记了呀，一不当心就把它弄碎了，作孽呵，那些鱼真是作孽呵……"

大家齐声道："那个贼呢？"

小男人梨花带雨地跺了跺脚："真应该千刀斩，万刀剐呀！那只贼骨头给他逃脱了呀，我心里急，看都没看清他的样子，好像是穿着黑衣裳的。"他的桃花眼溜溜地在人群里打着转，里面还真有两个穿黑的，一听这话，都下意识的缩了缩身子。但这时小男人突然又改变了主意："不对，也有可能是穿蓝衣裳的……"

这时蓝眼睛巡警有点看不下去了。他朝前走一步，颇为威严地说道："这种话是不好乱说的，一会儿黑衣服，一会儿蓝衣服，你自己想想清楚，想清楚了再说，你这样乱说是要诬陷人的。"

小男人原本心里就委屈，这时又给巡警的话吓住了，他张了张嘴，又合上一半，一时半会不知道该说什么，倒是旁边的人纷纷活络起来。抱孩子的胖女人凑到王生跟前，抱怨上礼拜她上街买点东西——"要铜钿呀，那个人立在马路边上，伸出手来就要铜钿。他说他是难民，要我可怜可怜他，我哪里知道他到底是不是难民。身上穿得倒是破破烂烂，一双手是墨墨黑像个赤佬。我心里怕呀，那个怕呀，手都在发抖的。你不知道他眼里有凶光的呀，不给他铜钿要给他杀掉的呀。"

胖女人说话时，她怀里的孩子不停用脚踢着王生的衣服，王生躲了几次都没躲开，心里不由嫌恶起来，便敷衍道："世道乱，只能自己当心了，要自己当心。"说了也知道是白说。

干瘪老头也挤了过来，他晕船的症状此时已经消退很多，人突然变得活跃了起来。

"他说的那种鱼，我倒是见过。"他颇为得意地冲着王生挤挤眼睛。

"哦，那好，见过好。"老头刚才在舱房里的行为，仍然让王生有些无法释怀，所以并不太愿意搭理他。

但老头似乎并不介意这个，继续把关于金鱼的信息告诉王生："你不要听他瞎说，他说的那种金鱼呵，宋朝的时候就有了，养在宫里头的……"

王生自恃读过几本旧书，对宋朝又颇有几分好感，觉得一个在

繁
华

颠簸的船舱里抱着罐子吐得哇哇叫的人,是没有什么资格谈论宋朝的。他微抬的鼻孔里发出一声很轻的"嗤",但终于没有忍住,反问道:"你以为他说的是中国的金鱼吗?"

这回轮到老头张口结舌说不上话来。王生便把声音略微提高些:"他说的是长在热带的鱼,热带,知道吗?"心里料想着说了老头也未必明白,王生不免有些不屑,但又不舍得不把这种富有知识的话说下去……

就在这时,人群突然又起了骚动。只见小男人把一条腿跨过船栏,嘴里喊着一个奇怪的名字——听上去像是个女人的。然后他大叫一声:"没有面孔去见你了呀!"

扑通一声响!几乎是很轻的,因为海浪的声音太大了,完全把它盖住了。大家吓愣了两秒钟,风一样地扑到船栏上去看。哪还有人的影子,船在雪花般涌起的浪头里往前直奔,那几只白色的海鸥远远跟着,仍然紧贴着水面在飞……几乎让人怀疑,刚才那个俯在船栏上的绿色影子仅仅只是个幻觉。

"哎哟!吓死人了,真是吓死人了!"胖女人先是拼命拍着自己的胸脯,慌乱中又拍起手里的孩子来。终于那孩子也被她弄哭了,哇哇乱叫了起来。

甲板上不断有人在奔来跑去,都知道有人跳海了,是个年轻男人。刚上来的人不知怎么回事,半是兴奋半是恐惧地逢人便问;而目睹那一幕的,多半还没回过神来,慌乱中只听有人在叫:

"鲨鱼!快看,有鲨鱼!"

确实有个黑乎乎的大东西,在不远处的海面上晃了晃。或许真是鲨鱼,但或许也并不是。这时船身猛地一颤,王生突然觉得胸口有点发堵,连忙用手紧紧抓住船栏,干瘪老头的声音又在耳边响了起来:"我见过那孩子,我想起来了,真的想起来了,他是唱戏的,可惜了,真是可惜了。"

王生头里发晕，眼睛是闭上了，但耳朵却愈发灵敏起来。

还是那老头的声音："唉，戏子，唱戏唱多了，唱得脑子也坏掉了，中了毒了。"

一个男人用力咳嗽了两下："为了几条金鱼，嗤，真是活见鬼。哪有这种事情的，为了几条金鱼去跳海，真是听都没听说过。"

突然一个女人插话进来："肯定是送给上海书寓里的长三的，那里面的女人……"话是才讲到一半，至于另外那一半，则让语气和声调来继续阐述。王生眼前就此晃过几个女子，衣服是杏黄的，上面绣着龙凤。一个车夫赶着马车从烟柳深处达达而来——顶带花翎，身上是黄色马褂——以前朝廷上的命官大致就是这种打扮。王生以前就常听说，上海的那些高级妓女通常喜欢这样卖弄花样。她们住在租界里头，中国人管不到，洋人又不爱管。更重要的是，她们都没有固定的男人，不像那些低眉顺目的良家妇女，嘴上说得强硬，但要是真有男人为了她跳海，心里难保不是高兴的。

想到这里，王生微微睁开一点眼睛，眼梢里突然瞥见那个干瘪老头的手一抬，那只一直被他抱着的罐子飞闪着掉进了海里——当然，也有可能仅仅只是个幻觉。

在认识沈小红以后，有好几次，王生对她讲起过船上的这段经历。那时王生一个人住公馆，客堂粉白的墙上挂了幅字："荷叶生时春恨生，荷叶枯时秋恨成……"字是才来上海不久时买的，那时王生还没逛过长三堂子，更不认识沈小红。那天他和一个生意场上的朋友，连带两个伙计，大大小小买回一大堆东西。在一个玉器摊位前，王生被一块成色特别的玉佩吸引住了，停下来和摊主聊了会儿。等到回过神来，才发现朋友和那两个伙计全都不见了。

初夏的天气，没太阳的时候天是蓝的，飘着云，但也有的时候阳光朗朗有声，更何况是从人群里蒸腾起来的太阳。王生在无数的翡翠鼻烟壶、银色雕花水烟筒、斑竹的小屏风、不伦不类烫了金的青花瓷瓶里兜过来、荡过去。人,到处都是人,上海人、苏州人、浙江人、"江北人",黄色皮肤、白色皮肤、抽了鸦片变成灰色皮肤的……

一个穿黑色布衣的矮胖老头,不知什么时候挤到了王生旁边。他右手握成一个拳,异常神秘地张开一小条黑黝黝的缝:"买伐啦?"

王生一时没听清,惶惑地摇了摇头。老头便又凑近了些,鼻孔里的热气像老牛一样吸进去又吐出来:"好东西,买伐啦?"

这时王生突然想起船上抱孩子女人的一番话:"伸出手来就要铜钿,真是要命的事体。一双手是墨墨黑像个赤佬——伊眼睛里有凶光的呀,不给他铜钿要给他杀掉的呀!"王生直觉得脖子后面寒丝丝的一阵冰凉,连忙一把抓起衣服的下摆,风一样的拔脚向外跑掉了。

那天回来后王生才发现,就在他狂奔的时候,捏在手里的那幅字被什么东西扎了一下,有点破相,但毕竟还不碍大事。后来,有一天沈小红来公馆看他。她歪了头,在那面挂着字的白墙前面站了很久。

"……深知身在情长在,怅望江头江水声。"突然她扑哧一声笑着说道:"这后面两句写的是黄浦江吧?"

王生被她说得一愣——当然并不是。虽然黄浦江就在不远的地方,到了晚上,还能听到汽笛的声音,像很多小孩子在哭,怎么哄也哄不停。

"那天我在船上的时候,听到隔壁船舱有人在吹箫。但等到仔细去听,却又停了。那时风浪很大,整个的船都在晃……他们说那个海域是有鲨鱼的。"

这时沈小红插话进来:"听说那种鱼很凶的,牙齿老长老尖,还朝外翻出来,长得非常怕人的。"接着她又想到了什么,问道:"你说的那个跳海的人,是真的伐?"

王生正躺在榻床上吸烟,听到这话,不知怎么呛了一下,吭哧吭咶地咳了一会儿,好久才回答道:"怎么不是真的,我看他跳下去的。也就是眼睛眨一眨的工夫,人就不见了。"

沈小红噢了一声,紧接着又说:"我是不大相信的,跳下去要淹死的,弄不好还给鲨鱼吃掉。"

王生这时缓缓地吐出一口烟来,说道:"这事想起来真是不吉利,连汗毛都要竖起来的。你说怎么会碰到这样不吉利的事情?"

沈小红也不接话,自顾自地往下说:"我是不相信的,我终归有点怀疑这不是真的。"

就在这时,一只小蛾子飞了过来,它扑动着翅膀,在沈小红鼻尖那儿落下了巨大的阴影,王生顺势转过头去。还是在昏黄的灯光下面,沈小红皱着眉头,微微抬起了下巴。虽然眉目里仍然少不了长三堂子的那路娇媚,但王生却是实实在在地给怔了一下——以前他怎么就没留意过呢,沈小红那小而尖的瓜子脸,她那双似笑非笑的眼睛,她那抬起的小下巴在空气里划出的一道细小弧形。这一切,突然让他想起很多年前,当他还是一个少年的时候,在乡下老家。那是一个初春的下午,他母亲让他送一样东西去邻村的亲戚家。下着很小很小的雨,走了很长一段路,才觉得鼻尖上慢慢变湿了(这让他想起了自家的狗)。他在一棵柳树下闭着眼睛站了会儿,觉得有无数根被水泡软的绣花针慢慢地飘下来。

他听到了母亲的声音,她在叫他,手里拿着一把伞。

他忘了是在什么地方看到那个少女的。柳树下面?弯弯的田埂那儿?雨停了?下得很大?一只鼻尖那儿粘乎乎的狗跟在她旁边?

他记得她的瓜子脸、眼睛、嘴边的笑意……他们可能还说了话,但说得没有太大的意义。他在她身边停了下来,犹豫了一会儿,说道:"下雨了。"

王生年纪很轻就结了婚,是那种老式而合法的婚姻。太太是族上的远亲,一个圆脸白皮肤的姑娘。王生的母亲对他说:"记得吗,小的时候，你们还一起玩过呢！"但王生却全然没有这方面的印象。他只记得婚前第一次和她说话，她娇羞地侧过头，顺带红了半边脸。但后来王生发现，非但和他，而是和其他一切人说话，她都会脸红。再到后来，有一天，王生无意中见她一个人坐在院子里绣花，一双缠过的小脚露出一小半在红裙外面，像只探头探脑的鸟。太阳暖洋洋的，蝴蝶懒洋洋地飞，她垂着头，脸上红扑扑的。

她是个一说话就脸红、不说话也脸红的女人。王生估计在她的生活里，除去父亲兄弟，几乎没见过什么其他的男人，但在新婚之夜，她却异常主动地尽了女人的职责，几乎有着讨好的嫌疑。王生莫名其妙的心生一念，似乎她把他当作了一个长期卖淫的主人，这却比她动不动的脸红更让他生厌。

王生后来出来做事，太太一直就和母亲一起住在乡下。他一年回去个几次，走的时候，她小脚踩着碎步送他。好些年了，她仍旧有脸红的毛病，人却有点过早见老了。她颤巍巍站在村里的柳树下面，眼光像一根根飘风的柳絮。王生在那柳絮般的眼光里变得有些恍惚起来，她看着他，可怜兮兮的。千万人中，命定了这个女人是属于他的，但王生不知突然又想到了什么，朝她挥挥手，转身走掉了。

再往后他回去的频率越来越少，等到调任上海做事，机会便更少了。有一次他和沈小红一起去一处书寓吃饭，才踏进客堂，王生便愣住了。只见客堂西角上放了只金鱼缸，大约一米见方的样子，里面装了大半缸水。鱼缸很深，从底下长出暗绿色的水草。客堂的门窗全敞开着，一阵从地底下冒出来的穿堂风，鱼缸里花花绿绿的鱼全体来了个休止，尾巴都不动了。悬空在那儿，听着什么。风是从前面来的，王生那件灰蓝色的长衣被牢牢地吸附在身上，弓起来，就与一只负荆请罪的虾米像极了。

倒是沈小红捂着嘴巴笑了起来，说道："快瞧快瞧！你说的那只鱼缸不就在这儿嘛！"

王生也不说话，一个人又站了会儿。一个才来几天的娘姨拿了小菜来摆台面，王生悄悄问她："这鱼……从哪里来的？"

这娘姨长得白净，但眼睛略微有点倒挂，显出惶惑、刁钻、憨笨兼有的神情。她轻声答道："是这里先生的客人送的。"脸颊那儿却奇怪地红出一小块来。

后来王生一直在琢磨那娘姨脸上的飞红，不由得心生感慨，毕竟是长三堂子里出来的娘姨。虽然王生实在想不出她有什么好脸红的——在很小很小的一短片时间里，王生还突然看到了那棵柳树，他家乡的女人站在它底下，面若桃花。不知为什么，他觉得她就像一尾风干的鱼。他不看她，她就冻在那儿，等他远远的瞧瞧她，她这才活转过来。但即便活转过来，她也只是从鱼缸这头游到那头，再从那头游回这头的鱼。

"你走来走去当心点，这种鱼缸很容易弄碎的。"王生没头没脑地向娘姨甩出这一句来。那娘姨正忙着，没上心，倒是沈小红在旁边听了，咬咬嘴唇——连堂子里的娘姨都要他这样关心的，就扭头白了他一眼。

二

这天下午，王生事先约好了带沈小红去见一个裁缝。那是个长着一头金发的白俄女人，近来上海流传着很多关于她的传奇版本，主要有以下这些：

第一，白俄女人经营的服装店是目前上海价格最昂贵的；

第二，白俄女人长得相当漂亮，身材则如同铅笔般细瘦；

第三，身为裁缝，白俄女人却拒绝为任何身材超过一定宽度的人做衣服。

沈小红最为关心的是第三点。她曾经颇为好奇地问王生："这个一定宽度到底是什么意思呵？"王生想了想，觉得自己也回答不上。在沈小红这儿，王生经常会遇到这样的情况。比方说，有时候沈小红会问他："你们男人是不是都爱上这种地方呵？"又比方说，近来她最常问的："你倒是说真话，不许骗我，那个在船上跳海的人，是你编出来的吧？"还有一次，他们不知为什么事吵了起来，沈小红蓬头垢面，一把眼泪一把鼻涕泼妇似地大闹。但过了会儿，她突然又软了下来，从后面抱住他，挂了泪的脸贴住他的背："你这心不晓得怎么长的！变得真厉害，你不会不要我了吧？"

王生不知道该说什么，他明明晓得他的心不长在背上，但她的话却莫名其妙的有些叫他心酸。

有一些事情王生是清楚的。他是嫖客，而她，则是他用钱买来的女人。在上海，像她这样的女人有不少：沈小红住在荟芳里，周双珠住在公阳里，黄翠凤则住在尚仁里……像他们之间这样的关系也是常见的：嫖客们在她们身上花钱，买全套的红木家具，买衣服、首饰、各种各样的花销，一开始是不认识的，后来成了客人和倌人。有的能好上很多年，有的刚好上就闹翻，还有的要好得头都要割下来，就连最后的结局也是有迹有循。有人就这么劝过他："阿生呐，我这些时看下来，越是跟相好要好，越是做不长。倒是不过这样么，一年一年也做下去了。"

但有一件事情他却不是很清楚——有时候，他经常会听到一个细小而尖利的声音在那里叫着："我和你们是不同的……我和你们是不同的……"然而问题在于，他说不清楚究竟是哪里不同。这是个欲语还休或者说有些禁忌的问题。王生甚至觉得，就连多想想它，本身也是种禁忌。

这个下午时阴时雨，时雨时阴，王生去沈小红那里接她。弄堂里静悄悄的，平时那些卖五香茶叶蛋、弹棉花胎、修鞋、算命的，一下全没了踪影。王生正低头默想，一个梳了刘海的女人突然从门洞里探出头，"哗"的一声，倒出一大盆面汤水来。

"哎哟，吓死我了！"她大白天见鬼似的，使劲拍着胸口，冲着王生大叫起来。

明明应该是王生吓一跳的，结果却是那女人被吓着了，王生不免也有些生气。但他一旦生气，话便说不太连贯，甚至还有些轻微的口吃，所以他干脆也睁大了眼睛瞪她。这一瞪不要紧，那女人竟然扔了手里的脸盆，两只手抱着脑袋，逃一样地进去了。

"刚才在弄堂里，我遇到个神经病女人。"两人在马车上刚坐定，王生便气呼呼地告诉沈小红说。

"神经病女人？"沈小红一脸诧异。

"你说怪不怪，她差点把水泼在我身上，却说自己要给吓死了。"王生恨声道。

"她长得怎样？"沈小红也觉得可乐，嘻笑着朝王生身边挤，但仍不忘追问道："蛮好看的吧？"

"嗤，那也叫好看？梳了排刘海，十足像个马桶盖。"王生讲得咬牙切齿，心里略微舒服了些，但还是有不放心的地方，问道："我今天是不是特别难看呵？"

"你不要瞎说。"沈小红柔声道。

"那她干嘛像见了鬼似的？"王生想起刚才的一幕，忍不住又问。

"这……"沈小红一时有些语塞，但她是个聪明女人，又凭借着长期的职业习惯，便远兜远转的把事情岔开去："恐怕她是给上个礼拜的那件事吓坏了。"

"上个礼拜？"王生果然上当，顺着沈小红的思路问下去。

"上礼拜呵，我们弄堂里出了一桩事情。早上有一家的娘姨出去买菜，起得早呵，天还是有点墨黑的，墨黑还不算，潮露露的还有雾气。这个娘姨么可能隔天晚上没睡好，打着瞌冲，走起路来一冲一冲的。快要到弄堂口的时候，她不晓得怎么脚下碰到一样东西，软乎乎的。她好奇地凑上去看，原来是一堆破布。她也是小孩子脾气，再用脚去踢一踢，这么一踢，那堆布就散开来了，里面露出一样东西来，你猜是什么？"

"铜钱？"王生脱口而出。去沈小红那儿时，他常给她带些东西。有时是她开口向他要的翡翠头面、玉佩，有时则是他一时兴起，在街边买的一朵肥白的栀子花，一包热烘烘的糖炒栗子……他去看她，多半是因为想她。但若是空了手去，即便她不说什么，他也会觉得不对。他不能光带了感情去，感情——即便它确实是存在的，这好像也已经成了禁忌。

"那么，是一只老鼠？"沈小红怕老鼠。王生头一次在她那儿住夜，月光底下，确实有只灰白的小鼠当屋穿过，沈小红吓得尖叫了起来。王生至今还记得当时的情景，在清晨三四点钟模糊的月色下面，她显得那样弱小、无助。其实他也是弱的，那天他刚看了场关于打仗的电影。里面那么多的死人，那么多的血，那么多的半死不活的扭动的肉体，还有那么多的人吃了枪子，扑通扑通地从船上往水里跳……

"还猜不出来呵？"这时沈小红催着问道。

"真猜不出来，"王生伸出手，轻轻拔掉沈小红头上的一小根白发，说道："告诉我，里面到底是什么？"

"一个死婴，是男孩，脸色都发青了。"沈小红说。

白俄女人的服装店设在一家饭店的底层，沈小红和王生从马车上下来时，雨停了，天边挂着一小道虹。沈小红抬头望了望它，突然觉得眼前一阵晕眩。这一小道的虹吊在铅灰阴翳的天上，亮堂堂的直晃眼。同样亮堂堂的还有她身边这个高大的饭店建筑，白清水砖墙，中间嵌了道红砖的腰线，就像天生是为一个裁缝设计的。

灯光暗得更像烛光。地毯是吸音的，使人联想起林中积雪。很多很多曲曲折折的扶梯，很多很多长长弯弯的过道，全是看不见尽头的。点着烛光的林中积雪里慢慢走出一个人来,穿着白的制服,戴着白的手套,他说的话沈小红也听不懂。后来王生说话了,他说:"找丽蒂亚女士。"

裁缝丽蒂亚正坐在一张沙发上看报。在推开丽蒂亚的门以前,在长得让人产生幻觉的走廊里,沈小红还迎面遇到了好几个女人。两个极瘦,一个丰腴,另一个则特胖。"为了让她量腰身,今天中午我可是饭都没敢吃。"沈小红一面与王生小声打趣,一面思忖着,这名叫丽蒂亚的女人一定是有怪癖的。沈小红以前也见过几个白俄女人,也美,但多半是又粗又大,在中午白得冒烟的日头下走过时,灰绿色的眼睛斜视着,身上像冰山,所以坐在沙发上真正的丽蒂亚抬起头来时,沈小红不由得愣了一下。所有的事情她都想对了,但又不全对——丽蒂亚确实漂亮,但更像蜡像馆里好看而生硬的蜡人,没有一点点即便是肮脏的人的气息。丽蒂亚确实很瘦,但她穿了件罩住脚背的中式袍子,只露出高高突出的锁骨。丽蒂亚也确实奇怪,因为沈小红盯着她看,她也回看,用那双冰冷的不像是人的眼睛,异域的眼睛。沈小红手足无措地涨红了脸,但丽蒂亚的脸一直是白的。沈小红想,那多半是因为冷漠。

屋里的窗帘下着,看得出是用好布料做的,但已经有点褪色了。壁炉里冒着火星,噼的一下,啪的一声,不知道是刚生起来,还是马上就要熄掉。几盆小菖兰和杜鹃花可能才从暖房里拿出来,被随意的摆在角落里。有点蔫,正打瞌睡似的。还有一只蜷成一团的波斯猫,懒洋洋地躺在丽蒂亚脚下,睡着,却像死了一样。丽蒂亚慢条斯理地把报纸折起来,再折一道,轻轻地在膝盖上磕两下,这才冲着沈小红开口道:"你的腰围,多少?"

看得出来,丽蒂亚的中文不太熟练,但沈小红却觉得,这样短促而确凿的表达才是最适合她的。所以当王生提出要为她们当翻译时,她坚决地摆手拒绝了。

"1尺8寸……也可能1尺7寸吧。"沈小红看着丽蒂亚脸色的变化,犹犹豫豫地回答道。

丽蒂亚微微皱了皱眉,简短地说:"量一下,过来。"

丽蒂亚的手在沈小红腰里蛇一样地滑动,她金黄色的头发像火,但那火是没有温度的。她手里拿着笔直的裁缝专用尺,手上暴出清晰的青色的筋络。她们两个离得那样近,沈小红几乎能闻见白俄人身上那种微酸的体味,但不知道为什么,沈小红就是觉得丽蒂亚不像一个血肉之躯。她有种强烈的感觉——丽蒂亚从头到脚都像个假人,连《聊斋》里的鬼都不如,因为没有心。

又过了一会儿,丽蒂亚的手终于停了下来。她冷冷地,自言自语般地说道:"1尺7寸半。"

沈小红好奇地问道:"那,可以吗?"

丽蒂亚点点头,顺带把"可以"或者"不可以"省略了。

任何一个女人,只要讲到衣服或者男人,总是免不了眉飞色舞的。沈小红连声地比划着说下去:"那,滚边要阔一点,用深紫色,宝蓝的也行……领子要高,边上斜出来。底边长些,盖住脚才好……"她自己没在意,倒是旁边的王生用胳膊肘捅了捅她,还闷闷地咳了几声。

这时沈小红才注意到,丽蒂亚正一脸厌倦地摇着头。

沈小红惶惑地看看王生,又惶惑地看看丽蒂亚,问道:"怎么?"

丽蒂亚的回答仍然很简短,一字一句都要算钱似的说道:"什么场合穿?只要告诉我。"

沈小红这时多少也被她的简洁感染了,一字顶一字地回答说:"饭局。"

丽蒂亚牵牵嘴角道:"行了。"

沈小红诧异地脱口而出:"行了?你连款式都不问问我?宽袖还是窄袖,高领还是低领,长度多少,滚边的颜色呢?你怎么就知道行了？"

丽蒂亚一如既往地明确道："不需要这些，你没有发言权。拿衣服，半个月以后。"

这个饭店的顶层是个装修考究的餐厅兼舞厅，在一个临窗的座位坐下后，沈小红这才惊讶地发现，黄浦江竟然就在底下。薄暮下面，泛着波光的江面上缓缓行驶着几艘中国式的帆船。沈小红有个远房亲戚就住在徐家汇的河上，那是只不足六英尺宽的小舢板，上面盖着藤条的顶棚。沈小红第一次去那里时，一个裹了小脚的女人正坐在船沿上为一只拖鞋绣花。她悄悄地告诉沈小红说："是为外国市场做的。他们要很多双这样的拖鞋，白色的，丝的。"船舱里面，几个男人正围着打麻将。一些浅蓝色的烟雾从烧木炭的炉子里升起来，空气里充满了一种臭水沟的气味。直到离开，沈小红都没弄清，那种气味究竟来自浑浊的河水，还是和那几个光脚赤膊的男人有关。

"看，丽蒂亚。"这时，沈小红听到了王生压低的声音。

确实是丽蒂亚。这个顶层餐厅由一架老式电梯接送客人，此时电梯口出来的两个人里，一个就是裁缝丽蒂亚。丽蒂亚穿了件紧身的黑色晚礼服，脖子那儿垂着一长串硕大的珍珠。她的金发在脑后挽出一个厚重的发髻——夕阳下面发光的山峰也就不过如此罢。而另外一个，是此刻正站在丽蒂亚旁边高大帅气的男子，此人皮肤稍稍有点黑，但眼睛亮得像两盏小灯。

"那是她丈夫，据说还是个时髦的海军军官。"王生犹豫了一下，继续说道："她丈夫是个中国通，他们每天晚上都来这里跳舞，大家都说他们在一起跳得很美。大家还说……他们非常相爱。"

一个穿白衣服的中国雇员走在前面，丽蒂亚和她那军官丈夫跟随在后。丽蒂亚显然已经认出了沈小红他们，她低下头，和丈夫低语了几句。

"你们好！"沈小红正低头吃一份马里兰炸鸡,高大的海军军官已经站在了她和王生面前。

很显然,相对于丽蒂亚的沉默,她的军官丈夫是相当健谈的,他从服务员手里接过一杯加了冰块的酒,耸了耸肩说道:"丽蒂亚从来都不肯为我做衣服,她说我的宽度超过了尺寸。"接着,他像是突然想到了什么快乐的事,笑着高声说道:"你们知道吗,丽蒂亚是个怪人。"

然而沈小红觉得丽蒂亚的丈夫也是奇怪的,他喋喋不休地说话,喋喋不休地喝酒,他小灯一样的眼睛一直照在丽蒂亚身上。他说:"丽蒂亚每天早上都在窗口看着我出门,我骑着那匹可爱的蒙古矮种马,那还是去年秋天的时候买的……那可真是匹好马,是吧,丽蒂亚?"他又说:"对了,你们知道蒙古的矮种马?它们长在中国的蒙古草原上,每年一次被人赶到南方来。只有在长江流域的马市上才能买到它们……你知道它们有多棒吗?"他转过头看了看王生,王生有些茫然的摇了摇头。"你知道它们有多棒吗?"他又回头看了看沈小红,沈小红也不知所措的摇头。"它们可真是棒极了!"这回,他什么人也不看了,自顾自地说下去:"你们知道吗,一匹50英寸左右高的马,它就可以驮起一个重达140磅的人。140磅!想想看,140磅!"

夜色已经像军官鼻子里喷出的雪茄烟,一点一点弥漫起来了。沈小红注意到,军官说话的时候,丽蒂亚总是沉默着在听。如果说,下午的丽蒂亚像尖锐而冷的冰,那么此刻,丽蒂亚就被笼在那层浓浓的烟雾里了。也不知道为什么,沈小红突然想起,曾经有一次,她在弄堂里看到过一匹受惊的白马。它远远地奔来,叫声凄厉,鬃毛飞扬,它一连踩伤了好几个人。但沈小红却一直记得,那匹马眼睛是红的,好像在哭。

军官的话也像那匹惊马,一旦脱了缰,就很难再停下来。"但驯养矮种马可不是件容易的事。草原上的马野性可真厉害,一开始非得三个人帮我才行,两个人抓住马头,第三个人按牢它的一条后腿……啧啧,那可真是要命的事情,真是要命的事情……"他的身体奇怪地晃动起来,仿佛此刻正骑在马上,行于途中。

这时王生也喝了点酒,有些兴奋地加入了谈话。他说他倒是凑热闹去看过赛马会,每年春天和秋天都各有一次。他兴致勃勃地说道:"那时好多人赌呵,连小姐都赌——她们倒不是赌钱,她们赌扇子、女帽、雪茄烟盒,甚至还赌男朋友。"

大家哈哈大笑,军官笑得最响。

沈小红又插话进来道:"那也应该是外国小姐吧。"沈小红不会赌钱,钱是自由恋爱从男人那里赚的,虽然还不够自由。

军官的眼睛闪闪发光道:"我倒见过一个,穿着好看的绸衣服。"身边的丽蒂亚这时竟然舒展了眉眼,军官便愈发开心起来道:"中国女人,好看的。"回头看一眼丽蒂亚,又一字一句的补充道:"当然,丽蒂亚最好看。"

就在这时,舞池里奏响了低沉的乐曲。一个矮矮的系了黑领结的老头,突然幽灵似地站在了那里。灯光很暗,闪烁不定,老头的脸一会儿白得像个死人,一会儿焦成一根木炭。他微微地垂着头,看上去有些漫不经心。又过了一会儿,老头抬眼看了看下面的观众——这是所有的事情里非常奇怪的一件。因为很多人都觉得老头是在看他们。沈小红、王生、丽蒂亚、丽蒂亚的军官丈夫、邻桌那一对路都快要走不动的上海老夫妇、两个站在暗处旗袍开叉到腰部的中国流莺、手里端着法国香槟的白衣侍者……电梯门刚刚打开,里面走出一位漂亮女士——天使也没她好看,修女都不如她冷漠……

老头的脸上浮现出一种微笑,他要唱了。每个人都觉得他是唱给自己听的。

"丽蒂亚!来,我的小丽蒂亚!"

军官摇摇晃晃地从座位上站起来。他一站起来,丽蒂亚也起来了。他们俩手拉手地走到舞池里去了。他们俩一走进池子,已经站起来或者刚想站起来的人,就又纷纷坐了下去。

但歌声已经起来了,丝毫没有停顿:

太阳升起前忧郁向我袭来

我泪水汪汪

太阳升起前忧郁向我袭来

我泪水汪汪

我不喜欢这种情感

它令人多么悲伤

沈小红目不转睛地盯着他们。丽蒂亚和她的军官丈夫,他们确实跳得美,美得简直就不能叫舞蹈,而是黄浦江上升起的一个梦,但这个梦很快就被邻桌的那对上海老夫妇打破了。

先是听到老先生不断地用手轻敲着桌子,他长长地叹了口气,说道:“一对可怜的人呐。”

应该是恩爱夫妻,因为白发苍苍的老太太也习惯性地跟着叹气。但其实是不明就理的,所以叹完气后,紧接着又好奇地问:“为什么?”

老先生继续感慨道:“没有家了呀,上海的这些白俄都没有家了呀。”

老太太跟着感慨道:“是呀,没有家了呀。为什么呢?”

这时老先生压低了声音,用男人谈论时势政治时的标准语气缓缓说道:“他们的政府取消了他们的公民权。因为他们现在住在国外,所以就再也回不去了。你知道吗,他们现在已经是难民了。”

听着这些奇怪的词:政府、公民、难民……老太太脸上像焰火一样变幻着,惊讶着。她一边点头,一边继续发问道:"怎么会有这种政府的呀?"

老先生感慨而欣慰地点头,再点头,嘴里不停叹息着:"没有家了呀,没有家了……"他是有家的,自家的窗户外面也能看到黄浦江。就连将来的归宿也安排好了,比较新派的、非常潇洒地关照小辈他们道:"以后也不要你们多操心,就把我葬在黄浦江里好了。"

不知怎么的,就连随和的老太太也有些伤感,一时沉默了下来。他们沉默了,沈小红却突然扭过头去,看着灯光下闪烁不定的王生,用一种非常认真、非常严肃的口气问道:"上次,你说的那个跳海的人,是真的吗?"

三

这是一个繁花似锦的春日。

隔天夜里沈小红没睡好,迷迷糊糊的,却老是听到隔壁弄堂里的狗叫声。她两次推窗去看,第一次是光看到月亮,亮堂堂的,像一张上了白粉却没有五官的戏子脸;第二次刚好有个黑影窜过去,"嗖"的一声,还连带一个飘远了的声音:"着火了!着火了!"

沈小红心里猛一惊,刚想下楼叫人去看个究竟,那黑影却在不远处站定了,只听有人嘶哑了嗓子在叫:"在东棋盘街那儿呢!"

后来,便是敲钟的声音,好像是四声。再后来,那钟声突然变成了沉闷的鼓点,一连串清脆的拍板——竟是戏园子里的氛围了。这时,一张上了白粉五官清秀的俏脸露了出来,幽幽唱道:"一霎时把七情俱已昧尽,参透了酸辛处泪湿衣襟……我只道铁富贵一生铸定,又谁知人生数顷刻分明。"

那脸、那身段、那回眸的眼风……即便磨成了灰,沈小红也认得他。她伸出手,娇媚地迎向他,眼前却突然空蒙起来。"嗡"的一下,像无数碎白珠子串成的雨帘,就那样隔在那儿,隔着他和她。她穿过了一道,却还有下一道,层层叠叠,总也没有完……本来就是挣扎着才好不容易睡的,这不,刚刚才入梦,一下子便又醒了。

但天确实是好天。像这样的好天,在一年里也是难得遇上的。荟芳里的小院子,那些种着的花全都开了,桃花、梨花、杜鹃、山茶、牡丹、芍药……就连王生撩起衣摆下了马车,缓缓步入。穿越了无数开着花的树枝,散着香的花瓣,终于出现在沈小红面前时,她也突然有了一丝细微的惊喜。

他们想去龙华附近的一个小寺求签,这是好几年来的老习惯了。前些年去的都是有名的龙华寺,坐着马车去的。一路上全是马车,风尘滚滚,马车上坐的都是像他们这样的香客。虔诚的,或者并不那么虔诚的。他们烧香、许愿、求签,还顺带去看看风吹铃响的龙华古塔,但去年却出了点意外。赶马车的车夫不知怎么走岔了路,走着走着,发现路上只剩他们一辆马车了。路越走越错,但景致却是越来越好。路边开着桃花,林中飞着鸟鹊,还左一点、右一滴的飘下雨丝来。两个人渐渐的都不想回头了,像孩子一样在车上嬉闹起来。这样突然一个拐弯,那个野地里的小寺就梦幻般的出现了。

王生先下车,走了几步,回头向沈小红招了招手。

一路都是湿漉漉、绿油油的竹林。雨不大,反倒每一丝、每一滴都在竹叶上站稳了脚跟。空气里织着雨雾,连雨雾都是绿的。

"真静呀,要闹鬼似的。"沈小红小声嘀咕着。

竹林的尽头是座石桥,寺庙则在石桥的那一头。旧得掉漆的寺门大开着,但里面看不见一个人。从寺门里望进去还是竹林,看不到尽头。

"吓人伐,吓人伐。"沈小红的声音变得有点不自然起来。

"蛮好的,别瞎说,蛮好的。"王生伸出手去,正好和沈小红的手抓在了一起。两个人——嫖客王生与妓女沈小红,就这样手牵着手,在雨雾里慢慢的飘了过去,飘过了竹林,飘进了没有门框的寺门,又飘在另一片看不见尽头的竹林里了……

那天他们每人都求了一次签,一个面无表情的老和尚站在旁边为他们敲钟。他先是问沈小红说:"你拜不拜呵?"沈小红连忙点头回答道:"拜!拜!"老和尚就面无表情的为她敲响了钟。接下来他又问王生道:"你呢? 拜不拜呵?"王生还没来得及回答,或许是刚才受了点凉,喉咙里一阵发毛,一个很响的喷嚏脱口而出。但好像谁都没有注意到王生的失态,因为老和尚已经面无表情地手起钟响。

他们事先约好了,求来的签彼此不看。非但不看,而且不说。然而,从寺里出来,重新坐上马车踏上回去的路,王生与沈小红却不约而同的得出了这样的结论:明年还得来一次。不去龙华寺了,就来这里,还让那个面无表情的老和尚敲钟。

还是那个走岔路的车夫,还是这个季节,口袋里还装着去年求来的那支签。他们想着:等到还了愿,就告诉对方签上到底写了什么。他们没想到今年再也找不着那个寺了。

回来的时候已经时近午后,车夫急得满头大汗——这回不是因为出错,而是为了再也没法第二次同样的出错。车子刚进弄堂,沈小红就赌气下了车,头也不回地进了荟芳里。虽然沈小红有时也是任性的,但这天的王生原本就心里不快,也就漠然的没去理她。

马车沿着弄堂"的的"而去,一个手里挽着元宝篮、压扁了嗓门叫卖"栀子花"的刚嚷出半句,抬头看到王生的脸色,吐吐舌头,活生生地把下半句重新咽了回去。在不断晃动的马车上,王生一声不响地坐着,同样晃动着的还有他抓在手里的一件东西,那是去年王生在那个小寺里求来的签条。去的时候,王生把它小心翼翼地放在身上,但是现在,它突然变得不真实起来。王生觉得,它就像捏在手里的一大把沙子,走一路,散一路。

下午王生在自己的公馆里睡了一觉。大约三四点钟的时候,女裁缝丽蒂亚的军官丈夫来找过他一次。他手里夹了支雪茄，在王生客堂那面挂着字的白墙前站了会儿。这些日子，军官不时会来王生这里坐坐。有一次，军官很好奇的询问王生什么是"装一支令人满意的烟枪的窍门"。还有一次，他突然瞪大了那双蓝眼睛，不无愤慨地说道："你们中国的老子，那个叫老子的，他凭什么说天底下的人都和狗一样呢！"

不过这天下午，军官倒是没和王生探讨什么。他不停地喝着王生沏的新茶，显得很沉默。倒是王生没话找话地问他道："丽蒂亚呢？可好？"军官狠喝一口茶，又是摇头又是微笑地说道："她倒是好，只是更怪了，客人上门做衣服，腰围超过一尺七寸半的一概不做。"王生看着窗外，心不在焉地问道："那以前是多少呢？"军官叹口气道："以前倒还是一尺八寸的。"

喝了两杯茶，军官就急匆匆地起身告别。王生礼节性地挽留他，他却连连摆手道："你不知道的，丽蒂亚最近迷上了骑马！还不太会骑呢，胆子倒比男人还要大！"又放了轻声道："最近我们新买了一匹矮种马，丽蒂亚管它叫"烈焰"。这时，军官的身体像真被火焰烧着似的，微微抖动，轻轻摇晃道："过一会儿我们又要去骑马了，所以我还得赶着去添点马具。"稍停片刻，他又怜爱摇头道："这女人，这女人……"

是傍晚时分开始起风的，王生正呆坐在窗前发愣，一张嫩绿的叶片突然旋转着扑上来，正中他的鼻尖，一股腥甜的春天的香气。去年，他和沈小红从那个小寺回来的途中，正遇上一群穿了赛马服的男男女女。一个黑衣人一声令下，马夫便揭去盖毯，束紧肚带，骑手们纷纷上马，沈小红和王生的马车还在后面跟着跑了一段。都是些平坦的乡间土路，路边散布着高高低低的坟堆和周围长着杨柳的泻湖。透过或疏或密的树丛，王生还看到一个由鸬鹚帮着捕鱼的人。十几只鸬鹚出操似的，在他的舢板边站成一排，脖子上扣着金属做的圆环……

到处都是风的声音，马的汗味，还有紧贴在后背上的女人的香气——当然，那是正奔跑着的丽蒂亚和她的丈夫，他们骑着那匹名叫"烈焰"的马。在他们头顶上，一只喜鹊久久盘旋——王生突然觉得心头一阵发热，眼睛在屋子里忙乱的四下寻找起来。

那根签条好好地躺在八仙桌的一个角上。上面是简简单单的四个字："华枝春满。"

还是那条静悄悄的弄堂，还是那种古里古怪的天气，刮点风过后，阴了一阵、雨了一阵。还是那个经常回响在王生心里的细小的声音："我和你们是不同的……我和你们自然是不同的……"甚至那个挽了元宝篮的人也没走远，他显然是认出了王生，但这回他把一句话悠长而婉转的唱了出来："栀子花——要伐啦——白兰花——要伐啦。"

一切都是那样似曾相识。那把抓在手心里的流沙，回光返照似的，一点一滴再聚拢来。金鱼游回了鱼缸，落叶绽放在枝头……突然，在一个石库门前面，一个梳了刘海的女人探出头来，似笑非笑的看着王生。

这回是王生被吓了一跳。他下意识地退后两步，缩了缩脖子，等着一盆面汤水从天而降。

然而没有，刘海女人起手捋捋额前的头发，嘴巴贴近了王生的耳朵道："落雨了，憨大！"她嘴里吐出的热气，在王生的耳根上凝了几小滴水珠。王生只觉得无数颗暖融融的小水珠，在他心里升起来，落下去。落下去，又升起来……他闭着眼睛，听到一个不太像自己的声音在那里说道："你说什么？你刚才在说什么？再说一遍，你再说一遍。"

刘海女人的手从那条开叉到腰部的旗袍里伸出来，小白蛇般，慢慢地游在王生的下巴那儿，又凉又腻的。她笑道："憨大！我说你是憨大！"

10分钟后，王生衣衫不整地从石库门里奔出来时，刘海女人蛇一样的声音还在耳边回响着："憨大！我说你是憨大！"他才奔出几步，猛想起刚才脱衣服时，那根去年的签条忘在了刘海女人床边。但要再进去拿，他却是万万不乐意的。那疾风骤雨的10分钟，王生只觉得时光倒转，他变得完全不认识自己了。那个沉默、文雅、有教养的王生，那个爱美、懦弱、感时伤怀的王生，他们到哪里去了？风疾雨骤，他非但把自己吓坏了，更是一分钟一分钟地浇灭了疯长的火……所以等他再次回到寂静的弄堂，听到远处压扁了的卖花声，王生只觉得彻头彻尾的冰凉。他真是恨透了自己，他真是发了疯了！

王生靠在一棵柳树上整理着衣服，神思恍惚。此刻，他是这样地厌恶着自己，从而厌恶起所有的人。他觉得他的手是脏的，他的脚是脏的，他的嘴巴也是脏的。

"铜钿有伐？"一个穿得破破烂烂的黑面小个子，不知什么时候冒了出来。

王生觉得他的嘴是脏的，所以板着脸不愿意说话。

"铜钿有伐？"小个子的手在王生面前摊开来。墨墨黑的一双手，王生看着就觉得恶心，王生不愿意理睬这样脏的手。

"活命的铜钿，先生行行好，给一点吧。"小个子说话字简意骇，温文有礼。要在平时，王生一定会喜欢这样聪明的乞丐，但今天的王生一意孤行。他不愿意说话，不愿意行动，甚至不愿意理睬。

几秒钟以后王生就倒在了那棵柳树下面，带着一道致命的伤口，吭都没有吭一声。谁也没想到小个子乞丐会有这样好的身手，他一下扳住了王生的脑袋，刀片割断了王生的喉咙。乞丐随手把刀片扔在了地上，一把扯下王生身上的玉佩，转身就走。

而此时，隔了几十步远的荟芳里，沈小红正和一个男人歪在床上。沈小红侧着身子，正熟练地装一支烟枪。而那男人，则一只手撑着下巴,另一只手在空气里翻着兰花指。他的五官看上去倒是更像女人,即便现在还没上白粉,正素净着一张清水脸。

天色一点点地暗了下来。天上挂着一小片铅灰色的云,云里一小角月亮探出头来。斜斜的,吊在那里,像一小把薄薄的刀片。只有颤巍巍的锋利,没有光。

沈小红把手里装好的烟枪轻轻磕两下,再磕两下,然后才递给了身边的那个男人。"拿去。"她笑道,"像是上辈子欠你的,昨天晚上还梦着你呢!害我又是一晚上没睡好。"

那男人接过烟枪,嘴里含糊地答应着。不知为什么,他的声音听上去也像是空气里的兰花指,羽化成蝶的时候就是这样的。

沈小红仰脸看那男人,嘴角眉心都带着笑。过了会儿,她像是想到了什么,直起身子,非常认真地问道:"有桩事体倒要问问你,你说,在一个有鲨鱼的地方,一个男人突然跳海了,你觉得是真地伐?"

还没等及那男人回答,远处突然传来了喧闹的人声。有敲锣的声音、哭声、鼓声、小孩的尖叫声……那男人怔了一下,说好像是哪里在出殡。但因为远,最终是听不分明的。两人一时来了兴致,想到窗口看看。下床的时候,不知是谁带了一下,"啪"的一声掉了件东西下来。

男人好奇地捡起看了看,是一根寺庙里的签条。他翻过来倒过去,然后轻轻地念出声来:"天—心—月—圆。"

月亮终于慢慢地从云里爬出来了。毕竟是春暖花开的季节,月亮即便不圆,也像是月圆,还有一股好闻的香味。月色普照大地,但是,躺在地上的王生,以及躺在床上的沈小红,他们谁也不知道,就在刚才起风的时候,有人在近郊的稻田里发现了裁缝丽蒂亚和她的军官丈夫,他们都已经摔死了。而那匹名叫"烈焰"的马横在一边,正喘着粗气。

人们很快确认了丽蒂亚和她丈夫的身份。因为他们在中国没有其他亲人,几天过后,一些朋友就把他们葬在了海里。在岸边,他们举办了一个小型的中国式葬礼,一个老和尚被请来做法事。他闭着眼睛,嘴里叽哩咕噜了一会儿。然后,老和尚非常卖力非常卖力地敲响了手里的一面铜鼓。

浮生

狐

芸娘取了一枝并蒂茉莉,插在鬓上。刚才洗头的时候,婢女小红在水里放了些桃红花瓣,那是今年春天时蓄下来的。院里那棵老桃树,一夜风雨下来,便是满地的落红。芸娘让小红备了两只陶罐,装满了,一只埋在隔壁沧浪亭爱莲居的屋檐底下,另一只则用来熏茶焙香。当然,夏天时芸娘是不用桃花瓣熏茶的,待得荷花初开时分。说也奇怪,那荷花晚上含苞,拂晓一露便乍然盛开,而芸娘总是用小纱囊裹上些茶叶,把它放置在花心。但不管怎样,用桃红花瓣浸水沐浴,毕竟也不是常有的事情,因此芸娘觉得,今天的头发仿佛就特别松软起来,而头发感觉松软的女人通常是会觉得心情愉快的。所以说,在这个黄昏的时候,芸娘实际上是心情愉快着的。

愉快着的芸娘突然想起了什么,回头对正在花格窗前的三白说道:"今天埂巷那边的老妇人又来过了。"

三白嗯了声,并没有答话。他正盯着窗架上一盆茑萝藤蔓的盆景看,两只小虫爬在上面,一只是暗青色的蟑螂,另一只则是淡淡的粉蝶。三白忍不住轻轻吐气去吹它们,蝶的翅膀动了,却并不飞走,螳螂则足踏已呈微红的茑萝叶,细臂稍曲,作环抱状。三白抬头蛮有意味地看了芸娘一眼,心想:"可真是个聪明女人,再有谁会想到,用针去刺死蝉蝶之类的昆虫,在它们颈项那里系上细丝线,然后再悬于花草之间冒充活物呢!"这样想着,三白便略略地有些走神,心思作出些游移的名状来了。

"你听到了吗?"芸娘见三白不答话,不由得又追问了一句。

"听到了,听到了,埂巷的老妇来过了,她来作什么?"

三白把临河的窗打开来,天是阴的,没有晚霞。对面沧浪亭的石桥那里坐了几个人,远远地能看见婢女小红也在那里,她挤在几个手拿马头篮的妇女中间,从装束上看,那可能是虎丘或者山塘那里的花农。

"她来说房子的事情,听话音她倒是挺愿意我们搬过去住的。"

芸娘走到三白的背后,窗开着,今天已经一整日没有开窗了。而现在,从开着的窗户那里可以非常清楚地看到对面的沧浪亭。暮色给它罩上了一层晕黄,虽然没有晚霞,却仍然是晕黄的,只是在黄的里面,少了平日的微红而已。而这则更使眼下的黄昏时分显得缓慢起来,就象石桥下面的水。这时能够看到石桥上一个挽着马头篮的妇女已经站起来了,有人买花,隔着帘子伸出来一只手,但因为隔离远,又是黄昏,那手的形状便看不分明了。

"她说她能腾出一间卧室给我们住,朝南的,竹篱笆门,附近都是菜圃,还有个小池塘……"

"她当然会把自己的房子说得很好,这些人还不都是这样的。"三白有些不耐烦地打断了芸娘的话,见她不服气地嘟起嘴,又接着说:"当然,我可以先去看看,如果还有一点像沧浪亭的话,我们就搬过去住个一月两月的。"

"像沧浪亭?"

“是的,像沧浪亭。”

听三白这样讲,芸娘就突然沉默了,不再说话。

天真的暗下来了。一到黄昏,冥色便如游丝覆盖,而总是在不经意中,夜便真的来了。两人临窗而坐,窗开着,略略吹进些晚风,还有一些非常细小的悉悉索索的声响,很像是从河对岸的沧浪亭那边传过来的。

“那老妇还说了,”芸娘整了整鬓边的茉莉花,又看了一眼身边的三白,“那老妇说,只是她家那间朝南的屋子里,以前是看到过狐狸的,她说不知道我们会不会在意。”

“哦。”三白正有些无聊地分辨着外面的声音,听芸娘这样一讲,倒愣住了,“狐狸?她说她那屋子里有狐狸?”

“是的,她就是这样讲的。”芸娘用两只手托住下巴像是尽力在回忆着什么似的,“她说有一次她在灶头那里烧饭,刚起了灶火,就看见一只狐狸从屋子里穿过去了,脑袋小小的,尾巴很长。”

“她怎么就知道那是狐狸呢?”三白觉得这事情倒有些趣味,便又问道。

“她当然知道,上些年岁的人都是认识这些东西的。”芸娘把鬓边的茉莉花摘下来,放到鼻子上闻着,然后又戴上去。

“哦,狐狸。”三白觉得这话题不免显得有些阴郁,便又换作了欢快一些的口吻,他伸手摸了摸芸娘才用桃红花瓣浸过的头发,说道:“狐狸,我倒是并不忌讳这些的,以后要是真的搬过去,只要不让它在卧室里跑进跑出的就行了,再说,只要你不害怕。”

“我倒是不会害怕的,”芸娘抢着三白的话头,说,“倒是今天,那老妇人坐在厅堂里与我说话,我让小红泡了新鲜的菊花茶来,小红拿了两杯,我便自己喝着,让那老妇人也喝。她坐在那里讲房子的事情,讲着讲着就说沧浪亭好,我说是呵,我也知道沧浪亭好,我说我们也是没有办法才想着要换地方住的。她便不响了,接着就讲到了狐狸,她说她那老屋里是有狐狸的。我记得她说这话的时候天还很亮着,她是中午来的,天气又好,她就在那里讲狐狸长狐狸短的。我有些倦了,懒懒地听着,谁知道猛一抬头,一眼望见那老妇的脸竟是绿的,真把我吓了一跳,仔细再看,原来是沧浪亭岸边的那棵老树,叶子密密层层地遮下来,又给正午的日光照着,闹了个人面皆绿,幸亏得外面游人来来去去的,挺热闹,要不,那一眼我还真以为是遇上了鬼呢。"

讲到这里,芸娘忍不住地想笑,她歪着头又想了想,便真的一个人咯咯咯地笑了起来。

仓米巷

三白让小红取伞出来,一边回头对芸娘嘀咕说:"这鬼天气,暑日里还下这样的雨。"

芸娘嘴里应着,又问三白拿了伞要到哪里去。

"仓米巷。"三白说,"去看看有没有合适的房子,据说那儿有几处地方等着要更换房主的。"

"怎么又想着要到仓米巷去?"芸娘停了手里正用麻油白糖拌着的卤腐,满脸不高兴地抬头望了望三白,"不是说好了,先去埂巷看那处老妇人的房子吗?"

"是的,当然,埂巷那里当然也是要去看的。"三白见芸娘似乎有些生气的意味,便伸手拍拍她的肩,像是哄小孩子那样地哄着。芸娘一别头:"别人讲仓米巷有房子你就马上到仓米巷去,别人再说大井巷有房子你又马上到大井巷去,那我说的呢,你什么时候又听过我说的呢?"

"唉,也就只隔个一两日,我便过去,这还不行吗?"三白啧了啧嘴,又哄了芸娘两句,便一手撑了伞,一手提着长衫的前摆,往石板桥上去了。

"我知道了,你还是怕狐狸。"

三白刚往前走出几步,恍然听到身后传来芸娘的声音,连忙又回头,屋门开着,门口却并没有人,只有绿而油亮的几根柳条迎风飘着。雨下得不大,却密集,密麻麻地随着风势斜落下来,有几串滴在三白的脸上,倒也有着麻酥的凉意。三白不由地住了脚步。刚才确实是听到人声的,好像也确实正是芸娘的声音,那声音因着雨势风声,显得有些飘摇与单薄,但声音里确实还是滑过了这样两个字:狐狸。是的,狐狸,这点三白知道自己不会听错,至于组成句子的其它语汇,三白便不敢确定了,但不管怎样,三白确信,刚才确实有人冲着他的背影说了那样一句话,所以,在石板桥上,三白又站了会儿。

桥上有三两个人走过去。有一个三白认识,两人点点头,打了招呼,那人手里拿着锅子,还热腾腾地往外冒着热气。三白知道那是去桥西点心店买点心的,小红也常到那里去买早点,那家卖的馄饨汤里有种调料,鲜美无比,有一次三白就与芸娘开玩笑说,那里面是搁了罂粟的壳与叶子。芸娘不信,芸娘说那是原汁的鸡汤,起先她老看见店主起早在桥边杀鸡来着。三白就大笑起来,三白说:"你可真是个傻瓜!那鸡是刚开始的时候杀的,等到做出了名气便不杀了,就放罂粟的壳与叶子,那比杀鸡可要来得有功效多了。"然而芸娘还是不信,三白就只能摇头,觉得芸娘多少有些滞意,而滞意的女人难免就有着怀旧的意思了。

想到这里,三白就觉得,刚才他身后的那个声音可能正是芸娘发出来的,三白知道,芸娘非常不情愿他到仓米巷去找房子,那是一条闹市旁边的横巷,那边的房子宽敞倒是宽敞,然而方方正正,无池无水,根本就是没有一点犹如沧浪亭畔的趣味的。但是,芸娘又为什么会那样讲呢,狐狸?三白皱皱眉头,心想,三天两头地老提狐狸干什么!芸娘什么时候也变得那样神神鬼鬼的呢,他们以前可是从来都不这样讲话的呵，再说，她当然知道自己是不会怕什么狐狸的，而离不离开沧浪亭、搬不搬到仓米巷去，又与狐狸有什么关系呢？

这样想着，三白觉得那种清明的心境一下子没有了，并且还感受出略微的烦恼。他撑起伞，顺着石桥走下去。这一路上大多是青石板的路，还有一条是卵石铺的，都在夹缝里集了细密的雨水，继而又生出湿腻的青苔来。而就在这些湿腻青苔的路面上走过一些时间以后，三白拐进了仓米巷旁边的一条巷子，敲响了其中一户人家的屋门。

三白的朋友王医生，正在院子的屋檐下面喂鸟。王医生是个略显肥胖的中年人，头顶有些谢了，却愈发显出平和憨厚的富态，仿佛那人正是玄妙观里的陶泥做的，只是和得稀了点，掺进些水，从而导致的结果是重心下降，步幅微颤，但在视觉上却更有一种国泰民安、风和日丽的效果。见三白进来，王医生连忙让了座，一面满脸生辉地指着檐下挂着的一只鸟笼说："黄头！才买的，凶得很呢。"

两人绕着鸟笼兜起了圈，正聊着话，有家人又拿了只装有"黄头"鸟的笼子过来，两只鸟笼背对背地拼在一起。刚一挨上，两只黄头扑腾着翅膀就冲上来了，隔着一层笼棚，两鸟相争，各不相让，啄头的啄头、咬脚的咬脚，不一会儿，地上便密层层落下羽毛来。三白看得有些心惊肉跳，回头却见王医生乐滋滋地捋着胡子，正在笼子前面踱着方步呢。

三白忍不住问道："你以前是养绣眼的，乖乖鸟一只，怎么现在倒伺候起这种好斗的东西来了？"

"好斗？"王医生胖乎乎的脸蛋歪了点过来，看了看三白，"唉，人都到了中年，也就只能看着畜生斗斗了。"

三白便不说话。这时，雨渐渐停了，天阴晦着。王医生让人搬了藤椅出来，两人在院子里相对坐下。王医生笑眯眯地看着三白，忽然有了大的发现，说："咦，三白呐，你好像瘦了嘛，脸上气色也不大好，很有些阴气呐。"

给他这样一说,三白下意识地抬手摸了摸自己的脸,仿佛要找出一些站得住脚的理由。

"还不是要找房子搬,烦呵。"三白无奈地摇着头,继续说道,"也真是,人到了中年,总觉得有些累了,这头那头都要忙,现在这房子又是当头的一桩,烦呐。"

王医生见三白烦恼,连忙紧劝两句,又说:"芸娘呢? 芸娘可是个聪明女人,她倒是能帮你的。"

三白端起桌上的茶杯,把浮在上面的茶叶吹开,喝了一口:"芸娘么,芸娘自然是好的,是的,芸娘自然是好的……"

这样接连重复着讲了两三遍, 三白竟然找不着接下去的话讲,既不能举例说明芸娘究竟好在哪里,又并不想着要把这话换一种方式来讲,这几乎让三白自己也感到了惊讶——自己怎么会对芸娘产生这样的感觉呢,这可是从来都没有过的事情呵! 三白忽然觉得真的是很烦恼了,简直是烦恼死了,要知道,今天三白正是因了突然生出的不知名状的烦恼,才绕过了仓米巷,拐到朋友家来的呵,但是如果要说三白是对着芸娘有什么不满的话,那确实又是与事实不相吻合的。三白明白,芸娘正是因为舍不得离开沧浪亭,才那样发发脾气,使点小性子的,但是,既然注定了要搬,那么也就只能下了决心在姑苏城里仔细去找。其实三白的心里又是怀着怎样的热望,希望着能够尽快找到与那沧浪亭畔的住址有些相似的房子,然后与芸娘一同搬进去呵!

但是今天早上三白说要到仓米巷来, 芸娘又为什么要那样呢? 要知道,三白不论是去仓米巷还是大井巷,可都是为了去找房子,三白与芸娘的房子呵,难道芸娘倒是不懂这些的吗? 还说什么狐狸! 想到狐狸,三白突然就有些生起气来。这些天来,一只狐狸莫名其妙地挤到了三白与芸娘的中间,就像一片阴云。三白倒是更愿意芸娘像以前那样,生了气便捏紧小拳头,狠命地捶他几下,或者躲在房间里呜呜地哭,然后三白再假装负荆请罪地进去劝。芸娘若是使点小妖术或是脾气急起来,也会哇哇哇地讲上一通,譬如说,柳腰一摆,点了三白的鼻子:"再去找个小老婆吧!"当然,那轻轻一点,是如同风过柳絮般的,有着晓风吹过时的暖意与麻酥。再譬如说,嬉皮笑脸地指了院子里正浇花的小红:"怎么样,怎么样,不错吧。"但是这些三白都是心中有数的,三白把它们看作夫妻间的调笑、磨合,甚至于必不可少的情爱的润滑,但是狐狸就不同了。一讲到狐狸,那就说明在三白与芸娘之间已经发生了一些讲不清楚的事情。狐狸就是讲不清楚的事物的代表,至少在于三白看来是这样的。那么,再换一个角度来讲,也就是说,三白与芸娘的关系,在不知什么时候已经发生了一些微妙的变化……

王医生见三白皱了眉头,一副心事重重的样子,就打着哈哈说道:"三白呐,人生在世嘛,总是免不了会有些烦恼事。还不就是房子嘛,依我看,沧浪亭好固然是好的,但那一带地势低,苏州这地方又多雨,雨季的时候,哎哟,苦不堪言,苦不堪言呐!我看呵,早早的搬出来也好,也好呵。"

王医生边说边让家人端上饭菜,招待着三白吃午饭。三白谢了几句,又说要赶着去仓米巷看房子,刚才只不过是顺道过来看看老朋友的。正站起来要走,又给胖胖的王医生死拉着坐下:"不吃饭怎么行!到了吃饭时间就是要吃饭。到了吃饭时间,天大的事情也要放下,不吃饭怎么行。"王医生嘴里叽哩咕噜的说了一大串,"要养生,要养生呐,苏州人是最讲究养生的,所以苏州人才活得滋润呵。三白啊,不管发生什么事情,吃饭终究是头等大事。苏州人的老话可是有道理的!再说,还不就是换个房子嘛,小事一桩,小事一桩呵!三白,吃了饭再走,就这样讲定了,吃了饭再走。"

给他这样一讲,三白倒有些不好意思了,仿佛再不留在胖胖的王医生家里吃饭,自己便成了个恶俗的、毫不懂得养生之道的粗人,并且还有着与滋润平柔的苏州格格不入的嫌疑。这样一想,三白便在饭桌前坐了下来。这时,饭菜已经陆续拿上,三白一看,都是些吴中地带的家常菜,鲜嫩得很,看上去,清新可喜,绿是绿白是白,娇黄绮红,竟有着吴中人家无可言传的宛转韵致,单单下酒的小碟子,就有花生米、发芽豆、拌芹菜、萝卜丝、豆腐干、酱螺蛳等好多种。王医生一时兴起,说家眷倒是能唱很好的吴歌,说着就把年轻漂亮的王太太叫了出来。王太太倒很大方,与三白招呼过,就站在当院,莺莺燕燕地唱了起来,只听她唱道:

闷来时,到园中寻花儿戴。

猛抬头,见茉莉花在两边排,

将手儿采一朵花儿来戴。

花儿采到手,

花心还未开。

早知道你无心也,

花! 我也毕竟不来采。

出太阳落雨

三白这顿饭吃下来,已经是下午光景了。王医生贪杯,喝多了些,让家里人扶到里屋去睡了,王太太用手绢帮王医生擦着额头上的汗,一再地给三白打招呼说:"他老是这样喝得稀里糊涂的,你可不要在意呵!"

三白倒不由得有点尴尬,嘴上客套着哪里哪里,给你们添麻烦之类,心里则暗想,那醉酒可是最伤身体的事情,王医生嘴里养生养生的,怎么喝起酒来,倒像没命的样子,又依稀回忆着,刚才王医生喝酒的时候,那眼神醉态,在平和憨厚的福态之外,仿佛又加进了些别样的东西。正胡思乱想着,天上零零星星又落下几滴雨。王太太忙着张罗人把院里藤椅之类的家什搬进房里去,院子里一下子又乱哄哄起来。三白赶忙也站起身来告辞,王太太客气,一定要代表王医生把三白送到巷口,三白推辞不过,两人就一起走了出来。

两人都各自撑了伞,王太太仍然一再地向三白道着歉,那道歉既真挚又客套,竟让三白有些搞糊涂了,今天,是不是王医生与王太太真的在什么地方得罪了自己?这想法一闪而过,夹杂着微醺时飘忽而感伤的心绪,三白忽然就觉得,脚下的小巷子仿佛也在渐渐地浮动起来,空气中飘荡着浓郁的茉莉花香,三白使劲地用鼻子嗅了几下,那花香时浓时淡,忽远忽近,却是整个近不得身的诱惑。

就这样,三白晃晃悠悠地就到了巷口,站定身,三白真挚而客套地向王太太道着谢,他还非常幽默地说了句笑话,这笑话让王太太快乐地笑了起来,而三白却在眼梢里瞥见,原来王太太胸前的衣襟那里别了串肥白的茉莉,正随了王太太的笑声不住地抖动呢!后来的事情三白就有些记不清楚,三白感到有些头晕,三白想,那可能是酒力的缘故,三白虽然没有喝醉,但毕竟也喝了几杯,天气又热,酒力积郁体内,是很难发散的。感到头晕的三白觉得自己的嘴巴动了动,他张开了嘴巴,动了动,说了句什么话,但正是这一点三白记不清楚了,但好像又是真的,如果是真的话,那么三白就是对了王太太微微一笑:

"王太太,你可真漂亮。"

或许,三白真的是这样说了,当然,或许三白什么也没有说,他只是对着王太太讲了几句真挚而客套的话,便转身告辞了。但不论三白是否讲过什么,就在他转身准备告辞的时候,王太太突然"呀"的一声叫了起来。她指着天上,瞪大了那双漂亮的眼睛,用她唱歌似的好听的嗓音叫道:

"你看，你看，出太阳了！"

确实是出太阳了，而且不仅仅是出太阳，而是一边出太阳一边下雨。雨一点都没有变小，灰蒙蒙的很有密度，像一张网。也像无数的银针。太阳却是耀眼的，有着灰色的衬托，它忽然显出明晃晃的亮度。单纯有太阳的时候，绝对不会想到太阳会是这样的太阳，单纯下雨的时候，也绝对不会感觉雨竟然会是这样的雨。一时间三白也有些呆滞，看着眼前的光影晃来晃去，街巷顿时就有着不真实的意味了，仿佛整个的就是朵大而白的茉莉，人与物都笼在其中了。

"出太阳落雨呀。"三白听身边的王太太小声地说道，"我还是在小时候看到过一次呢，那时候我母亲对我说，这种出太阳落雨天，可不要出门去呵，会看到奇怪的东西，碰到奇怪的事情的。"

"碰到奇怪的事情？"

"我小的时候，对门邻居家有个小男孩，据说就是在一个出太阳落雨天出去玩，他跑到一个树林里去了，去了就再也没有回来。大家都说他可能是碰到狐狸了。"

碰到狐狸？三白觉得心里突然凉了一下。

"那时大人们都说，在这种天气里要是遇到狐狸，就再也不想回家了。他们还说，狐狸其实就住在彩虹的下面。"

说到这里，王太太非常俏皮地对三白做了个鬼脸，回过身，撑着伞就跑了。

三白一时没有回过神来，他只是一个劲地想着刚才王太太说的那些话，觉得很有意思，又说不清到底有意思在哪里，觉得话里似乎有话，却也讲不明白那话里面的话究竟是什么，但有一点三白却是清楚的：即使说在出太阳落雨的时候出去，会看到奇怪的东西，碰到奇怪的事情，那也只是小时候的事情了。而现在的三白，只要刚才的那种微醺一过，便是一个非常清醒的人，现在的三白只是想着在这街巷里寻找一处房子，像王医生说的：地势高些，雨季时不要引起太多的麻烦,像芸娘嘀咕的:四面有些水,具备着野趣,最好还要与沧浪亭有着一些相似。至于三白的私心里,则还希望着,那地方在夏天的时候能够闻到些茉莉花香,时浓时淡,忽远忽近的。

当然,不管这种种的愿望都是些什么,三白对于自己今天要做的事情还是清楚的。三白具有着明确的方向与目标,所以说,这时候的三白是不会害怕什么出太阳落雨的传说的。

阿明师傅

三白出了王医生家的巷口,向右手拐弯,就上了一顶石桥。桥墩上刻着小石狮,两个小孩上上下下地奔来奔去,嘴里呼呼地叫着。桥下一只乌篷船正泊在桥洞那里,船娘昂了头,招呼三白买她手里的莲藕。

正是苏州安静的下午时分,所有的声音都隐藏在安静的后面。声音也是安静,也是似乎一忽儿便要隐去的。譬如说那两个桥上桥下跑着的孩子,就在三白下桥后回头张望的时候,便发现他们已经不见了。三白继续往前走着,走过一个花鸟集市,几家估衣店,那招牌上都一律写着"××衣庄"。因为正是下午,一家估衣店里正进行着"喊衣裳"的节目,几个伙计在店门前的小台子后面站着,一件件抖落着叫卖的旧衣裳,还有些隔年的年画,也灰蒙蒙地挂在那里,三白眼梢里瞥见一张《一团和气》,觉得那颜色图案倒也很有些喜庆的意味。

然而,走着走着,三白渐渐地觉得有点不对了,他慢下了脚步。三白记得仓米巷正是应该这样走的,虽然刚才王太太送他到巷口时,他本来应该向左手转弯,那么旁边那条巷子就是仓米巷了,但是三白看到那边有户人家正在出殡,好多头戴白花、腰里扎着孝带的人哭哭啼啼地围成一团,于是三白就绕道而行了。但三白知道,在那条巷口往右转以后,过了一顶石桥,再走过一条卖杂货的巷子,然后从一座八角塔的后门穿出去,就到了仓米巷的另一段了。但是现在,三白觉得这路走得好像有些不对了,首先,那座八角宝塔一直没有出现,它好像从地面上消失的那样,忽然就不见了,而且在方圆几里地里,甚至连一座高一些的建筑也没有。三白停了下来,想了想,又看看天,三白确信自己的方向是对的,但是越往前走,三白就越是觉得自己实实在在是走错了,并且,他忽然产生了一种奇怪的感觉,他感到自己仿佛正在离仓米巷越来越远,今天他是再也走不到仓米巷了。

　　三白犹豫了一下,他想着是不是要回头,回到那个王医生的巷口,然后向左手转弯,或者沿着记忆里的路重走一遍。要知道,苏州的小巷千回百转,说不定在哪个岔道上就走错了,三白知道,这些东西都是说不准的,再说,如果真的是走错了,那么首先,这也并不说明三白原先对于这道路的记忆是错误的,其次,这种错误对于苏州小巷的逛游者来说,实在是司空见惯的事情,而且说不定走着走着,又在哪个岔道上回了来。三白知道苏州人并不怕走错路,因为苏州的路多,就像苏州人讲究养生、讲究吃饭、活得滋润一样,这总是苏州的好处。这样想着,三白就又往前走了,三白心想,反正是找房子,仓米巷、仓谷巷、仓稻巷都是一回事,只要这样想了,就没有什么想不通的了,于是三白就又定下神来,四处留心着可能合意的房子了。

　　那处带小院的老房子,就是三白在又往前走了五、六百米的时候发现的。大门是虚掩着的,留一条缝。三白在门缝里张望了一下,里面是个小院,几棵槐树,一张石桌,房子是白墙黛瓦,虽然年月久了,发灰的发灰,泛黄的泛黄,但看起来倒也还整洁。三白又看了会儿,见屋门紧闭,非但无人进出,仿佛还不太像有人住的样子,正抬手想推门进去看个究竟,谁知旁边有户人家的门却开了,出来一个老太,手里拎只篮子,满脸狐疑地盯着三白看。

　　"你找谁?"

老太脸上布满了核桃壳一样的皱纹，眼睛则缩在皱纹的深处。三白看着她的脸，觉得这样的脸似乎更适宜于在夜晚出现。

"这房子的主人在吗？"三白对她躬了躬身，问道。

"阿明，你问阿明吗？"

老太眯起了眼睛，像是仰望太阳一样地看着三白。

"什么阿明？"为了让自己的行为显得不那么唐突，三白的脸上堆起了笑。

"主人呐！你不是问房子的主人吗？"老妇的眼睛眯得更厉害了，她紧紧地抓着手里的篮子，仿佛三白随时都会扑过来争抢它似的。

"哦，是这样的，"三白尽量采用一种温和的语言，并且让自己凑近些老太的耳朵，"是这样的，我并不认识房子的主人，我只是想问一问，这房子是不是有可能出租一间给我们？"

"房子？你是说房子，你说你不认识阿明？"

"是的，我是说房子，我也并不认识阿明。"

"那我就不知道了，"老太摇了摇头，"那是阿明的房子，你要问阿明去。"老太嘴里叽哩咕噜地说着话，"我还以为你认识阿明，还以为阿明要回来了，你不认识阿明，那我就不知道了。"

老太像是忽然失去了与三白对话的兴趣，提着篮子就要往外面走。

"他人呢？他到哪里去了？"三白连忙对着老太的背影大叫了起来。

"当和尚去了。"

老太回头说道："阿明前几年就当和尚去了，就在前面那座桥西的寺里面，你去找他好了，就问阿明师傅在不在就行了。"

小寺

三白没想到寺前的那条路竟然是条土路，崎岖不平，还很有些尘土，若不是刚刚下过阵细雨，可想而知会是怎样的风尘扑面，令人尴尬不禁。三白一边走一边向四处张望着，觉得路好像在荒凉起来，好像越走就越不像是在苏州了。三白心想，这或许都是因为这土路的缘故吧。苏州是没有什么土路的。土路总是给人一往无前的想象，而苏州多的是曲折的卵石路、石板路，塔和寺则点缀在这些路的两边。所以说，走着走着，三白恍然觉得自己并不是走在苏州了，而前方的那处小寺更像是悬在空中的楼阁，让三白不由得加快了些脚步。

一个小沙弥跑过来开门，对着三白合了合掌便又跑开了。三白在大门那里站了站，不见有人，便沿了寺里的内墙向里面走去。

寺里静极，还颇有几棵参天的古树，叶片也大，厚厚地盖着，让三白无端地感到，仿佛寺里的空气也要更浓些，有着大于寺外的体积与密度。三白站在一棵大树下面，伸了伸懒腰，又踢了下腿，一片早枯的叶子落下来，掉在他的头上。

三白又往里面走，前面便是间大平房，外面连着个小天井，种了些不开花的灌木，屋里高敞却显得很幽暗。几个和尚正在吃饭，见三白进来，都不由得抬了抬头，却又都没有说话，又自顾着埋头吃了起来。

三白有些诧异。心想，自己明明记得，刚才从王医生家出来的时候，正是下午时分，那么，走了一段路，过桥、迷路，然后向满面皱纹的老太问讯以后，不过也就是下午略晚一点的时间，这个时候，午饭时间早已过了，至于晚饭，好像还是显得太早了些。但是，看着眼前这些埋头吃饭的和尚，三白又觉得可能是自己记错了，再不，就是寺里用饭的时间与外面有着不同。但好像这样的解释又是不很通顺的，讲不出个道理与究竟来，三白正胡思乱想着，一位三十出头的和尚搬了条长凳过来，招呼三白坐下，还打了个手势，说道："碗筷在那儿，你自己拿。"

"我吃过饭了，不客气，我已经吃过饭了。"三白觉得有趣，没想到刚进寺里就平白无故地受到了吃饭的邀请。这些和尚知道他三白是谁吗？从哪里来？到这里又是为了什么？他们什么都不知道，怎么就请他三白吃饭了呢？三白越想越有趣，就在和尚给他拿来的长凳上坐了下来。面前是一张长条木桌，上面放着好几只饭盒与大锅，一盆白米饭，汤好像是青菜汤，零零星星地上面飘了些菜叶，其他的就是咸菜、炒茄子一类的素食了。也不知道怎么的，三白忽然地就想起了中午在王医生家吃的那一餐，也多是些清淡的时素，王医生讲究养生，所以关照好菜里面要少放盐，并且绝无味精的，但是，那菜就是与寺里面的看起来有着不同，或许，那是光线的缘故，光线使色泽产生了变化，就像光使雨的质感也发生变化一样。

不时有和尚吃完饭，站起身去刷碗，谁也没有多看三白一眼，就从他身边闪过去了。没有人关心三白究竟为什么到寺里来，这就使得他在一个短时间里，有了一种误入桃源的感觉。

"你们每天都吃这个吗？"三白觉得应该找些话与和尚们攀谈攀谈，既然他们用那样的漠然大度表示了信赖，那么自己至少也应该显出些和善亲随的姿态来。谁知话一出口，三白立刻觉得，自己好像是讲错了。这是一个不应该问的问题，至少是不应该由一个在俗之人，在这样的场合询问的，它很容易让人产生出一种错觉，仿佛正是三白在影射着自己对于僧侣清贫生活的鄙夷。天地良心，三白可是一点都没有这样的意思呵。这样想着，三白忽然有些羞愧起来，眼里又看到吃饭的四个和尚中，有两个像没听见似的，头也不抬，另一个正好吃完，拿着碗出去，只有刚才给三白拿凳子的那个和尚，他抬头看了三白一眼，脸上闪过一种极为微妙的表情，这表情三白觉得可以用好几种方式来表述：不吃这个，又吃什么呢？这是一种；真正表现鄙夷的沉默，这是第二种，或许还有第三种，那就是让三白心里明白，这问话实在太多余、太愚蠢了。

"这茄子和青菜都是我们自己种的。"

那和尚忽然说话了。三白抬眼仔细看着面前这位说话的和尚，只见他身穿深色袈裟，眼眶很深，竟颇有达摩相。三白一时冲动，忽然脱口而出："请问，你莫非就是阿明师傅？"

和尚摇摇头，表示三白搞错了。

"那么，这寺里有哪一位师傅叫阿明呢？"三白又问。

和尚还是摇头："没有叫阿明的，和尚出了家，就没有名字了，只有法号，没有名字，出了家，就把前世里的事情都忘记了，不知道了。"

"你就是说，我在这里是找不到一个叫阿明的人的？即便以前叫阿明的，入了寺，非但不叫阿明了，就连以前叫过阿明也不承认了？"

"正是如此。"和尚双手合掌，站起身来，说道。

"可是，可是这不讲情理呵。"三白瞪大了眼睛，有些思想不通的意思。

和尚看了他一眼，微微一笑，似乎觉得三白悟性不够，也不想再说什么，只是又补充一句："不过天色不早，施主若不嫌弃，可以在寺内吃了饭再走。"

这又是为什么呢？三白忍不住问道："素昧平生的人如果在庙里面乞讨食物，难道说也是必得的吗？"

"是的，因为佛的也就是众生的，你问他讨取什么，他都肯给你。"和尚说完就走了，把三白一个人扔在饭堂里。三白感到有些沮丧，看来今天是很难找到那位曾经叫过阿明的人了，他很可能就在这座寺庙里面，甚至就在刚才吃饭的四五个人中间，但是三白找不到他，就像分别处在阴阳两界的人一样。这种情况如果用苏州人的大白话来讲，那就是：今天碰到鬼了。三白想，真像是碰到鬼了，但是怎么会这样呢？三白想不通。三白感到非常压抑，好像这寺庙有什么地方欺骗了他一样。

三白走出了饭堂，在寺庙里闲逛起来。饭堂的旁边就是大雄宝殿，殿西有条河，风很清爽，从河边吹过来。几个和尚正走来走去，都穿着长长的袈裟，腿上扎着绑腿，三白心想，穿着这样的衣裳怎么不觉得热呢？但同时在心里又不得不承认，看着这些走来走去的和尚，确实并不觉得他们热，非但不觉得他们热，就连自己也仿佛降了些暑气，有一种冰块般的死寂的凉意。而那衣裳，就像舞台上奇特的戏剧服装一样，演员已经安于如此的怪诞了，它与他们融为一体，而观众，在陶醉之余，则难免附庸风雅，想到一些书本上的词语，比如说寂福，比如说平安。但又有谁知道，三白的心里该是多么的感慨呵！在他眼里，这来来去去穿着长袈裟的僧众，竟都像着一个个尘世里的阿明。都是阿明呵，三白看着他们，觉得他们好象都在低头谈论着什么，什么呢？无非是家中山茶花蓓蕾的大小，棋艺的进展，以及饭菜的咸淡吧。

　　三白边想边走，不觉已经出了寺门。三白深深地吸了口气，就像他刚进寺门时伸伸懒腰踢踢腿一样。三白觉得自己真有些莫名其妙，进门与出门的瞬间，他都感到了发自内心的轻松。这是不正常的，三白心想。但不管怎样，往寺里走了一遭，他确实感到了某种压抑与茫然，要知道，三白并不喜欢这样，三白觉得有些事情真的是没有道理的，而且相互矛盾。这寺里究竟有什么呢？照三白看来，无非就是两种东西：其一，乞食必得；其二，忘却在家时的名字。这又算什么呢？三白想，人世间的事情总要讲究一个道理，一种说法，一点情义，这寺里面怎么能这样教人呢？要么是冒着被人打左脸的危险，微笑着伸出右脸，要么就是干脆六亲不认，死活不管，这不是乱了套吗！

白　驹

　　三白感到百无聊赖了。百无聊赖的三白又回到了寺前的那条土路。而直到向前走出很长一段以后，三白仍然没有回头。这时的三白忽然生出了一种冥想,觉得如果现在回头眺望,那么,那个地里种着茄子青菜,立着参天古树、围墙斑驳的小寺是立刻就会从眼前消失不见的。

在苏州流传着许多诸如此类的传说,传说的开头,总是一个怀了某种目的、或者并没有怀着什么目的的人,他离开了家。然后便有了种种的奇遇,这奇遇被提供一些解释,这些解释形式各异,道理总是相差无几:总是因与果。前世是因,今生便是果,或者倒过来。而这样的奇遇,又往往暂时中断于早上第一滴露水出现之时,然后几次三番,周而复始,等到人们不再以为那是一个奇遇的时候,真正的结局便出现了:大梦初醒。人们被告知说,那是一个梦,前因尽释,定数已知。有的人梦便醒了,有的则再接下去做。在这样的奇遇里面,出现最多的主角是狐,而大家又笼而统之,给这样的故事起了个名字,叫做聊斋。三白知道,苏州充满了这样的聊斋故事,苏州本身就是一个聊斋。聊斋里有传奇,可那都是豆棚瓜架无伤大雅的传奇,有艳情,又是些"自有定数,何待再说"的宿命。所以苏州人不太相信有什么真正的宗教,宗教是走投无路或者心如磐石的人的信仰,宗教是认准一条死胡同走到底。但是苏州有那么多的路,走不通其中的一条,非常容易的又可以择路而行。苏州是个好地方,暑天狗不吐舌头,冬天冻不死人,一切都可以游刃有余。沧浪亭不好住了,可以换到仓米巷;人不跟人斗了,可以看着畜生与畜生斗,苏州是出出太阳下下雨,是姑妄言之,是愿意听你就听着吧,所有的一切,在这里都能找到退一步的解释与进一步的可能。三白知道,苏州就是给他这样的人住的,所有的人只要到了苏州,都会演变成为一个三白,所以说,刚才三白在小寺里面感到的压抑,就不仅仅因为他找不到阿明,更是因为,三白忽然觉得,那小寺是不像苏州的,这"不像苏州"就如同一种异物,微微地触动了三白,冥想中三白觉得那小寺是会消失的,就如同一切突如其来、妄想打破既定规则的东西终将灭亡一样。

三白就这样一边想着,一边由土路而平路,由平路而街,三白不知道现在应该到哪里去。这一天的毫无收获,让三白觉得难以向芸娘交代,这是三白古典的一面。古典的苏州的三白在街上游荡着,暮色来了,三白沉着头。

三白知道,这已经是到了应该回家的时候了。苏州人在晚上都准时回家,三白明白自己也是不能例外的。而现在,现在正是芸娘忙着做菜的时候,如果晚上有月亮,并且月亮尚好的话,他们就会搬了桌子到沧浪亭边去,以前他们是经常这样的。芸娘不大会喝酒,但如果勉强她喝的话,也可以来上个两三杯,在一些对月共饮的晚上,他们偶尔也会讲一些其他的事情,比如说,芸娘会问:"苏州的外面是什么样子的?"三白一时想不出非常概括性的语言,就先说了句"苏州的外面与苏州不一样。"芸娘又问:"是怎么个不一样?"三白想了想,就举例子,三白说:"你拌卤腐要用麻油白糖和着,萝卜切得像头发丝一样细,还要放上葱末,而在苏州的外面,萝卜就是萝卜,卤腐就是卤腐。"芸娘就说:"我知道了,你在讲苏州人怎么过日子。"三白又说:"还有,外面的夫妻吵架,吵得很凶,还有打起来的,但是他们从来不讲狐狸。"芸娘一听,微微地就把脸拉下来了:"狐狸?谁说狐狸了,你看到狐狸了?你看到狐狸了吗?"

芸娘有些老了。三白忽然冒出了这么个想法,怪不得芸娘现在要用桃红花瓣浸洗头发,并且在两鬓插满茉莉花了。三白记得,有一次他们坐在客厅里听评弹,是《宝玉夜探》还有《曾荣诉真情》,芸娘说:"我喜欢《宝玉夜探》里的两句话。"三白便问是什么。芸娘说:"'我劝你是姐妹的话儿不能听,因为他们是假也是真',这话讲得实在是好。"三白笑了,说:"我倒听不出有什么特别的好来。芸娘又说,这话是只有女人才听得懂的,而且只有苏州的女人才能听懂。"三白再次付之一笑,并且没有再去深想。如今,一个人走在街上、有些感到疲惫的三白却忽然悟出点什么来了,三白想起第一次见到芸娘的时候,曾经注意到她有两只牙齿是微微外露着的——芸娘长了两只虎牙。回家以后,三白的家里人对这门婚事都表示出反对的意思,理由是苏州人从来不长虎牙,有这样的相貌,恐怕不是什么吉利的事情。他们还专程去玄妙观为三白求了签,摇来的签条上写了八个字:"岁月静好,现世安稳"。然而,这求签得来的话在三白家里又引起了争论,签条上究竟是说如果三白娶了芸娘就会"岁月静好,现世安稳",还是告诫大家需要"岁月静好,现世安稳",所以三白就不能娶芸娘呢?仍然没有答案。没有答案就表示了沉默,所以家里人对芸娘是很有些微妙的态度的,芸娘就像某种隐患。一切都好的时候,就一切都好下去,只要有了一点什么不好,大家总会觉得就是那隐患在起着作用。"她不像苏州人,苏州人是不长虎牙的。"三白常能听到这种窃窃私语的声音,它们充斥在沧浪亭的周围,就像是一句谶语。

所以三白知道,芸娘说的那些,譬如说评弹里的那句话,其实就是对于谶语的些微的抗议——你信吗?当然要信,因为只要发生过的,就是真的,是真的就要相信;你怀疑吗?当然要怀疑,因为那发生的后面有大背景,而大背景则根本不是所有的人都能看到的。就像今天,今天三白出了家门,去了王医生家,听王太太唱歌,王太太再送他出门,指着天上说,下雨了,一边出太阳一边下雨了,然后三白迷路,进小寺再出来,这一连串围绕着找房子而发生的事情,它们像一条链子,环环相扣,但真正连结它们的,却并不是表面的那些东西,它们另有原因。如果说,芸娘不是某一天忽然在镜中发现自己有些老了,红颜将逝,她就不会时常感到心中烦闷,既而用那种疑狐怪异的语气与三白说话,让三白觉得,有只狐狸挤在他们当中,为了躲避看不见的狐狸,三白出了门。三白对送他到巷口的王太太说,王太太,你真漂亮,那是因为王太太不会每天烦着让他去找房子,而只有在这样的时候,苏州的上空才会出现那种又是出太阳又是下雨的景象,那样的不实际,那样的浪漫与虚幻,全是给三白这种人用来作补偿的,这景象,就像芸娘的虎牙,就像土路尽头的小寺,是连在大路两旁的一些点缀,而三白已经被苏州熏陶得具有如此的嗅觉,他微微地感到了异样,这异样终于又让他回复了过来。

在路上奔波了一天的三白现在想回家了,三白觉得有点想念起芸娘来,当然,不是芸娘的虎牙,而是她的其它的一些好处,非常实在的,非常苏州化的那些。她安静而熟练地做饭,把卤腐用白糖和麻油拌起来,在晚上为三白沏一杯碧螺春茶。现在的三白一门心思要回去对芸娘说"大家好好过吧。"他心里还想着要告诉芸娘这一天里自己一些零星的感悟,比如说,关于苏州的。不是说"岁月静好,现世安稳"吗? 苏州就是个"岁月静好,现世安稳",其实他们在很早的时候就抽到了一个大签。苏州人心里雪亮透彻,明白前生是不知道的,来世也还太远,唯有今生今世最实在最牢靠,而为了这实在牢靠,就需要打击一切不实在不牢靠的东西。在苏州,有句老话,叫做"人生苦短"。三白想,其实好日子更是不长。

三白现在沉了头,在夜色里赶往沧浪亭畔的家。三白想,他们只是一对平凡的夫妻,他和芸娘。这样想着,三白忽然有些感动起来。正为自己感动着的三白当然不会知道, 就在这个夏天过后的不久,芸娘便患了病,这病看来是小,因此三白更没有想到芸娘竟会因此丧了生。在芸娘的葬礼上,三白听到两个前来吊丧的女人在一边聊着些家常事,一个说:"昨天在灶头上烧饭,刚起了灶火,就看见一只狐狸从屋子里穿过去了,脑袋小小的,尾巴很长。"另一个说:"哎哟,白天看到狐狸可不能打哟,要不是会倒霉的!"两个人你一言我一语地聊了很久,但是因为光线的缘故,三白没有看清其中有没有那个来自埂巷的妇人。

1

关于马丁的事,那就要从20年前说起了。那一年他9岁,学生花名册上的记录是"张宝良"。因为一场大病,张宝良比一般的孩子要晚两年上学。他清楚地记得,第一天母亲带着他去学校报名时,一个长着鹰钩鼻的中年男人手里拿着圆珠笔,一上一下地翻动着。

"你叫什么名字?"

"张宝良。宝贝的宝,善良的良。"9岁的张宝良回答得相当沉着。

但就在这一年的秋天,张宝良家里发生了两件大事。一件是张宝良坐机关的父亲,那个每天老实巴交、胳膊底下夹了黑色人造革公文包上班的父亲,竟然在一位女同事家里被人当场捉了奸。另一件事更加离奇,一位长着真正标准鹰钩鼻的西方人(当时在马路上还极为少见),他在老饭店喝着花雕、品尝着清炒虾仁和太湖白鱼时,突然爱上了张宝良的母亲———一个细眉毛细眼睛、一说话就脸红的江南女子。那天,张宝良的母亲穿着朴素的花布衣服,脑后挽了个低低的发髻。在发髻的最深处，还偷偷塞着一小枝桂花。

她是店里一名普通的服务员，一个9岁男孩的母亲，并且早已过了30，在当时的中国人眼里，这可是人老珠黄的典型标志。

这两件事究竟哪个在先，哪个在后，现在已经无从考证。但在一天下午，当张宝良的母亲正忐忑不安地陷入幽思时，传来了有节律的敲门声。

一位黑黑、瘦瘦的女人站在门口，她戴着黑框眼镜，手里拎着一只棕色公文包，她的头发看上去有些稀薄，分别从两边拢在耳后，突出着一张阔大呆板的脸。

她自我介绍说："我是你爱人单位的。"然后便昂首阔步地进了门。

张宝良父亲的事到底还是惊动了组织——女人是单位妇女委员会的，她满脸严肃地坐下来，顺便看了看张宝良家四周的摆设。

一张吃饭用的方桌，旁边围了四把木头靠椅。安了纱窗的碗橱门漏着一条缝，隐约能看见一条吃了一半的鱼。里屋的卧室门开着，从妇女干部坐着的这个角度，能看见五斗橱、书架、老式的写字台（上面放了盆"六月雪"盆景）、一台9寸的孔雀牌黑白电视机，以及一张大床的一半……妇女干部的眼光在那张床上停留了不短的时间，然后她清了清嗓子，开始说话。

"你和老张——你们平时感情怎么样？"

张宝良的母亲立刻听出了这话的弦外之音，不过她眼前蹦出来的是那只标准的鹰钩鼻子。她的脸红了一下，心里怦怦直跳。

"没关系，组织上只是来了解一些情况。"妇女干部把左腿重重地压在右腿上，长长地充满惋惜地叹了口气。

"还……挺好的。"张宝良的母亲低着头，声音像两只秋后的蚊子在打架。

"那可就是老张的不对了。"妇女干部腾出一只手，来回按摩着自己的膝盖，突然，这只手停顿了下来，在空中有力的挥动了一下，"不过，就算感情不好，这事也是老张的不对！"

或许，是张宝良父亲的风流韵事，以及妇女干部客观意义上的添油加酱，它们最终刺激了这位看似娇弱的江南女人。就在谈话过后的第三天，张宝良的母亲做出了一个惊人的决定——和丈夫离婚，带着张宝良改嫁给为了她一直滞留此地的鹰钩鼻子。

就在办手续的前一天，那个黑黑瘦瘦的妇女干部又来找过她一次。张宝良的母亲正在单位休息室坐着，一眼就看见她慌慌张张地扑进来。

"你要和老张离婚？"

张宝良母亲点点头。

"你真要和老张离婚？你可是个有孩子的人呵！"妇女干部瞪大了眼睛，满脸掩饰不住的惊讶与愕然。

"以后孩子跟我。"

"跟你？跟你——那也不对呀，即便老张做了什么对不起你的事情，你也应该看在孩子的分上呵……"妇女干部几乎尖叫起来。

几个月以后，妇女干部忧虑担心的那个男孩——张宝良，穿了一身新买的、略显宽大的衣服和鞋子，一脸迷茫地跟着母亲上了飞机。他从走上舷梯的那一刻开始就在哭，鼻子不断抽动着，两只手把眼睛都揉红了。停机坪可真大呀，远处的跑道可真长呀，草地一眼望不到头，风吹得唰唰的响……冬天的风吹起了男孩张宝良的新衣服、新裤子，吹起了他乌黑柔软的头发，风把男孩张宝良直接刮进了亮着灯的机舱。在飞机远渡重洋的十几个小时里，有一次，张宝良迷迷糊糊地哭着从梦中醒来。一扭头，他突然看到了窗外泛着金光的厚厚的云层。

"这是什么呀？"男孩好奇地问。

"是云。"母亲小声地说。

"我们这是在哪里呀？"男孩把脸贴到了玻璃窗上。

"我也不知道，大概……已经离开中国了吧。"母亲红着脸回答道。

张宝良没有想到，他再次回国，竟然已是20年以后的事了。那时，他已经是个29岁的大小伙子：黑头发，黄皮肤，说着一口流利的、带有熟练俚语和方言气息的外国话。这20年里，张宝良一直和母亲生活在一起——在国外定居的第二年，鹰钩鼻子就和母亲分开了，就像当初他莫名其妙地爱上她一样。张宝良的母亲经不起这个打击，大病一场，竟然有些后悔当初没听那位妇女干部的劝告。等到病好以后，她觉得没脸回国，但又得带着张宝良生活下去，就匆匆忙忙地嫁给了当地唐人街中国菜馆的一个麻脸厨师——他比她大13岁，上个月刚死了老婆。她的这个第三次婚姻终于勉强维持了下来。

张宝良天性是个聪明的孩子，再加上母亲从自己惨痛的经历出发，愈发把儿子看作自己生活中全部的希望，所以这20年来，张宝良接受了相当不错的西方教育。张宝良的中文教育是在当地的中文学校完成的，程度并不很高。但张宝良的母亲对他要求很严，她甚至亲自监督他的一些课程。她渐渐发现，张宝良对文学和艺术尤其感兴趣，他先是迷恋莎士比亚的戏剧和托尔斯泰的小说，后来有一天，她看到他站在窗前，正大声地念着一首唐诗：

君自故乡来，
应知故乡事。
来日绮窗前，
寒梅著花未？

总的来说，张宝良的青少年时代没让母亲操过太多心，他没有沾染上什么恶习，不喝酒，不赌博，也不放荡。因为母亲和麻脸厨师很早就分床睡了，加上在这个问题上，中国人母子之间从来就讳忌颇深,所以张宝良关于性的启蒙倒是个不大不小的谜团。但是很显然,他也并不沉迷于此。

对于自己的这个儿子,张宝良的母亲基本上是心里有数的:他心地善良、纯洁、诚实,但有时她也发现他有些"一根筋"。有一次张宝良去中国餐馆找母亲,却意外地看见,麻脸厨师正在厨房里捏一个女招待的屁股。他大叫一声,冲上去狠狠地推了麻脸厨师一把。张宝良胸口剧烈起伏着,把这件事告诉了母亲。

母亲牵牵嘴角,从鼻孔里轻轻地哼了一声。

"这是大人的事,你不要管。"她伸出手,放在他柔软、浓密的黑头发上。

"可是……可是他背叛了你!"张宝良瞪圆了眼睛,气急败坏地说。

"你还小,有些事情,你还不懂。"

"但是……他不能背叛你!"

张宝良喘着粗气,跺了跺脚,然后拂袖而去。

张宝良的母亲发现,这孩子身上没有东方人微妙与消解的一面,却也没有西方人的豁达与随性。他竟然活得出乎她意料的认真——这是她以前完全没有想到的。

她隐约觉得,这可能与她平时的教育有关,也与张宝良特殊的成长背景有关。在异国他乡,他们平时的生活圈子其实是相当狭窄的,而为了忘却往事,她与故国故乡的联系也变得越来越少。在遥远的、还飘荡着桂花香的记忆里,剩下的只是一个古老的让她心怀隐痛的中国。

在张宝良19岁生日那天,中国京剧院来到他们居住的城市演出,张宝良的母亲带着张宝良去看。台上惊天动地的鼓声,咿咿哑哑的胡琴……那里面的世界太奇怪,太不可思议,所以张宝良有着无数的问题要问。

"虞姬为什么要死呵？"张宝良不明白。

"因为霸王就要死了。"

"那么，霸王为什么不过江呢？"张宝良还是不明白。

"过了江，他就不是英雄了。"

"那他死了就是英雄了吗？"张宝良是不依不饶的。

有些问题张宝良的母亲勉强能回答，但有些就觉得困难，有很多问题她甚至连想都没有想过。当然，就是想了也想不明白。有些时候，张宝良的母亲实在被问得没有办法了，她就笼笼统统地告诉张宝良："中国人最讲究的就是忠、信、义，这是老祖宗传下来的，谁都没有怀疑过。"

但是这话说出来了，就连她自己都觉得心虚。

这孩子的思维是她完全不熟悉的，这多少让张宝良的母亲有点担心。幸好从根本上来说，她并不是个喜欢思想的人，再加上过了45岁，张宝良的母亲兴趣渐渐转向了宗教——她郑重其事地请了尊佛像供在家里，每天早上沐浴、上香、拜佛……她生活得相当平静、安详，而等到50岁以后，她已经成了一名非常虔诚的佛教徒。

只有一件事情是她较为迷惑的，不知道怎样向张宝良灌输才合适。因为鹰钩鼻子，她已经完全不相信爱情这回事了，但是她又隐隐约约地觉得，这种想法是不对的，至少，对于张宝良这样的年龄来说。她内心感到很矛盾，所以干脆回避不谈。

在张宝良29岁的这年春天，他母亲突然一病不起，但她拒绝在医院接受正规的住院治疗，坚持要在家里养病。

在家里的病床上，她平静地走完了最后那段时光。在此期间，她虚弱而又坚定地和张宝良长谈了一次。她表示说，她非常希望张宝良能娶一位中国姑娘……她看着站在床前的张宝良，弥留的眼神里闪过一丝难以言说的忧伤。不知为什么，对这孩子，她突然有种强烈的放心不下的感觉。

她紧紧拉着张宝良的手，说道：

"回去看看，一定回去看看……要是有时间，也到你父亲坟上去一次。"

20年了，那里曾经是她魂牵梦萦的地方，在她临终的记忆里，那里虽然不尽完美，但至少是踏踏实实的，是可以让人把握的。

处理完母亲的后事，29岁的张宝良就此上路了。现在，他是当地一家中文学校的青年教师，不过持有的却并不是中国护照。和20年前那个哭着上飞机的少年相比，如今的他已经有着相当丰富的旅行经验。他在一个临窗的舱位坐下，打开小挡板，系上安全带。

他的脸在正午有些刺眼的阳光下，透露出一种他母亲所担心的认真和固执……对了，这时他还已经有了个上口的外国名字：马丁。

这是2002年的9月，母亲常说的，中国桂花飘香的季节。

2

在飞机再度飞越重洋的时候，20年前那个哭鼻子的小男孩，突然又在马丁的身体里复活了。

机舱里不停地播着闭路电视。在一段介绍"中国武术"的短片里，马丁想起，在他跟随母亲出国前不久，还叫张宝良的他在电影院里看过一本电影。里面有个光头小和尚，长得眉清目秀。这小和尚会飞、会跳、会舞刀弄棒、会轻功上楼。更重要的是，几乎每一个坏人他都打得过，最终都会败在他的手下。

那天从电影院里出来，张宝良觉得周围的世界突然有了某种变化。一连好几个晚上，他梦到自己手里捏了把剑，在竹林里飞来飞去。坏人们一个接一个的倒下去。放羊的白衣姑娘在底下冲着他唱歌……但紧跟而来的白天却一下子变得无法忍受了。因为张宝良又成了个小学生,毫无尊严地被老师吆来喝去着,没人知道他是个英雄。那几天,张宝良心里回想着电影里的那些场面,一脸庄严地坐在小板凳上。恍然中,张宝良觉得自己就是那个小和尚。

在马丁的成长过程中,这个场景常常时有浮现。有些时候,它甚至远远超过了马丁对于家乡的认知。家乡,很多马丁的伙伴都有着对于自己家乡的出色描绘,有一天,一个朋友告诉马丁,他那遥远的家乡刮了三天三夜的风,海水冲上了堤岸,卷走了很多的牛羊……

马丁想了想,然后对那个朋友说道:"我的家乡在中国的长江三角洲,那里很潮湿,那里的人过得很平静。他们长得不太高,并且都很感恩。"

马丁觉得自己说得非常清楚了。要知道,把事情和情感表达得尽可能的清楚明了——非但自己是这样,而且要求别人同样如此——这一直就是马丁最为重要的特点。就像现在,即便飞机还没着地,纵横分明的交通地图已经牢牢捧在了马丁的手上。关于这城市的地理方位、名胜古迹、饮食特色、风土人情……一切的一切,马丁都在早早地做着各种准备。

马丁几乎什么都想到了。马丁没想到的是:对于这城市匆忙而又深情的第一眼,他竟然什么都没看清。

公路旁边三三两两的站着好多人。马丁远远地向他们走去时,只觉得那是一个个晃动着的暗影。从浅灰背景里凸现出的深灰色的块状体,有生命、有重量的、躁动不安因此不断移动着的,当然,也正发出各种各样声音的。

"为什么没有车?"

"前面的高速公路早就封掉了。"

"真的吗?"

"什么时候开始起雾的?"

"昨天晚上吧……也可能是今天早上。"

"能见度很低呵，什么都看不清。"

一辆打着前光灯、发出刺耳喇叭声的小卡车，从不远处的一个岔道口慢慢地开了过来。橘黄色的灯光打在雾上，有种被软化的、湿淋淋的效果。在一瞬间里，被灯光罩住的那一小块雾团，与周围铺天盖地的浓雾区别了开来，就像插进雾里的一把迟钝的匕首。车子开到路边这群人附近时，灯光在人群的脸上晃动了几下，所以说，马丁比较清楚地看到了一个正说话人的脸。

"我看，最多不会超过25公尺。"

是个还算年轻的女人，穿一身灰蓝色的休闲装，背着双肩包，看不大出年纪，但看得出与年纪无关的疲惫与敏感。这是两种相矛盾的特质，但在她脸上却显得如此和谐与圆满，简直是缺一不可。

"去城里吗？"年轻女人大声问道。

"去。"一个沉闷的男声从驾驶座里传了出来，像另一个世界里发出来的。

坐上卡车的一共有三个人：马丁、背双肩包的年轻女人、还有一个自始至终没露出一点笑容的中年人。上车以后，中年人一刻不停地接着电话。但因为嘴巴里蠕动着的口香糖，他的发音显得不很清晰。马丁从侧面打量了他几次，不年轻了，头发却是年轻男人喜欢打理的直发，散落在额头前面。他显得很强壮，无论肌肉还是面色，但他脸上却有种奇怪的、心不在焉的神情。马丁看了他很久。

车子在乡间小路上开得很慢，就像茫茫田野里行进着的推土机。说来也怪，大约十几分钟以后，雾慢慢散了。马丁看到车窗外一晃而过一面白粉墙，上面用刺眼的黑漆刷着："宁可血流成河，不准超生一个。"

"我叫马丁，来探亲旅游的。你们好！"就像散开的雾一样，马丁脸上绽放出了笑容。

司机回头瞥了他一眼，中年人微皱眉头，只有年轻女人不紧不慢地回答道:"你好马丁。"她把灰蓝色的外套脱下来,搭在手上,露出了里面杏黄的 T 恤。停顿了几秒钟后,女人告诉马丁说,她是外地人,因为对江南有着深刻的记忆,所以接下来的这几天,她准备到处走走看看。

"我是本地的。"

中年男人坐在马丁和年轻女人中间。在口香糖的作用下,他的声音显得柔韧而迷离,然而眼神冷漠,并且直视前方。

快接近市区的时候,车子在一个小型加油站停了下来。加油的人不知怎么走开了,停了好几辆车,他们耽搁了十来分钟。

马丁兴奋地跑到路边站了会儿。他带了只相当不错的相机,但不知道为什么,从镜头里看出去,除了远处的几抹绿色,近处几间屋檐飞翘、尤如水牛角的房子,以及远远近近流淌其间的水田沟渠,一切都非常不像马丁想象中的长江中下游平原。

在镜头的晃动中,马丁看到中年男人也从车上跳了下来,他侧身接着电话。镜头拉得很近,所以马丁注意到,在整个的接电话过程中,中年男人的嘴巴几乎一动都没动过。

"你在观察我。"车子重新发动后,中年男人冷不防地对马丁说。

"没有,刚才……我在拍照。"

"我都看到了,你就是在观察我。"中年男人再次重复道。

他说话时从嘴里吐出一股热气,在挡风玻璃那里诡异的弥漫着。雾已经散尽了,没有太阳,但天色却是明亮的,很多细微的事物都能看得清清楚楚。

3

中年男人名叫范思德。在遇见马丁前的24个小时,范思德是这样度过的。

　　昨天中午的时候,范思德与太太和女儿在一起。这是近几年来的老习惯了,每个礼拜中,有半天的时间,范思德是专门用来陪太太和孩子的。他结婚多年,有个7岁的小女孩,还有为数不少的女朋友(其中部分有肉体关系)。不过范思德的太太倒真算得上是个美人,几乎透明的白皮肤,眼睛纯净得如同黑夜里的珍珠。很久以来她就患有神经性的失眠症,但不是很严重;她还具有一般女人少见的美好品质:极少对范思德纠缠不休。

　　在早年见过一些奇奇怪怪的人干过一些奇奇怪怪的事情以后,范思德现在经营着一家规模不小的公司,他是个专心能干的生意人。他的办公室位于闹市区的一座高楼,15层。在电梯爬升的时候,只要3到13层这点时间,范思德的生意脑筋就能灵光闪现。很少有生意人具备范思德这样强烈的第六感,譬如说有一年冬天,范思德站在窗口,看到对面大楼有个窗户里晃动着一个人影。是个卷发的中年女人,每到下班时间她就定时出现在那里,打开窗,俯身朝下看。

　　"她一定会跳下去的。"范思德心头一动。

　　在很多正常的场景里,范思德经常能嗅出一种格格不入的气息,比如说他太太。年轻时她做过化妆品柜台的推销员,个子比范思德还高出一大截。她有很多爱好,都是与美丽和幼稚有关的。和她一如既往的美丽、幼稚一样,它们也一直被完好无损地保持到了现在。而等到范思德突然成了有钱人以后,她又新添了一种:收藏各种款式、各种颜色的平跟鞋。

　　范思德的日常生活没有什么规律,一般来说他很晚才回家,要是太太还没睡,他就边换睡衣边对她说:"陪客户了……头疼。"

　　他有点怀疑他太太知道些什么。他经常性的头疼,倦怠得连理由都懒得换一个。有一次,他从女朋友那里回来,他太太坐在地毯上,嘴里一股酒气。他藏在灯光的暗影里换衣服,有很短的一个瞬间,他希望她能说点什么。骂他,让他选择,摔碎一些东西,或者离家出走……但结果却什么都没有发生,他反倒有点不知所措,而且感到一种非常奇怪的沮丧。

他不知道自己到底想干什么,其实他谁都不爱,甚至包括他自己。但这种异乎寻常的平静,却让他觉得仿佛他的偷情也一下子变得毫无意义起来。他甚至没有什么负罪感,后一点尤其让他感到不安。

昨天中午12点左右,范思德先去了那家餐厅。

那是座立在河中间的大玻璃房子,四根钢柱支撑着的一个两层小楼,水面上还残存着几朵睡莲,餐厅里的女服务员,头上也斜插着一小朵睡莲。头戴睡莲的女服务员把范思德引到一个窗口座位上去,才十几步路的功夫,范思德眼睁睁的看着那朵浅紫色的睡莲变了颜色。他吃了一惊,差点叫了出来。

更让他吃惊的是他的女儿。点菜的时候,小女孩一直嘟着嘴,一只沾了泥的红漆皮鞋在裙角上蹭来蹭去。

"你到底爱吃什么呢?"范思德耐着性子问道。

小女孩挑战性的抬起头。过了会儿,她一字一顿、一点都不像开玩笑的回答道:"吃蛇,吃猴子,蟑螂,还有鳄鱼!"

"你说什么?"范思德有点不相信自己的耳朵。

"我说我要吃鳄鱼!"

在整个的用餐过程中,范太太一直莫名其妙地微笑着,而打扮得像橱窗娃娃的小女孩呢,则老是记挂着那些长得又丑又凶恶的动物。范思德一声不吭的吸吮着一只螺丝,这是只烧得非常鲜美的螺丝,仅凭着沾在壳上的一点汤汁就能知道,但范思德怎么都没法把里面的螺丝肉吸出来。他先是使劲地用嘴吸,接着再拿牙签挑,最后,他终于非常生气地把它连壳带肉扔进了盆子里。

后来范思德抽了一根烟。在飘浮不定的烟雾里,他这个残忍的女儿和永远美丽的太太，她们渐渐变了形状。看上去，就像老天安排在他生活里的一桩阴谋似的。

下午的时候，范思德没像往常那样陪太太逛街购物，或是陪女儿上游乐场。他站在大街上，梦幻似地告诉太太说"我头疼。"

这个下午他是真的头疼了。他去办公室里睡了一觉，前后大约有个把小时。外间的电话铃不停地响，他不断梦到自己爬起来去接电话的动作……后来就刮起了风。一声巨响，外面办公室的窗玻璃，或者对面楼里的窗玻璃掉了下去，粉身碎骨。

他是在天已经完全黑的时候来到女朋友家的。她是个性感的银行职员，和他交往两三年了。和她睡觉的头一个晚上，范思德闻到她身上有种发甜的清香。他感到一阵莫名其妙的欣喜，因为这香味，范思德把她和他的其它女朋友区别了开来。

敲门的时候，他听到里面有嘈杂的音乐声和笑声，好像有很多人，他犹豫了一下。

突然，门一下子打开了。一大团红红绿绿的碎纸屑，在范思德的头顶上散开来。很多张闪动的笑脸和张大的嘴巴中，范思德看到了他的女朋友。她穿着嫩黄色的低胸衫，略带惊惶地追了出来。在漆黑的楼道口，他停住了。然后，她气喘吁吁地开始说话。

"一些同事和朋友……今天大家都休息。"

"你回去吧。"他的声音低低的，略微有些沉闷。

她皱着眉，一副没听清的样子。突然，她伸出手去，想要拉他。

"你走吧。"不知从哪里来的，一股莫名其妙的烦躁。

"你说什么？"

"滚！"他发出一声女人一样的尖叫，连自己都吓了一跳。

他在街角的一根电线杆下面站了会儿，拿烟的那只手莫名其妙地发抖。

雾气，正从这个世界的边边角角升起来，掺杂到原本就已浩荡的夜色中去。范思德在街上漫无目的的走着,恍然之间,他觉得自己的视力出了问题。开始时他认为是雾的缘故,但后来发现并非如此。他的眼睛变暗了,然而头脑里同样也是混沌一片。四周飘动着粘乎乎的浮游物,这让熟悉的街道突然变得陌生起来。但他分明有一种奇怪的感觉:那黑暗与陌生是从他身上散发出来的。它其实就在他心里,就在那儿。

街道上、树桠间、空气里,到处都是白茫茫的雾气。满得不得了,但也空得不得了。

这天晚上范思德没有回家,但他也没有去找其他的女朋友。后来他随便挑了家旅店,住了下来。在床上他迷迷糊糊地打了个盹,也不知道过了多久,他被一阵刺耳的电话铃声惊醒了。睡眠的网破了个洞,各种各样的东西便乘虚而入了。他打起精神,抵挡了一阵子,但终于还是败下阵来,一种说不清道不明的情绪把他彻底打败了。

他的生活在什么地方出了问题,非常严重的问题。但具体是在哪里,他又完全说不清楚。是的,他感觉不到快乐,但问题在于他不应该感觉不到快乐。所有的能够组成快乐的东西,它们都像雾气一样围绕着他,粘附着他:财富、成功、健康、孩子、女人(还不仅仅是一个女人),甚至还有个人的生活空间。要知道,对于很多男人来说,这可是件十足的奢侈品……现在,这个名叫范思德的男人,他什么都不缺,什么都有了,但可笑的是,唯独最重要的一样东西——快乐却不见了。

他几乎觉得他整个的生活都是没有意义的……没有一件有意义……就像有人说的——"他们的生活似乎像条咬着自己尾巴的蛇"——或许很多人都是这种咬尾巴的蛇,但问题在于名叫"范思德"的他于偶尔之际,突然警醒。这个令人警醒的想法让他受了不小的惊吓。所以在后来的时间里,他便一直处于尽力反驳这个想法的状态,虽然这几乎是件更为困难的事情。

接近天亮的时候,他去了飞机场,看着几架飞机起起落落。在现在的范思德眼里,它们和周围的很多事物一样,仅仅是些冒着油烟、冷冰冰的机器,没有生命,尤其是没有感情。

他犹豫着,想随便搭上其中的哪一架,去到一个完全陌生的地方,然而时聚时散的浓雾阻止了他。他异常沮丧地和机场管理人员吵了起来,声嘶力竭……在大到荒凉的候机厅里,如同困兽一般的,他来来回回地踱着步,心里则想着各种各样奇怪的念头。

遇到马丁的时候,范思德其实正处于这种茫然无措、但又一触即发的状态之中。没有任何理由的,他对那位阳光黑发的"外国人马丁"心存敌意——看上去,小伙子显得那么健康,对一切东西都很有把握的样子……正是这种奇怪而少见的神态深深地刺痛了他。要知道,现在的范思德和很多人一样,什么都不在乎,什么都不相信,所以也就什么都不盼望。

至于那个背双肩包的年轻女人,范思德几乎都没正眼看她。女人们都很坏,至少都是幼稚无聊的。范思德不无伤感地想,在这个粗糙的世界上,就连柔软光滑的她们,也是不值得去认真对待的。是呵,对于现在的范思德来说,女人的构成基本上是简单的,大致可以把她们分成两类:一类是睡觉的时候身上发出清香的;还有一类……范思德从鼻孔里冒出"哼"的一声,心想:难保这女人不是属于第二类呢。

4

在离开机场一个多小时以后,马丁、范思德、以及背着双肩包的年轻女人入住了同一家旅店,那是个近郊的特色旅店。他们三个都该记得那江南典型的走廊——很长,相当长,长得几乎没有道理。隔着五六步路就有一扇漏窗,烟雾般的光线像蛇一样流进来。范思德走在年轻女人的后面,觉得那灰蓝色的背影……也像一条蛇。

蛇一样的女人石小萱今年30岁。在她生命的前26个年头,生活的延展就像这家旅店的长廊:明确、有序而又漫长。她在一个相对封闭的镇区度过童年,父母都是那种所谓的良民——"人民",那个大枕头里的一小团棉花,有他们不多,但也不太能少的那种。由于父母的疼爱(或许也能说是漠然),石小萱的童年以及少女时代衣食无忧,没有遭遇什么暴烈的冲突,比一般的孩子都要来得优裕闲适。她长得不算很美,对自己的容貌也颇有些漫不经心的神气。但她与父母的一张合影透露了一个秘密:她自有与他们不同的敏感与禁忌。这事他们不清楚不知道,而在很长的一段时间里,就连她自己也完全一无所知。

石小萱的丈夫是后来她在省城工作时的一个同事,长得瘦而精干,且相当健康。在日常以及特殊领域的夫妻生活中,他都能表达出一份恰如其分的甜蜜——对此,石小萱接受得心领神会,并且尽情享用。在那个由两室一厅改造成的三室一厅里,她心不在焉地继承了父母对于生活的规则……要是不出意外的话,差不多就要顺着那长廊一直走下去了。

在婚姻生活里,石小萱和丈夫有一个不经意中形成的习惯,那是从新婚的时候就已经开始的:他们都相当热爱旅行。除了童年的闭抑,以及天性中不为人知的事物,有一件事情是石小萱触手可及便能感知的——在旅途中的陌生地,她非常惊异地感到了一种新鲜的性的兴奋……除此之外,她还尤其喜欢在早上,在她丈夫还睡着的时候,一个人漱洗完毕出来散步。有一次,在宾馆门前的小路上,一个穿着制服、帽沿压得很低的年轻男人迎面走了过来。

"你喜欢吗?"他帽沿下面的眼睛朝她微笑着。

"什么?"石小萱不由警觉起来,整个身体朝上提了两公分。

"我是说——你喜欢这个城市吗?"年轻男人重复道。

在很长的一段时间里,这种快乐、神秘而又相安无事的插曲,相当有效地掩盖了婚姻生活的无味、枯躁,以及时有出现的忧虑。后来,他们彼此的几个好友也加入了进来,其中有一个还是石小萱少女时代的密友。

她叫梅丽,是个脸色泛红、鼻翼两侧长了些小雀斑的年轻女人。每一次看到石小萱的时候,她就吃吃地笑。笑完以后,则凑在石小萱耳边,讲一些听上去莫名其妙的私房话。他们彼此都相处得很熟,也有那么几次,石小萱隐隐约约地觉得,丈夫和梅丽有些略微过分的亲密……然而,比怀疑更快也更深刻的是她的释怀,那条幽深的长廊有力的限制了她。她亲热地叫梅丽"梅",并且怂恿丈夫同唤此名,以此掩盖那几丝偶有飘过的阴云。

后来,有那么一段时间,石小萱经常会回想起那个可怕的下午。她站在旅店温暖的窗前,窗外是悄无声息的雪,门外则是激烈的敲门声——"开门,你听我解释!我要解释!快开门。"——在她听来,却是一样的寂静。

因为想象中的寒冷和心里的愤怒,她浑身都在发抖……房门被她从里面锁死了,童年的闭抑再次涌上心头。恍然中她也会心生幻觉:那些都是幻觉,真的是幻觉。熟悉的烟味,陌生的香气,扔了一地的男人女人的影子。

在于今天的石小萱来说,那件事已经变得可笑,渺小,不足为道。但就像那覆盖地面的第一层白雪,先是这一层,接着又是一层,一层连着一层。从此以后,世界改变了颜色与质地。但是她难以忘记,那第一层白色飘落下来的时候,那样的遥远,冷漠,坚硬,那样一种彻骨的寒凉。

那次的伤心地是在曲折幽深的江南。石小萱只记得那曲曲折折的长廊,钻了半天却找不到出口的假山。到处都是谎言,连月亮都被水面切成了碎片。它们闪烁着,也在撒谎。

第二天一早,石小萱独自一人踏上了归途。那一年她26岁,平生头一次觉得,自己对周遭的一切一无所知。

5

晚饭过后,范思德打算去河边走走。

那是一条古运河的支流,当它在这个城市曲里拐弯流了一段以后,就汇入了那条著名的大河。很多个中国古代的皇帝坐着龙舟溯流而下,天上飞着仙鹤,船上飘着乐声,皇帝则吃着传说中能让人长生不老的仙丹。当他举目四望的时候,心里不免洋洋得意着:虽然说,这世界被大海分隔成了几个大洲,上面覆盖着锅盖一样的"天",那是由四根大柱子支撑着的,但中国理所当然地位于它的中心……

在女儿还很小的时候,还没有任何"吃蛇、吃猴子、吃蟑螂、吃鳄鱼"的意识的时候,有一次,范思德开车带她来过这里。那是一个薄雾初散的清晨,小女孩在车上就睡着了,后来他把她抱在怀里……她那有点发黄的细发被风吹散开来,乱得像河边的芦苇,软得像他的心。

现在的范思德可不是这样。就在刚才,在旅店餐厅吃饭的时候,石小萱恰好坐他旁边。他犹豫了一下,决定主动和她攀谈攀谈,就像一个普通的想和陌生女人搭话的男人一样,范思德试探着问她:

"你——还喜欢这个城市吗?"

在餐厅橙黄的灯光下面,他觉得她脸上的肌肉下意识地抽动了一下。他还觉得,在她身上有一种抗拒与放荡交相混杂的气息,他认为自己的这个感觉是对的。总体来说,对于细节与个体的判断,范思德几乎从不出错。但他从一个又一个从不出错的判断,最终却来到了一片混乱不堪的境地……就像昨晚的浓雾……就像头发依旧柔细、心肠却让他想起鳄鱼眼泪的女儿……从什么时候开始,她竟然

变成了这个样子……他都不认识她了……就像他也不认识现在的
自己……

是呵,天晓得他是不是"喜欢"面前的这个女人,现在,一想到这
酸溜溜的两个字,他就觉得头疼。真的头疼,要知道,对于现在的范
思德来说,这只是一个陌生的女人,还不知道她是香,还是不香……
从她晚餐时的衣着以及脸上的气色看起来,下午她洗了澡,可能还
美美地睡了一觉。她坐在那里,姿式优美地吞咽着一棵青菜,就像一
个心态平静、悠然享受生活的旅人。

不知道为什么,她的这种平静与优美再一次触怒了他。

"你看上去倒真像个淑女……"范思德叉起盘子里的一大块牛
排,狠狠地咬了一口。如果四周寂寥无声,肯定就能听到牛排发出的
凄厉的尖叫。"不过很有可能是假的。我知道大部分淑女都是假的,
至少我看到的是这样。"

他们三个人的房间是挨着的:范思德、石小萱和马丁。石小萱
回房开门的时候,范思德假装堵在门口,一副马上就要破门而入的
样子。

"你想干什么?"石小萱皱紧了眉头。

"你说呢?"嬉皮笑脸的范思德。

石小萱动了动嘴,没把下面的话说出来。

"你别生气。"范思德吊儿郎当地抬了抬下巴:"不过说实话,其
实你生气的时候更好看。"

走在河边的时候,范思德仍然沉浸在一种莫名其妙的激昂情绪
中。夜色清朗,明月高挂,但范思德的心里仍然弥漫着昨晚的迷雾。
他讨厌这个名叫石小萱的女人,讨厌她的假正经,她矜持背后的淫
荡(范思德判断她必定如此);他也讨厌那个名叫马丁的假洋鬼子,
下午那小子一个人背着相机上街转悠,回来时恰好遇到在假山边散
步的范思德。

"多少年没回来过了？"范思德冷眼打量着这个兴冲冲的年轻人。

"很多年了，"马丁咧嘴笑着，"觉得街上的人都不太一样了。"

"怎么不一样？"

"也说不清楚，"马丁挠了挠头皮说道："反正和小时候看到的不太一样。"

望着马丁的背影，范思德不屑地撇了撇嘴。嗤，他见得多了。洋鬼子，假洋鬼子，出来混的，或者是正经做事的。甚至他还能看出，哪些洋鬼子是城里的，而哪些则是乡下的，一认一个准。他太了解这些来到中国的洋鬼子或者假洋鬼子了。在这样的了解中，无涉男女的是：与其说热爱现实的中国，不如讲他们更迷恋那个虚幻的国度。往简单里说吧，只要什么不切合实际，那么他们就一定喜欢什么。而这样的爱，几乎就像中国古代皇帝对于仙丹的膜拜了。而有涉男女的则是：男女。嗤，这还用说吗，男女！

中国有一句老话，叫做"不是冤家不聚首"。在夜游船的码头，范思德又遇到了他很不想遇到的两个人：石小萱和马丁。中国还有一句老话，叫做"百年修得同船渡"。对于与两位同路人的不期而遇，马丁则表现出了异乎寻常的兴奋，他站在湿滑的石驳岸上，小心翼翼地扶着石小萱上船。

这是今晚泊在岸边的唯一一条船，船家是个精瘦的小老头，皮包骨，骨连皮。仿佛他身上的脂肪全被南方的暖日蒸发，又随着秋雨淅沥而下，掉进了他们身下的这片河水。

水流得很慢，浆声却很响。月亮正大，月光却很散淡。南方的黄酒黏黏地流进了肚子里，却像花一样绚烂地开开来……三个人都喝了酒，而觉得自己有点醉意的范思德，则在晚上刚刚能够看清石小萱进了马丁的房间。

6

　　26岁的石小萱,在离婚一个月后做了几件事:调换工作,搬家,然后把自己幽闭在屋子里。

　　再次走出房间是在三个月以后,正好是个晴朗的春日。阳光照在石小萱涩重发沉的眼皮上,有一种层层叠叠的厚度。也就是一夜之间,石小萱突然发现,路边巷口、树上枝头开出了很多花,长出了很多叶子。但一朵花究竟是怎么开的,一片叶子又是怎样舒展成柳叶细眉……在它们成长的那些细微的过程中,她正独自一人躲在房间里流泪,一滴灰尘掉下来就能让她哭。在一个人的成长中,需要最重要的两样东西:眼泪,以及擦掉眼泪。而那一年的春天,石小萱的眼泪是自己在风里吹干的。

　　在唯一与外界接触的健身中心,石小萱认识了一个比她大几岁的女友。几个星期过去了,石小萱发现她白天在公司当白领,晚上则在一个名声相当不好的酒吧唱歌。

　　她的名字叫"小钻"。虽然她平时常爱穿的一件短风衣,其实倒是银灰色的。那是件方领的宽松衣服,衣服笔笔挺,腰带笔笔挺……但笔笔挺的腰带却经常一边长、一边短地垂着。"小钻"是单眼皮,仔细看还有点内双。她左边的眼睛略有些往上吊,经常不很自然地斜睨着人,石小萱曾经怀疑她动过双眼皮手术。但无论如何,看不出她是个妓女。当然,她或许真的不是。

　　有一天,中间休息的时候,"小钻"主动和石小萱聊了起来。

　　"昨天晚上……你哭了吧?"她把脸凑到石小萱跟前,她的眼睛亮闪闪的。她那亮闪闪的眼睛在石小萱脸上仔细寻找着什么,就像一只在暗夜里觅食的小母猫。

　　"你的眼睛肿得很厉害。真的,你的眼睛现在又红又肿,就像刚刚才被蜜蜂蜇过。"

"还有,你的精神也不好,非常不好……我没猜错的话,是为男人吧?……对不对?你不想说那就不说吧……其实你不说我也知道。其实你一句话不说我也全知道……"

"小钻"的声音一会儿高,一会儿低。高的时候像春天飞过的云雀,低的时候像草里低叫的蛾虫。这高高低低的声音汇集在一起,如同菜花田里的蜂阵,嗡嗡嗡嗡响成一片。纷乱,尖锐,还带着一种隐而不现的侵略性。

几天以后,什么都知道的"小钻"请石小萱去一个茶楼喝茶。天阴着,不时还下点黏答答的雨,石小萱穿了件深灰色的棒针毛衣。很多小雨滴粘在毛衣的纤维尖尖上,颤颤巍巍,颤颤巍巍,有点像玻璃缸壁上的死鱼泡泡。

那天"小钻"的身上也粘着了很多小雨滴。那是件亮橙色的绒线开衫,很是紧绷地裹着。奇怪的是,雨丝从半开的窗户外面飞进来时,飘到"小钻"那儿去的,软绵绵,轻飘飘;而落到石小萱这儿的,却多少有点像武侠里细小的银针……那些暗器般的小银针在石小萱脸上撞过来又撞过去,又是疼又是痒的。石小萱不由得又发了会儿呆、走了会儿神。讲起来也真是奇怪呵,很多事情都是那样奇怪,说不明道不白的奇怪……就像现在,她坐在一个以前根本就不会理睬的女人面前。这个女人可能是个妓女,也可能不是。但石小萱还没弄清她到底是不是妓女……就和她坐在了一起,这可真是奇怪呵。

但"小钻"一点都不觉得奇怪,连她的说话声都显得那样掷地有声,说一不二。人家说"抬头三尺有神灵",小钻觉得自己就是神灵。

"你可真是个蠢女人呵!"小钻长叹一声。

"女人都是蠢的。"石小萱有气无力地回答道。

"你非但蠢,而且还是个十足的傻瓜!"

"什么叫傻瓜?"

"你这样的!你这样的女人就叫傻瓜……"

......

　　女人与女人之间,这样的争执总是没头没脑,无休无止。也正因为它的没头没脑、无休无止,这样的争执通常也总是缺少意义的。所以到了后来,石小萱重新回想起这个暗器乱飞的细雨天气,回想起这个"桃红柳绿"的女人世界,她发现,很多很多的细节全都淡忘了,结结实实地忘了。哦不,也有记得的,也有一些被结结实实地记了下来,比如以下这些:

　　"我像你这么大的时候呵。"

　　这是"小钻"在说话。"小钻"是这样说的:"不对,要比你现在更年轻的时候……那个时候我也哭。伤心呵,一把眼泪一把鼻涕地哭。自己做了坏事要哭,别人做了坏事也要哭。自己被人伤了心要哭,一不小心伤了别人的心也要哭……"

　　于是石小萱就问她现在。是呵,过去的总是要过去的。过去的已经过去了,那么,"现在呢?"

　　"现在?"

　　"小钻"把桌上的茶杯拿了起来。喝酒的时候叫做一醉方休,那么喝茶就叫一饮而尽吧。"现在我最受不了的就是看到有人哭,我看不得别人哭。什么都行,无拘无束,轻松愉快,轻浮放荡,有很多男人或者很多女人,怎么样都行……但就是不能哭……不管是为什么,怎么着都不能哭……你懂吗?"

　　石小萱想了想,很认真地回答道:"我不懂。"

　　又过了一段时间。

　　有一天下午突然下起了大雨。透过窗玻璃,石小萱看到穿蓝风衣的"小钻"(今天不是银灰色的了)撑了伞,快步向门外走去。伞不是很大,另一边便滴滴答答地挂下水来,雨滴在一个瘦高个的小伙子肩上,水淋淋的湿了一大片,只能看清脸的侧面,但那侧面也已经足够了:异常的年轻,异常的俊美……就像小时候在电影里看到的希腊美少年。不知为什么,石小萱的心莫名地紧了一下。

下次见面的时候,石小萱主动提起了那位"希腊美少年"。

"是个学生。""小钻"说。

"刚认识的,他说……他爱我。""小钻"耸了耸肩,表达一种轻松愉快的情绪。关于"希腊美少年"的情况,在一段时间里,就成为了两个女人之间的话题纽带。

第一个礼拜,"小钻"大声地告诉石小萱:"他是学艺术的,学艺术的人都爱幻想,不管男人还是女人……"

第二个礼拜的时候,"小钻"的声音轻了很多。很像一棵刚出芽的小草在走神,也像一只娇嫩的黄雀在春天的夜晚自言自语——春天了,春天了……草什么时候长,花什么时候开……春天了,春天了……蜜蜂什么时候采蜜,云雀什么时候回来……

"他每个晚上都来,不管刮风还是下雨。""小钻"说,"刮风的时候他给我送衣服,下雨的时候他为我打雨伞。每次来他都坐在同一张椅子上。每次我唱完,他就从那张椅子上站起来,送我回家。他对我说,他送我回家是为了对我说同一句话……"

石小萱好奇地问:"什么话?"

"小钻"看了看头顶上的天,天很蓝,蓝得像首饰盒最底层的那颗蓝宝石;"小钻"又抬头看了看头顶上的天,天很高,高得就像她现在的目光。看到了云,看到了鸟,看到了风中的柳絮,还看到了……一只断了线在风中飘摇着的纸风筝。

"他问我,毕业以后可不可以和我生活在一起。""小钻"说。

到了第三个礼拜,石小萱早早地去了健身房。那天是个朗朗晴日,一大清早,太阳就像十五的满月般蹦了出来。到了中午,满世界更是如同春天般的温暖。但奇怪的是,"小钻"既没有穿亮橙色的紧身毛衣,也没有穿银灰色的短风衣,那天她异乎寻常地穿了件雨衣。

雨衣是半透明的,橡胶质地,还有点小。"小钻"黏答答地闷出了一身细汗。

"又不下雨,你穿什么雨衣呀。"石小萱像看怪物似地看着她。

"不好说,我觉得会下雨。"

"你有病呀,太阳老老高地挂着呢。"

"总会下雨的,总会下雨……"

石小萱唯一的一次听"小钻"唱歌,是在那个秋天将尽的时候。那一阵石小萱正同时和三个男人约会着,他们对石小萱的评价各不相同。第一个说她是淑女,第二个讲她是荡妇,第三个则觉得云里雾里,完全无话可说。石小萱记得,那天"小钻"穿得刀枪不入地站在台上,尖着嗓子这样唱着:"你的手冷得像冰块呀,冷得像冰块……"过了一会儿,她又接着唱:"你的手为什么冷得像冰块呀,为什么冷得像冰块……"

石小萱耐心地听着,她下意识地用自己的左手握了握右手。一只手冷,另一只手暖。但两只手瞬间握在一起的时候,仍然是一只冷一只暖。这种冷暖交替、浑沌不清的奇妙幻觉,这时莫名其妙地把她摄住了。她突然想起了一件事,那是在她很小的时候,在她还是个扎牛角辫的孤僻小女孩时。有一天放学,她发现自己忘了把钥匙挂在脖子上,父母都在上班。就像树梢上挂着的白霜,要到一定的时间才会掉下来,纷纷扬扬,纷纷扬扬……她在空无一人的街上走着……渐渐地觉得这世界真的是空无一人,倒是有一辆自行车停在路边,前轮的挡泥板掉了很多油漆,仿佛在等它的主人。但四周并没有人,甚至没有住人的房子。

她是在走了很长时间以后,才来到那面围墙前的。像是觉察到了什么,她站在那儿,看着它,并且隔着相当的距离。

突然它就倒了,像电影里优雅奇怪的慢动作,漫天的尘土。但紧接着,灰尘变成了雾,雾一般的光线又如同细细的流水,在她面前慢慢流淌开来……墙的前面是一片她从没见过的田野,更远的地方是一棵树,虽然因为天气的关系,她看不清那到底是杨树、柏树、松树,还是桃树……但世界毕竟在瞬间改变了模样,这让她暗自兴奋不已。

后来,在她成年以后,那些雾、霜、雨、雪的季节,石小萱渐渐养成了一个习惯:去街上散步。因为看不清四周,所以她便能幻想自己在别的地方,或者幻想自己其实是另外一个人。因为雾,她自然而然地成了另外一个人。

26岁以后的日子,石小萱开始独自旅行。在旅行途中,她有时是淑女,有时则是荡妇,以此见识各种各样的男人和女人(主要是男人)。这样的旅行在她30岁的这个秋天仍然延续着,然而不同的是,这一次,她再度选择了她的伤心地:

曲折幽深、连月亮都在撒谎的江南。

7

在时聚时散的浓雾里,飞机缓缓下降着,就像暮色快要降临时,一只终于厌倦了飞行的鸟。石小萱从座位上慢慢站了起来,向飞机后舱走去。

等她再次从飞机后舱缓缓步出……即便光线灰暗,明眼人还是可以一眼看出:这个女人非但换掉了身上的衣服、裤子、颜色不明的鞋、脖子里的一条小丝巾……这女人连带着把她深藏不露的灵魂也偷偷替换了一下。多年前的那个女人再度回到她的体内:洁白,单薄,羞涩。当然,还有那长廊一般的禁忌。

一个苍白的好女人。

她原先打算着,再去五年前的那个旅店。在原来的餐厅吃饭,在原来的窗口发呆,在原来的床上睡觉……有一件事,是她暂时还没想好的:究竟是一个人睡,还是两个人?另外有一件事,也是到现在为止她没有想好的：如果是两个人睡，那么，她到底应该埋葬一个过去的淑女，还是扮演一个复仇的荡妇？

然而那场大雾阻止了她。她茫然无措地站在机场公路边，遇到了同样茫然无措的范思德。当然，还有那个不断跑进跑出、兴奋得满脸通红的马丁。

她偷偷观察着马丁。

在有限的几次对话中，她知道马丁是回来探亲的。这个回来探亲的马丁想去看看父亲的墓，还想去看看以前住的房子（只有一张地图和母亲的老照片），另外，照他的说法，那就是"母亲希望我能找一位中国姑娘。"

她也偷偷观察着范思德。

不知道为什么，对于这个有时惜言如金，有时又大放厥词的中年男人，石小萱有一种莫名其妙的直觉：她觉得他们是同类，是同道中人。前些日子石小萱刚看了场哑剧，剧场空间密布着墙壁和树林，里面的人走进走出，走出走进……一开始他们还做出大口喘气、大声呼喊的样子，后来就渐渐安静了。即便坐在开花的樱桃树下，也完全不做梦了。

石小萱觉得，她和范思德就是坐在樱桃树下打盹的两个人。他们背靠着背，谁也不认识谁。

倒是那个马丁，如果她和范思德是在一条黑漆漆、望不到尽头的长廊里走，那么马丁则是两旁嵌着的那些漏窗。是从漏窗外面伸进来的几根杨条柳丝，脆生生的绿着，还吐着小小的芽。石小萱甚至觉得，就连马丁的笑也是这样：脆生生的，手捏上去就能发出声响的。

石小萱的脸上，顿时浮现出了与马丁一样的单纯和阳光。但是，下一个瞬间很快就来了。那个荡妇、那个石小萱身体里的另一个女人，现在她正坐在大树的枝桠上。她从碎金碎银的树影里伸出头来，

冷笑着,看着石小萱。后来,她干脆就钻进了旁边的假山洞里。她的声音穿洞而出,奇异诡秘:

"撒谎!听到了吗?他在撒谎!他们都在撒谎!你这个蠢女人!"

石小萱冷静了下来。她盘算着,先在这儿住上一夜,休整一下。等到第二天早上,再去寻找那个五年前的旧址。她没想到的是,就在夜游的船上,却发生了这样一件事。

这件事是由马丁引起的。现在,回过头来,终于又要讲到这位名叫"张宝良"的马丁先生了。这天下午,马丁没有像预想中的那样略事休息。他倒是在床上躺了会儿,但是床上、枕头上、搭在椅背上的上衣袖口、以及半开的窗户外面……到处都弥漫着一种甜甜的气味,那是桂花的香气。那些小串小串、金灿灿的花瓣,它们从马丁童年的梦境里摇落下来,精灵一般,纷纷扬扬,一路挥洒,而那样的一种香,就像是从遥远的、20年前张宝良母亲的发髻里传来的。

像中了魔似的,马丁穿好衣服,顺着长廊走上大街。等他再次回来,还是在那条黑漆漆的长廊里,他一眼看到石小萱背着光站在那儿——她的头发在脑后盘成一个小小的发髻,短短的上衣是白色的,薄薄的纱裙也是白色的,还有一条看不大清颜色的丝巾,它随随便便地搭在肩上,就像一只扇着翅膀的鸟。曲曲折折的回廊,每一个拐角处都藏着扬声器。由远到近,是轻到透明的背景音乐;从近到远,则是梁山伯在曲曲折折的山道上拉着祝英台的小手……恍然之间,马丁觉得石小萱微红的脸颊是那样的楚楚可怜,楚楚可怜……他梦想中故国的姑娘就是这样的吧。很多很多的记忆,突然在马丁的头脑里复活了。这一回,是他自己先红了脸。

"桂花……真香呵。"

马丁听到自己在说。说这句话时他用了很大的气力,但声音仍然很干,很涩,甚至还有些哑。

"是呵,桂花真香。"

这是她的声音。现在听起来不太真实,有些奇怪,但又似曾相识。

这天底下,有些事情就是这样奇怪,而有些奇怪的事情,常常就是在一瞬间里发生的。比如就像现在,辗转20余年,"父亲"的灵魂突然附着到了儿子身上。

就在这天夜晚的渡船上,那跨越20余年的灵魂,终于借着酒力蠢蠢欲动了。

这天晚上,马丁喝了太多的酒,说了太多的话。他把自己心里的话说了,连带着把20年前那个灵魂没说完的话也说了。马丁说的话有些酸,有些简单,有些夸张,还有些不正常。反正,那天晚上马丁的话,非常不像是这个世界里的人说出来的。

自然就会有人听不懂了。

而石小萱的回答就要简单得多。人之初,性本善?回答是否定的。人之初,性本恶?回答仍然还是否定的。正确的回答是:人之初,性本非善非恶。人之初,性本懵懵懂懂。在那个渡船的晚上,石小萱说得最多的就是这样懵懵懂懂的三个字,外加一个表情化的符号——为什么?

"马丁,现在请你告诉我,这是为什么?"石小萱仰头看着他。

"为什么?"马丁皱了皱眉头,接着又搓了搓手,"什么为什么?"

"我想知道,你为什么要对我说这些话?"

"不为什么。"马丁的表情很茫然。

"不为什么?!"石小萱的追问却并不茫然。

"是的,我就是想说。想对你说,想把心里的话全都告诉你。我也不知道这是为什么。"马丁说。

"那我凭什么相信你呢?"

"凭什么?我不懂……我不懂你为什么不相信我。"

从马丁的眼神看起来,他刚才说的那些可全是真的,他是真的不懂,他说了那么多真话,说了那么多心里话,却没人信他,他不懂。

但石小萱也是真的。石小萱也是真的想问为什么,真的想弄清楚为什么。"云儿飘在海空,鱼儿藏在水中……"20年前就是这样的,千百年来从来就是这样的……然而20年前,马丁的母亲信了那位"鹰钩鼻子",20年后的石小萱却不信;马丁的母亲一开始不信,但是现在的石小萱——她始终不信。

8

其实那天晚上,从头至尾始终不信的还有一个人。对了,就是他,就是这个名叫范思德的中年男人。

那晚临出门的时候,范思德在旅店的房间里照了照镜子。已经好几天没刮胡子了,头发也是乱糟糟的,嘴角那儿还长出了一小串燎泡……他冲着镜子里的那个人张张嘴巴又动动牙,里面的那个就也冲他先张了张嘴巴,再动了动牙。也不知道为什么,范思德突然有了一种奇怪的感觉,仿佛……仿佛镜子里那个呲牙咧嘴的"范思德"并不是他。"范思德"其实另有其人,他们是完全不同的两个。

他在镜子前面发了会儿呆,被自己刚才的那个想法吓住了。

范思德一点都不喜欢那个名叫马丁的年轻人。如果说,现在的范思德就是一座古老的城市,就是曲曲折折、幽深昏暗的江南,那么马丁则是一棵树,一棵在无菌病房里生长起来的树。马丁是健康的,于是他认为别人也应该健康;马丁什么都相信,于是他觉得别人也应该充满信任……然而事实上,恰恰正是马丁的明亮衬出了范思德的灰黯。就像一个在岩洞里呆得太久的人,害怕最细微的光线一样——范思德被马丁的阳光深深刺痛了。他恨他,没有任何缘由的。

他冷眼看着这个年轻人。很多年前的自己,是不是也像他那样?他曾经有过那样的日子吗?单纯,明净,坚定。这些他都已经记不清楚了。然而有些事情他是记得清楚的,比如有时候,他能听到一个让他自己也大吃一惊的声音:"相信?我告诉你,就连你——范思德——我也不相信!"

这几年他老得有点快,与乱糟糟的胡子、头发一起滋生的还有他的怀疑。他没法让自己不怀疑,就连一件事情进行得过于顺利了,他也忍不住要疑虑。有时候他会问自己:这是恶吗?恶难道就是这样的?难道在自己身上,有一种恶正在成长?范思德没有想明白这件事。范思德同样没有想明白的是:这恶与他天性中的善相合,使他成了一种几何学里的"磬折形"——在孩子的书本里倒是常能看到这种图形,从平行四边形的一角,除去相似的较小的四边形,剩下的那个就是了。有那么几次,范思德在纸上把它画了出来。他出神地看着它,觉得就像在看一个脑瘫患者。

他倒并不心疼自己身上的恶,让范思德心疼、让他有时候疼得苦不堪言的是,有些时候,他天性里的善突然冒出了头,就像一个瘫痪病人蠕动了几下。而为了尽量避免这种情况发生,他便说最极端的话,最冷漠的话,他便摆出一副最冷酷的样子。道理非常简单,因为温暖——就连这东西也能刺痛他。

这天晚上,在桨声灯影的船上,范思德喝了不少酒,醉意一点一点地爬了上来。和醉意一起爬上来的,还有一种让他感到恐惧的东西——对于温暖和光明的企求。有那么一个瞬间,他看着船板上的马丁……他看着他,一个有着纯净眼神的男人,一个眼睛里饱含着热泪的男人。范思德的心里有什么地方突然软了一下,也就那么一小会儿。

然而,遗憾的是,并没有人注意到他内心的恐惧,就像从来没有人注意到他的软弱一样。

那丝恐惧和软弱,便随着河面上的风一起飘走了。

这天晚上，范思德迫切地想干点什么。话也可以这样讲：这天晚上，这个名叫范思德的男人非常想毁坏些什么。

作为一个土生土长的中国人，而且还是个人到中年的中国男人，范思德是极其现实的。在这个务实的国度，在这个务实的年纪，范思德已经基本不做梦了。不做梦这件事，更深刻的表现还在于：活了这么多年，范思德见识过世界上很多匪夷所思的事，匪夷所思的人，而面对这些匪夷所思的人和事，范思德总能保持一种更为坚定的现实。有时候他甚至觉得，自己比现实还要坚定。

换个简单的说法：范思德曾经看到过很多彩虹般美丽的事物……到了后来，他认定了，它们都是气泡。因为是气泡，所以它们很快就将破灭。如果它们暂时还在他眼前闪烁着，那么，现在的范思德更愿意亲手捅破它。

范思德急切地想证明一些东西。

比如说：船上的那个年轻女人其实只是个婊子。

又比如说：那个有着纯净眼神的马丁，其实也只是想到这里来找婊子的。

他在船上喝着酒的时候，内心就燃起了许许多多这样的小火苗。就像一个突然变得软弱的人，想用一种力不能及的方式来证明自己的坚强。

他恍恍惚惚地想了很多。这一刻，他是这样想的：是不是偷偷地叫来一个妓女，半夜三更去敲马丁的房门。而到了下一刻，他又开始那样想：或许，干脆还是化成一缕青烟，润物细无声地钻入石小萱的睡床底下……范思德脚下的这块土地，本来就是适宜发生聊斋故事的。夜色降临，月光如泻，万事万物不再是白天的纤毫毕现。有些东西正沉沉睡去，还有些东西却悄悄苏醒，世界成了另外一种样子。

从船上回来以后，范思德在房间里躺了会儿。隐隐约约的，他听到了两下关门的声音。第一次比较轻些，第二次则是惊天动地的一声响。"砰"的一声，连范思德也吓了一大跳。他伸展了一下腿脚，换了种姿式，想把自己弄得舒服些。刚才回来的时候，范思德走前面，随后则是马丁和石小萱，隔着大约十几步路的样子。那么，这关门的声音，轻一些的应该是石小萱，重一些的才是马丁……不对，不是这样的……

就在这时，突然传来了一阵急促的敲门声。

门口站着一个身穿紧身裙的姑娘，一个陌生姑娘。

这位姑娘，她一只手叉在肉鼓鼓的腰上，另一只手则有力地搭在门框上，见多识广的范思德这回也有点懵住了。奇怪的倒不是一个陌生姑娘突然出现在门口，奇怪的是，一个陌生姑娘却用一种老熟人的眼光看着范思德。那眼光，像是在说："怎么着，这回逮着你了吧。"也像在说："愣着干什么，快让我进去呵。"甚至还像在说："得了吧，你得了吧，谁还不知道谁呵……得了吧，得了吧！"

比陌生姑娘先进门的是她身上的香气。范思德从来没闻过这样浓烈的香水味道——混合着各种各样的气味，却唯独不像香水的甜腥气味。

范思德鼻子一阵发痒，终于忍不住打了个响亮的喷嚏。

趁着范思德打喷嚏的工夫，胖姑娘已经迅速地登堂入室。她在沙发上舒舒服服服地坐了下来，还相当慵懒地翘起了一只脚。她穿着黑色的长统丝袜，小腿肚那里抽了很长一段丝。远远看过去，就像爬着一条弯弯扭扭的白蚯蚓。

范思德非常恐惧地盯着她腿上的白蚯蚓，结结巴巴地冒出一句："你……你……你来干什么？"

胖姑娘的回答倒是干净利落："我来干什么，得问你呵！"

"问我？问我？"

胖姑娘一不做,二不休:"我来干什么,难道你还不知道？"

范思德一时没找到正确回应的方式,眼睛瞪得老大,头摇得老响。

但胖姑娘的眼睛比他瞪得更大:"你们这些臭男人,你说你不知道,你还说你不知道?！"

胖姑娘说话时,脖子那儿青筋突突直暴,如同一条曲曲弯弯的青蚯蚓,范思德惊得跳开了几步。

范思德以前倒是见识过妓女,但从没见过这样奇怪的妓女。他甚至有些恍惚起来,这样正义凛然地大骂男人,更像一个复仇天使,或许……还真不是那样的女人？他鬼使神差地站了起来,还顺手给她泡了杯茶。

这样的虚情假意,胖姑娘显然没有放在眼里。这个奇怪的愤怒的女人,在深夜的陌生人房间里,突然爆发了起来……大约过了五六分钟,也许是骂累了,也许是觉得骂也是白骂,她腾的一声站起身来,冲进了范思德的浴室。

先是感天动地的关门声,紧接着是哗哗的水声,甚至还没等范思德真正缓过神来,胖姑娘又水淋淋地从里面冲了出来。

她的头发湿腻腻地贴在两边,脸上的妆全花了,眼眶通通红,一副痴男怨女的可怜相。范思德惊魂未定地看着她,感觉此女一定会倾情倾诉…… "砰"的一声,胖姑娘捡起沙发上的小包,头也不回地走了。

她的黑丝袜倒是扔在沙发角那儿。看不见白蚯蚓了,软绵绵、黑乎乎的一团,更像一个传说中能够隐形的怨鬼。范思德朝着它看了半天,这才心惊胆战地用一根手指挑起来,扔进了垃圾桶——突然,他用力吸了吸鼻子。胖姑娘身上那种甜腥的气味,把范思德周围的一切都弄得香喷喷的——他的手指、头发、衣服、鞋子,甚至还有那个扔满了秽物的垃圾桶。

　　范思德满腹狐疑地闻了闻自己的手指……想到这一切是如此滑稽可笑,他忍不住大声笑了起来。再想,却还是忍不住,就接着再笑。就这样反反复复地笑了几次,范思德突然再一次举起自己的手指,放到了自己的鼻子底下,还是很香,却又有着一丝一缕的熟悉。

　　电话不是她接的。

　　是个陌生男人的声音,他在电话那头吼了半天。显而易见,对于这种来历不明的铃声,此人同样怀着满腹的怨恨与愤怒——

　　"快说话呀!"

　　"见鬼,真是活见鬼了!"

　　……

　　子夜时分,范思德形影相吊地在旅店花园里踱着步。那天正是阴历十五,坐在冰冰凉的假山石上,可以非常清楚地看到挂在天上的一轮满月。天是冰蓝冰蓝的,月亮则是泛着光晕的一个鹅黄圆圈。它安安稳稳地圈坐在那里,带着体温和气味,就像刚从老母鸡屁股底下钻出来的一颗鸡蛋。范思德抬起头来看天,直看到脖子都有些发酸了。他发现,那被很多诗人描绘得诗情盎然的月光,其实更像从冰蓝的水面上冒起来的一小股烟——吹一吹就飘了,挥一挥就散了。

　　说来也怪,那天上的月光,和范思德心里的月光很快就融为了一体。天地之间,不知从哪里刮起了一阵阴风。冰冰蓝的天,一下子像染了成堆成堆的墨汁,炭灰一片。那轮鹅黄色的鸡蛋也不冒热气了,灰了脸,垂了眉,更像一个卸妆后的小妇人……更奇怪的是,夜风过处,空气中突然传来了一阵断断续续的声响——初一听,是夜猫的叫声;再听起来,则是妇人在偷偷呜咽;等到屏息下来,却是一个被人捂了嘴巴的小婴儿在哭……

　　范思德是个坚定的无神论者,但范思德也是个具有正常情感的无神论者。在冰凉的假山石上,他不由自主地抱紧了自己。神和无神在艰难地碰撞着,牙齿和牙齿也在艰难地碰撞着。处于两面夹击中的范思德,当他看到远处的一点红光慢慢移近时,差点就失声叫了起来。

红光越来越近了。开始时还像萤火,到了后来,灯笼的形状渐渐清晰了。在灯笼的后面,站着一个肤色黝黑的老头。他穿着奇怪的、类似于旧式长衫的黑色布衣,脚上是双圆口黑布鞋,但在左手袖管上,却套了一块袖章似的红布。看上去,老头的身坯很好,高大健壮,力大如牛,但不知道为什么,看着他,无神论者范思德却突然恍惚起来。很多奇怪的感觉起起落落着,比如说,这老头实在不像是这个世界上的人,而且也实在不像是这个时代的人。

幸好,老头这时开口说话了。

"嘿,你在上面干什么?"

"我……我在看月亮。"

也不知道是对范思德的回答感兴趣,还是因为范思德的回答,对月亮感起了兴趣,老头竟然也提着灯笼爬上了假山。他在范思德的身边坐下来,还盘起了腿。

过了一会儿,老头开始说话了:"唉,月亮全给狗吃了呀。"

范思德看了看天,又看了看老头……突然,他像是想到了什么,颇为警惕地问道:"你是干嘛的?"

老头笑了,说:"我嘛,是这里的保安,巡夜的。"

一阵沉默。而夜风中,那种奇怪的声音又起来了。

范思德再次竖起了耳朵,他紧张地说:"你听,这……这是什么声音?"

老头看了看范思德的脸,不紧不慢地回答:"怎么,害怕了?"

范思德不说话。

老头叹了口气,说道:"那可是很多很多年前的事了。"他不知从哪里变出了一只小酒壶，几口酒水进了肚子，话也就自然而然地流出来了："其实，这些事我也是听来的，听上几代人说的。说这地方呵，原先是一个大户人家的后花园。这大户人家呢有个小姐，生得那叫是花容月貌，看见了没有不喜欢的，只可惜是个瘸子……这位漂亮的瘸子小姐，当然没法和你一样爬到假山上看月亮，怎么办呢？后来这家老爷就下了命令，让人在假山旁边造了一座小亭子……"

范思德探头一看，果然有座亭子。

老头把嘴里的酒香仔细回了回，继续说下去："你别急，急是急不来的，以前的那些事情都是要慢慢说，慢慢说的。后来呵，负责造亭子的小木匠暗恋上了小姐。""那时候也懂暗恋？""那时候才叫暗恋呐……造亭子的时候，小木匠就做了点手脚。只要刮风，稍稍大一点的风，这座亭子就会发出鬼叫一样的声音——刚才你就听到了吧。你害怕，那小姐还能不害怕？漂亮的瘸子小姐经常在亭子里看看月亮、弹弹琴什么的，而每次当她害怕得发抖的时候……"

范思德插进话来："小木匠就出现了。"

老头一惊："你知道？"

范思德鼻孔里出了口气，说："就这点事情，谁猜不出来。"

老头很不服气似的追问道："那后来呢？"

范思德想也没想，脱口而出道："后来？那还用说，后来小木匠就把小姐给搞定了。"

不知怎么的，老头突然伤感了起来，他长叹一声道："聪明呵——现在的人全都聪明呵。唉，我可是老喽。"他站起身，用力地看了范思德一眼，说："现在的世界不好玩了，奇怪的事情越来越少、越来越少啦……"

就像他神不知地来，老头很快就鬼不觉地走了。范思德倒在假山上又坐了会儿，想着那小木匠和瘸子小姐的事情。越想，范思德就越觉得刚才的判断是对的。思来想去之间,范思德恍然看见一个白色的影子,蛇一样地闪了一下。

他心里一惊。连忙使劲地眨了眨眼睛。

他认得那条薄薄的白纱裙。刚才在船上,马丁差点失手把手里的黄酒洒在上面。船上有风,纱裙一会儿掀起来,一会儿又垂下去……像一种儿时电影里令人兴奋的慢动作。

现在,白纱裙在走廊那儿闪了一下。最终,它停在一个房间的前面。

"马丁——"范思德听到自己一声悠长的叹息。

10

回过头来再说马丁。其实,那天晚上喝得最多、醉得最深的,不是范思德,也不是石小萱,而是马丁。马丁从来都没喝过江南的黄酒,那澄黄黏稠的液体,起口很甜,很香,就像迟迟才开、灿烂如金的桂花。然而这甜甜的液体一旦进了肚子,它却立时变了,变成放了毒药的糖,变成深不见底的幽长陪弄。这酒产在江南,江南连酒都是曲折的——一条黑漆漆的石板路,旁边是黑漆漆的河道。那水里的月亮呢,有时是一个,有时是两个,更多的时候,则是无数个。你永远都不知道哪个是真的,哪个是假的,哪个又是过一会儿就要碎的……

这样曲折的酒,马丁以前从来没有喝过。

马丁也从来没有对一个陌生女人说过这么多的话。

那天晚上,在他的故国,他的家乡,马丁做了很多他以前从没做过的事。半醉未醉时,他突然想起,在他最为敏感的少年时代,有一年冬天,他在陌生的城市、下着雪的窗前读着中国的古诗:

终南阴岭秀，
积雪浮云端。
林表明霁色，
城中增暮寒。

雪下得可真大呵，它们成团成团地抱在一起，又连滚带爬地往下掉着。那样的活泼，那样的稚拙，难免会让人想到童话。然而童话总是不真实的，没有烟火和人气。童话里的孩子总是很寂寞，就像趴在窗前的小马丁。他趴在那儿，看着被雪吹得涨大了的街道，街边戴着雪帽的小店，店里坐着喝咖啡的金发路人——他们的蓝眼睛也在看雪，但他们听不懂马丁正念着的唐诗。

那种与生俱来的感时伤怀，被童话般的寂寞悄悄催生了。但他能向谁说？向他早已心如死灰的母亲？还是向那个成天烂醉如泥的"麻脸厨师"？马丁身边倒是有几个不错的朋友，但是内心深处有样东西告诉马丁：他和他们最终是不同的。还不仅仅因为他——马丁，他没能有一个属于自己的上帝。

马丁骨子里的东方一直藏得很深，应该也是天性吧，类似于人身上的伤口。倒是有两样东西一直陪伴着他：一个，是电影里那位身怀绝技的"光和小和尚"；还有一个，则是马丁曾经做过的梦。在梦里，他骑在一只白色大鸟的翅膀上。大鸟羽翼丰满，正展翅飞过一片广阔的平原地带。马丁探头向下望去，看得见星星点点的河流湖泊；看得见纵横交错的稻田沟渠；还能看见月色中坐在柳树底下吹笛的牧人。这个梦有点奇怪，前一半是白昼，后一半则是黑夜。然而，有一点却是确定的，马丁固执地认为，他骑鸟飞过的正是他的家乡——美丽而著名的长江中下游平原。

那晚的船上，那如同放了毒药的甜酒，非但头一次让马丁尝到了醉的滋味，它更像一种东方世界的古老法术，它放出了马丁身体里的"张宝良",那个他藏了那么久、或许根本就没正视过的另一个自己。

那晚马丁很快就睡着了。他甚至有些记不清楚,自己究竟是怎么回到旅店的。他倒是醒过一次,床头柜上放着一杯水……马丁记不起来这杯水到底是什么时候放在那儿的。但他记不起来的事情实在太多了,于是他便撑起身子喝了几口。

如同清泉般流淌进他身体的水,神奇地把他带入了另一个世界。

那天晚上,在故国的第一夜,马丁开始了他平生头一次、但几乎也是最后一次的梦游。

人在梦中,总是会做那些他最想要做的事情。如同一切梦中人,马丁轻悠悠地飘了起来,穿过洒着月光的走廊,他停在了石小萱的门口。

就像一片巨大而又轻飘的羽毛,门悄无声息地开了。

月光透过半开的窗户照进屋里……桌子、椅子、花纹不明的地毯,地毯旁边放着的一双女式拖鞋,铺了雪白床单的大床,以及躺在床上、有着婴儿般睡姿的石小萱……马丁轻轻俯身过去。此时,那个遥远的梦又回来了。他发现自己正骑在一只白色大鸟的翅膀上,身边则是厚厚的快要下雨的云层……

"马丁!"

不知什么时候,石小萱已经睁开眼睛,翻身从床上坐了起来。她惊讶地叫了一声。但与其说,这叫声是因为房间里突然多了个男人而惊讶,倒不如讲,是马丁梦幻懵懂的神情激起了她的好奇心。

然而马丁并不知道这些,现在的马丁只是个梦游者,他并没有醒。石小萱理了理凌乱的头发,她看了眼马丁,她叫他:"马丁……"

这一次,马丁开口说话了。看着那个远在虚空、又近在眼前的石小萱,他说:"不,还是叫我宝良吧。宝贝的宝,善良的良。"

石小萱顺手抱过一只枕头。突然,她扬起头,甩了个风骚的眼风给马丁,问道:"这么晚了,你到我这儿来干什么?"

马丁往前一步,直直地盯着石小萱的眼睛,"你能告诉我吗?虞姬为什么要死?"

"你在说什么?!"石小萱有点不相信自己的耳朵。

"还有,霸王为什么不过江呢?"

马丁的眼睛看上去有点吓人,直愣愣的。所以石小萱下意识地朝床边退了退,她死死地抱住手里的枕头,这一回可是真的害怕。

"那个霸王,难道他死了就是英雄了吗?"

"宝良——"因为害怕,石小萱怯生生地叫了一声。

马丁的眼睛亮了一亮。

"告诉我,你最想要的东西是什么?"马丁的声音突然轻了下来。

"天上的月亮。"石小萱想也不想地随口回答。

"那我去替你摘下来。"

马丁伸出手,在虚空中握了握石小萱的那双。接着,他把刚才的话又重复了一遍,"你要相信我,你一定要相信我,我会替你摘下来的,我一定会替你摘下来的。"

马丁在走廊里来来回回走了一圈。起风了,月亮给天狗吃掉了……那天晚上马丁没有找到通往假山的路。鬼使神差的,他回到了自己的房间。

石小萱听到了关门声。过了一会儿,她从床上爬了起来,想了想,然后去了马丁的房间。

11

第二天早上,在旅店门口的青石板路上,马丁再次遇到了石小萱。

他愣住了。

面前的这个石小萱是他完全不认识的。她怎么竟穿成了这样……她身上的衣服、她的鞋……她那涂成腥红色的嘴唇……还有她看人时那种奇怪的眼风。一切都是不对的，竟然没有一样对。昨天，在长廊里，在船上，在他感到自己喝醉以前，她都不是这样的。就连今天早上，他沉沉地从梦中醒来。一只灰白相间的花喜鹊，翘着尾巴在窗前的柳枝上蹦上蹦下。他盯着看了很久，突然扑哧一声笑了出来。

这一切都和石小萱有关。但不是，绝不是站在他面前的这个。

一时间，马丁倒有些手足无措起来。而更让马丁感到手足无措的是：今天他认认真真地穿了件中装——灰蓝色的麻竹布，上面带着细白条的竖纹——这是一大早刚在街上买的，他想着今天会遇到她。他是张宝良，他穿中国的衣服，穿着中国衣服的张宝良在飘着淡青色晨雾的街上走，脸微微昂起，两手则稍稍垂后，犹如云中漫步。他的脸上显示出柔和与淡然的神情，只有一个身心达到平衡状态的人，才会具有这种柔和与淡然的神情。所以说，这个早晨，即便在人头耸动的大街上，即便昨夜的记忆已经完全消失，我们的马丁却仍然像一个梦游人。

现在，马丁穿着它，手是没地方放的，脚也没地方放。它们扭来扭去的，显得非常滑稽。

穿得滑稽的马丁，就连说出来的话，在旁人听来也是滑稽有趣的。

马丁说："我告诉你，昨天晚上我做了一个梦……"

石小萱斜着眼睛看他，问："梦到什么了？"

马丁停顿了一下，还是说了："我梦见……你到我房间来了。"

石小萱追着问："哦？到你房间？我到你房间来干什么？"

对于自己很是不得体的梦境，马丁显得有点不好意思。于是他解释道："是呵，我也不知道。反正你踮着脚就过来了，很轻，一点声音都没有。小时候我母亲说过,黄鼠狼在晚上就是这样走路的。"

石小萱看了马丁一眼,他的脸慢慢红了。

过了一会儿,石小萱又问:"你母亲……她还告诉你什么?"

马丁低头想了想,说:"她说很多黄鼠狼只在晚上出来。在月光下面,它们就像另一个世界里的动物。"

这时,石小萱突然打断了他的话,她莫名其妙地问了一句:"马丁,你相信这世界上有鬼吗?"

"鬼?"

"是的,鬼。"

马丁颇为为难地挠了挠头皮。接着,他调皮地、充满孩子气地冲着石小萱一笑,说:"只要你相信有鬼,那么我就也相信。"

12

这是上午七八点钟的事。而到了中午时分,无神论者范思德、怀疑这世界上有鬼的石小萱,以及穿着中国衣服的"外国人"马丁,已经一起来到了一个小镇上。这是范思德提出的建议,稍一犹豫,马丁和石小萱便同意了。

"那里有很多很多的老房子。"范思德是这样对马丁说的。

"你不是要看江南吗?"而石小萱,则听到了这样的话,那里才是最最典型的江南。"

他们是坐出租车去的,前前后后,也就个把小时的路程。范思德带着马丁和石小萱,穿过一座座垂满青绿老藤的石拱桥,穿街走巷,来到了一条光线黯淡的狭窄老街。马丁觉得,临街的那些黑色屋檐,就像乌鸦鸦的鸟翅般沉沉压下来,而自己手臂上的那只石英表,这时也突然变得步履滞重起来。

他指着屋檐下方几个生锈的铜环,好奇地问:"这是干什么用的？"

范思德慢悠悠地回答："过去人家挂红灯笼的。"

一个穿土布衣服的深肤色矮个老头，手里捏了块油腻腻的抹布奔出来，嘴里一迭声地叫着："里面请，里面请——活杀鲜吃！活杀鲜吃！"范思德表情漠然地看了他一眼，而马丁和石小萱则给吓了一跳。

三个人在一家茶馆兼饭店坐了下来。他们旁边的一桌早已坐满了，都是外地口音，裂着木头干纹的桌子上堆着他们刚买来的东西：小竹编、小铜炉、金银箔图片、黄杨木雕、磁盆画、剪纸、刺绣……这些人说话的声音很大，仍然带着十几分钟前在小摊上讨价还价的兴奋。马丁手里捧着那台宝贝相机跑进跑出，仿佛也感受到了正弥漫在空气里的那种兴奋，他没有注意到范思德正冷眼看着他。

当然，马丁更听不到范思德与石小萱的说话声。

"那是个傻小子。"范思德的眼睛看着窗外。

石小萱顺着他的眼光望过去……她没有说什么。

范思德的嘴角带着一丝不易察觉的不屑。他上上下下打量着石小萱，打量着，突然，他发问了："昨天晚上你去他房间了？"

石小萱一愣，猛的抬起眼睛，想迎上他的……午后的阳光曲曲折折地登堂入室，照亮了他侧面的半张脸。此刻的范思德，一半在阳光里，另一半则在阳光的阴影中，她没能找到他的眼睛。

范思德把脸凑近些，压低了声音说："怎么样，今天晚上到我这儿来？"

石小萱顿时变了脸色，但很快，她便把这种突如其来的情绪掩饰住了。她甚至花枝乱颤地大笑起来，然后才满不在乎地对范思德说："行呵，行呵——不过你先得告诉我，你是干什么的，人生地不熟的，我可不想碰上一个骗子。"

范思德从鼻孔里哼出一声，仿佛表达着他对"骗子"这种说法的不屑一顾,表达着他对石小萱懵懂无知的不满,也表达了他其实什么都不相信,什么都不在乎,仿佛他说任何话、做任何事都是从这个"哼"字开始的。他冷冷地说:"我不是骗子,但我是一个流氓。"

"流氓?!"

"是呵,所以你可得想清楚了,亲爱的小姐——今天晚上,你到底是选择流氓,还是选择傻子。"

这一次的愤怒石小萱没能控制住,她冷了脸,低低地骂了一句。然而愤怒的石小萱却丝毫没能让范思德愤怒,他翘起二郎腿,悠悠然地喝了口茶,这才一字一顿地对石小萱说:

"生气啦? 我还没生气你怎么就生气啦? 淑女可不是这样的,这就不好玩了,真的不好玩了。不过,我可以很真诚地告诉你,其实我早就看出来了,你和我本来就是一路货色。"

临近黄昏的时候,他们重新踏上了归程,这一次他们走的是水路。范思德坐在船头,石小萱和马丁则坐船尾。就像几乎所有的观光客那样,马丁买了一大堆的旅游纪念品:小竹编、小铜炉、金银箔图片、黄杨木雕、磁盆画、剪纸、刺绣……船走得很慢,这次是从垂满青绿老藤的拱桥下边走……仰望过去,黑压压的屋檐显得更高了,是拍打翅膀想着归家的庞大鸟群。鸦群的下面,雾气的上面,则是石头砌的墙基、围墙、门面;是大而透明的玻璃鱼缸,旁边写着"活杀鲜吃";是一家连着一家的铺子,门前放着五颜六色的布料,放着小竹编、小铜炉、金银箔图片、黄杨木雕、磁盆画、剪纸、刺绣……一个白而胖的老头,手里捏着油腻腻的抹布,正满脸堆笑地冲着范思德、石小萱和马丁他们招手。

范思德长长地叹了口气。在摇来摇去的船上,他突然想起了很多年前的自己。也是在这样摇来摇去的船上——太阳从头顶心上直射下来。在那样的阳光下面,人就如同一种白玉的塑像,通体透明,没有牵牵扯扯的影子,也没有半明半暗的杂芜。范思德靠在船沿上,闭上了眼睛。

在夕阳的光影中,他感觉到一个黑影在晃动——是马丁。

范思德闭着眼睛就开始说话,他说:"哥们,请教一下,人到底是什么东西?"

马丁做了个惊讶的表情。

范思德把眼睛睁开一半,继续说:"一条船在河里走。谁都觉得它有自己的轨道,谁都这样觉得。但是风一吹,只要很小很小的一阵风。"范思德伸出右手,在空中做了一个轻柔的手势,说:"微风轻轻地、轻轻地那样一吹,一切就全都改变了。人是什么东西,就是这样一种东西。"

马丁憨憨地笑了,没说什么。

范思德把头朝马丁那儿拱过去。

"哥们,除了告诉你人是什么样的一种东西,我还要告诉你一件事情。"

"什么事?"

范思德的嘴朝石小萱那个方向努了努,说:"那个女人,她是个婊子。"

13

这是一天中最令人感到不安的时间。

晚饭过后,范思德一个人来到旅店花园散步。他漫无目的地绕着假山旁的池塘走了两圈,然后再次爬上假山,坐了下来。

应该说,这个秋日夜晚还是非常美丽的。即便云层是厚嘟嘟、灰蒙蒙的,即便它只在边边角角的地方漏着一点寒光,即便月亮——那乳白色、艳得惊人的一轮——今天它不再像老母鸡屁股底下的热鸡蛋了,它亮着,冷冷的,更像一个触手可及的假月亮。

但这仍然是一个非常美丽的秋日夜晚。桂花、银杏、白杨、柳树、石榴、梅、兰、竹、菊……很多很多的树在长，很多很多的花在开，还有很多很多看不见、却能闻得到的香气。范思德还听到了连绵不绝的鸟叫声。这里一声，那儿一下。它们一定藏在了花园的树丛中，或者假山洞里。它们不停地在唱歌。

但是范思德仍然感到心烦，莫名其妙地心烦。美丽的秋夜景致非但没能让他快乐，相反，它们却助长了他的不快。它们的美好结结实实地提醒着他：这个名叫范思德的男人，他不快乐，而且也不希望别人快乐。

电话响过两次。第一次完全没有声音。范思德知道，这一定是那极少对他纠缠不休的太太打来的。这个具有沉默力量的女人，这个从不纠缠不休的女人，已经完全掌握了对付他的方法。他甚至可以想象出电话那头的生动画面——她微微地笑着，黑夜珍珠般的眼睛闪闪发光。那几乎就是一种胜利者的姿态。她断定了他逃不出她的手心。一阵突如其来的烦闷，范思德迅速地把电话挂了。

第二个电话是他女儿打来的。或许是变形的缘故，电话里小姑娘的声音变得娇滴滴、软绵绵的，就像清晨薄雾里的一小片粉色花瓣。

她憋着嗓子告诉他，隔壁邻居家的小花狗死了，她很伤心。

"爸爸，昨天我哭了，掉了很多很多眼泪。"

又过了一会儿，小姑娘像是突然想起了什么，她问："爸爸，现在你在哪儿呀？"

范思德顿了顿，回答说："爸爸在一个很远很远的地方……"

小姑娘叫了起来，她气喘吁吁地说着："妈妈说，小花狗也去了一个很远很远的地方。"她长长地喘了一口气，压低了声音说："爸爸，你告诉我，你是不是和小花狗在一起？你告诉我，就告诉我一个人，我保证一定不告诉别人！"

一只看不清身形的鸟飞了过去，它很清晰地叫了几声。夜色很浓，很快就把鸟的身形和叫声全都吞没了。

范思德的自言自语也淹没在浓重的夜色里。他嘀嘀咕咕地说着话，自己也不清楚自己究竟在说些什么。

这个晚上，范思德在假山上坐了很久。月亮，冷冰冰、然而又是那样圆满的月亮，一直高高地挂在天上。宁静、安谧，但是与范思德隔着相当遥远的距离。

风和月圆，几乎完全没有风。那些桂花、银杏、白杨、柳树、石榴、梅、兰、竹、菊……它们全都早早地睡着了。就连那座小小的亭子也睡着了。在梦里，它们也去了那个很远很远的地方。那个地方，只有枝叶和花蕊的梦话声，只有细小的风，只有说话娇滴滴、软绵绵的小姑娘。她搂着范思德的脖子，冰凉的眼泪抹了他一脸。

这个晚上，范思德睡得很沉、很死。他已经很长时间没有睡得这么沉、这么死了。真的，他什么也没有看到，什么也没有听到，他甚至什么也没有想到。但是，有一些奇怪的事情还是发生了。

是马丁。

也许是后半夜，也许是月亮爬得最高、盛开得最圆的时候，梦游者——马丁再次出现了。

他仍然穿着那件灰蓝色的麻竹布中山装……月色如水，那些细白条的竖纹，就像细雨中淅淅沥沥的水面……而马丁，则是那个能够在水面上踏波行走的仙人。他的脸仍然微微昂起，他的两手仍然稍稍垂后。像一切梦游者那样，他的眼神是茫然的，他的嘴唇有着惊讶无助的表情。但与很多梦游者不一样的是，他的脸上带着一种奇怪的微笑。他光着脚，踩着舞蹈般轻盈的脚步。在范思德女儿那样的年纪，很多人都相信，这世界上有一种步伐。当人们使用这种步伐行走的时候，虽然每一步都好像踩在锥子和利刃上，但在旁人看来，却依然轻盈优雅，就像一个小小的、不断行进的水泡。

和昨天晚上一样,马丁先去了石小萱的房间。

这一次,门没有开。它就像一道坚硬而又空洞的墙,挡住了马丁那舞蹈般轻盈的脚步。

马丁再次穿过洒着月光的走廊。那天晚上,在那条幽深静谧的走廊里,他来来回回走了多少次?一次?两次?还是很多很多次?这是一个无风的夜晚,月色如洗,亮得就像一个假月亮。

它照亮了一切。

在月光的指引下,马丁也绕着假山旁的那个池塘走了两圈。然后,他爬上了假山,坐了下来。

成片成片的假山,假山,假山……高高低低的石头,石头,石头……一只夜鸟跌跌撞撞地在里面疾飞,山道太崎岖了,石头太坚固了,就像那种闷得无法出气的铁桶。终于,在石头与石头的缝隙里透出了一丝光亮,是高高挂在天上的月亮。

一个念头闪电般划入梦游者马丁的头脑——天上的月亮太高了,马丁够不到。但是,下面的池塘里还有一个。就在假山下面,亭子的旁边,有一个池塘。池塘并不大,但非常深。几乎纹丝不动的水面上,漂着几杆枯香的残荷,稀稀疏疏的浮萍,很多片泡得发白的粉色花瓣,以及那个乳白色、艳得惊人的假月亮。这样的池塘,已经足够让一个深陷梦幻世界的人永远进入梦幻了。

匪夷所思的事情终于发生了。突然,马丁从假山上笔直地跳了下去。在飞翔的过程中,在他尚有意识但已没有知觉的时候,马丁一定看到了很多东西。他甚至还做了一个电影里"光头小和尚"的动作……或许,在坠落的过程中,他的身体触到了那些散发着香气的花草:桂花、银杏、白杨、柳树、石榴、梅、兰、竹、菊……他的鼻息闻到了香,而他的身体感到了疼痛……或许,从始至终,在这个月圆的夜晚,梦游者马丁一直微笑着……

然而,这是一块比现实还要现实的土地。就在他高举双手准备坠落的时候,梦游者马丁醒了过来。

他抬起头,看到了一轮白得刺眼的月亮。

14

三个人真正的进城是在第三天。天空下着雨,很小很小的风从雨丝的夹缝中扑面而来。马丁坐在前座,后面的范思德摇上了车窗玻璃,但石小萱的那一面很快就被濡湿了。

出租车司机正哼着一只流行小曲儿,透过反光镜,可以清楚地看到后座的两个男女。一路上,他们一言不发。悬浮在天上的那片铅灰色阴云,飘过阴沉的林荫路,飘过没有摇上的车窗玻璃,最后停留在范思德和石小萱的脸上。车窗里面也在下雨。

司机提醒石小萱摇上窗户。

他说第一遍的时候,石小萱没有听到。他说第二遍的时候,一辆满载着钢板的大型货车呼啸着开了过去……没有让他再说第三遍,马丁回头伸出了手。

司机看了他们一眼,然后继续哼他那快乐诙谐的小曲儿。

范思德和石小萱继续一言不发。

车子进入市区大道时,正是一天里最为繁忙拥挤的时刻。无论人流的形状还是街道的声音,都让人感到似曾相识。这是所有的城市里都常见的景象。

在一个拐角处,马丁带着他的宝贝相机下了车。他兴奋地朝着范思德和石小萱挥手。但街上的人群、来往的车辆很快就把他淹没了。倒是隐隐约约的闻到有桂花的香气,在人流与尘埃组成的灰雾中,一会儿浓、一会儿淡;这会儿淡,下一会儿又浓……马丁很快就卷入了这庞大的城市以及浓烈而易逝的香气中。后来发生的事情,暂时没有人知道。

据说有人看到范思德和石小萱进了一家五星的豪华宾馆,在里面呆了一个多小时才出来,一前一后,神色都相当疲惫。

他们在范思德公司楼下的餐厅吃了饭。坐在巨大的落地玻璃后面,街道的声音归于沉寂。但阴翳的天色还在那里。这样的阴天,即便在静谧的午夜,天上也没法看到一小颗的星星。

他们喝了点酒。可能原来是准备要喝醉的,但不知哪里出了点问题,结果两个人谁都没醉。他们站在巨大的高楼的阴影下告别。现在,时断时续的雨丝已经凝成了雨雾。在他和她之间,竖起了一道天然的、无形的屏障。

他们握手。先是范思德伸出了手,接着是石小萱。他们的手可能碰都没有碰到,也可能碰到了。但因为冰凉的雨雾的缘故,两只冰凉而又湿淋淋的手,彼此都没感到任何的温度。

现在,范思德站在15层的办公楼窗口,看着底下的街道。已经是下班时刻,楼底下聚集了很多人。但看上去不像人,更像一只只蠕动的蚁类。或许,在那里面,就有一个是我们那好奇而又迷茫的马丁。

也不知道为什么,范思德突然浑身一惊。因为他听到一个声音在说:"范思德,总有一天你也会跳下去的!"

就在这时,电话响了。

是一个他现在听来仍然觉得陌生的女声。

"在我站的这地方,旁边是一条河。"

"你是谁?"

"河水很深……"

"你怎么还不走?"范思德压低了嗓子。

"月亮出来了,你看到月亮了吗?"

范思德探了探头。天空乌漆一片,像很多很多双手遮住了月亮和星星。

　　"今天是满月……"

　　就在电话那边，范思德听到了一种奇怪的声音。像水波在动，像浮云在走……他不由心头一紧。后来，过了一会儿，就如同浮云散去，传来了那种被死死压抑住的、撕心裂肺的痛哭声。

天仙配

在最应该结婚的时候,林小雨和欧阳结了婚。

那一年林小雨23岁,刚在一家小医院当了几年护士。欧阳是在做一个急性阑尾炎手术时认识她的。那天他午睡刚醒,穿着一件肥大的灰白条纹住院服。他的病床紧靠着窗。春天的窗外,半树梨花上飞着一只受伤的麻雀。它在树枝上蹦跳的时候,有一只脚明显是瘸的。欧阳盯着看了会儿,觉得它羽毛的颜色非常奇特。

就在这时,门开了,戴着白色护士帽的林小雨走了进来。

后来欧阳告诉林小雨说,对她,他是真的一见钟情。他还说:"你知道吗?你的眼睛很黑,就像一个坏念头那样黑。"

无论从哪个角度来看,两个人都是天造地设的一对。他们是相爱的,彼此相爱,这一点谁都无法否认。同样谁都无法否认的,还有存在于他们之间的激情,更为难得的是:他们在激情尚未燃尽的时候就结了婚。也就是说,他们把一种美妙而又神秘的情感带进了婚姻。在他们周围,也有很多人到中年时才组成婚姻,看起来也是美满的,但彼此全都小心翼翼着。但他们不是,他们结婚结得很容易。当然了,人们在年轻的时候,结婚总是要显得更容易些。但不管怎么说,这确实是一桩美满的婚姻。

欧阳是一家建筑设计院的设计师。对于林小雨——一个童年时代在文革简易住宅楼里度过的女孩子来说,欧阳设计的那些花园、回廊、层层叠叠的假山、假山后面迷宫一样的楼房……它们全都像梦,一个又一个竟然实现了的梦,如同欧阳也是她的一个梦一样。

欧阳拉着林小雨的手走在滴着露水的青草丛中。细雨织成了一张似有若无的网,把他们与外面那个真实的世界隔离开了。

美满的爱情,激发了林小雨身上最浪漫的那部分。

那年她24岁,他31岁。

在结婚的前夕,曾经发生过这样一件事。

一个星期六的黄昏,和往常一样,欧阳带着林小雨去运河边散步。走到树荫浓密的地方,欧阳突然停住了脚步。他的眼睛在夕阳里闪闪发光,他低下头,用一种非常奇怪的表情看着林小雨。他问了林小雨一个问题:"你知道吗? 要是你离开我,我会怎样? "

说完这句话,他非常坚定地朝后退了两步,一眼不眨地看着她。紧接着他又说了一句更奇怪的话,他说:"再见了,亲爱的! "

欧阳投入河中的浪花,被一艘正巧驶过的汽艇抹平了。但在挣扎的时候,他的一只脚被浓密的水草死死缠住,而另一只脚,则不小心撞击到了礁石,轻微的骨折。

林小雨没想到欧阳竟然是不会游泳的。他再次住进了林小雨所在的那家医院,林小雨陪了他几天。不过这一次不是以护士的身份,她被吓坏了,高烧不退。

两个人同时躺在一间病房里输液。林小雨抬头看着玻璃瓶里的液体,一滴、一滴,又是一滴……恍惚觉得,那其实更像很浓很浓的鲜血。

当然了,那全是因为欧阳爱她。他爱她,这是不容怀疑的。

他们一起在病房里住了三天。

对于跳河这件事情,欧阳显出了相当平常的态度。仿佛他爱一个女人从来就是使用这种方式的。对自己不用交待,而对别人,也是无需解释的。他平时太辛苦,近来又在忙着准备婚事,所以病房里的那些时间几乎全都用来昏睡。唯一的一次,欧阳对未婚妻林小雨的解释,也是以一种半开玩笑的形式。他在病床上翻过身来,面向着另一张病床上的她,说:"这回你相信了吧?! 要不,我们再试一次? "

高烧的林小雨彻夜难眠。高烧让她虚脱、眩晕,这样的情形让她产生了一种强烈的不真实感。时间在这一刻,林小雨觉得一种巨大的幸福感充满心头——就剩下了他们俩,只有他们俩! ——这是每个女人都曾经有过的梦境,一种理想中的爱情状态。是啊,终于可以与乱七八糟的、不美的生活隔绝,与整个世界隔绝!

在窗口像蛇一样爬行着的月光下面,林小雨听着欧阳断断续续发出的鼾声,几乎不能相信自己真的拥有了这样的幸福。

然而时间的下一刻也很快就来了。

有那么一会儿,她迷迷糊糊地睡着了。她好像重新回到了杨柳拂面的水边。欧阳瘸着腿,慢慢地、面目不清地走向她。她看见他在说话,却听不见声音。她心里一急,于是又醒了。

一个男人愿意为自己去死,这同样也是所有女人隐藏在心里的最奇怪的愿望。他需要她,没有她,他就活不下去。但不知道为什么,林小雨突然觉得自己有那么一点怕欧阳。她还隐隐约约地感觉到,在欧阳的那种需要里面,隐含了一种力量,那是一种她所无法把握的力量。当然了,这也是因为爱,虽然是林小雨非常不熟悉的一种爱。

但是,爱又是什么呢?

林小雨的父亲是一个典型的花花公子。林小雨很小的时候,父

天仙配

母就离婚了。因为即便在"文化大革命"的时候,这个中国历史上唯一没有妓女的、道德高尚的纯洁社会里,林小雨的父亲却仍然无可救药的多情着。母亲很爱她,这让林小雨像其他的女孩一样健康成长,并且还相当完整地继承了父亲身上的那种浪漫。然而问题在于,事情同样具有另外的一面,这仍然来自很爱她的母亲。

有几次,林小雨发现她偷偷地在半夜哭。还有很多次,母亲找她长谈……所以说,在林小雨已然成形的精神世界里,有一条、至少有一条是比其他女人更加明确而强烈的:爱,那就是给予婚姻。就是给这个混乱的、让人心惊肉跳的现实生活围上一圈栅栏。栅栏是白色的,就像婚纱的颜色。

在病房里的三天,林小雨就模模糊糊地感觉到了那圈栅栏的存在。有什么地方好像对了,真实了,确切了;还有一些地方则有那么点过分,不完全是她想象中的那种样子。不过这没有关系,真的没有关系。她坚定地(虽然在极偶然的一些瞬间也会有犹疑)告诉自己:"会好起来的,一切都会好起来的。"

是啊,如果有爱,那还怕什么呢?

他们蜜月去的是云南。在丽江临水的民宅客栈里,林小雨躺在一张奇大无比的雕花床上睡午觉,欧阳背着相机走街串巷去了。林小雨一会儿睡,一会儿醒。听着楼下哗哗的水声,还有远处传来的抽丝剥茧般的古乐声……昨天晚上,林小雨和欧阳挤在人堆里去听了纳西古乐。曲近尾声时,屋外突然大雨倾盆,欧阳拉着林小雨的手狂奔而去。那时正是最后的一曲——《恨》。他们没有听到。

后来林小雨回想起来,在蜜月旅行时,他们睡的床上竟然都有两个红枕头。被褥也是红色的,上面绣着花。有时是牡丹,有时是鸳鸯。即便在去那个神秘峡谷的途中,在那个无比简陋的乡村招待所里,推开吱嘎作响的木门,他们竟然又看到了一张大床!

床上是两个红枕头,被子是红色的。那是一种彻头彻尾的红色,没有一点空隙,没有一丝杂质。但也不知道为什么,林小雨盯着它看了半天,心里觉得非常恐怖。

他们的蜜月在一片恐怖的红色中到达了极致。回程的飞机上,两个人被一种浓得化不开的甜蜜包围着,突然都有点累了,显得异常的沉默。

生活重新走上了正常轨道。两个人回到家里,把新房重新摆放清理了一番。那是一套不大不小的公寓,位于城里的二级地段。南北两个房间,一大一小两个厅。厨房自然是林小雨专用的,她穿着柔软的棉布衬衫,围着从旅途中带回来的绣着卡通人物的围兜。为了逗欧阳开心,她还戴了一顶样子非常滑稽的小红帽。一个小时过后,一整桌菜就像魔术般地变了出来。吃着春天的鲜笋和空运过来的热带水果,欧阳向她诉说着,这一整天他都做了些什么,有哪些事让他快乐,又有哪些事让他烦恼或者沮丧。这个过程他总要说很长的时间,因为他总是很忙。林小雨曾经见过他工作时的样子,严谨、严肃,从来都不微笑,就像他们在云南东北的高原上看到的那些大石头。

他是有力量的,这一点让她深深地着迷。他的世界要比她大,比她坚硬。这些都没关系,都挺好。林小雨知道,即便在那些相互平等的婚姻里面,这个世界更为坚硬的一面,也从来就是为这样的男人准备的。恰恰相反,这也正是他让她着迷的一个原因。只是现在,初夏的晚风把青草的香气送了进来,她能对欧阳说什么呢?这一天她是和病人们一起度过的。那些病人还有很大一部分是男病人。他们得了各种各样的病。病中的男人是脆弱的、丑陋的。他们抑郁、血压高,心脏有问题……其中也有几个得了急性阑尾炎。他们刚做完手术,穿着肥大的病号服,慵懒地斜靠在床上。

她知道,欧阳不爱听这个。

时光正在悄悄地流逝。然而即便时光流逝,有一件事情仍然让林小雨心醉神迷。是的,那团火,那团被两个人带入婚姻的激情的火,它还在烧着。

到了深夜,他们一起回到两个人的小世界里来,她扮成一个满身银光的夜妖。那条长裙是他特意为她设计的。银白的花边和雪片似的衬裙沙沙作响,如同精灵穿越月光下面的树林。在床上他们有着无比美妙的和谐……他们第一次有了肌肤之亲的时候,林小雨就不是处女。但欧阳从来都没提起过这个。

再没有比这样的婚姻更好的了。彼此遇到,相爱,谅解,当然还有占有,这是婚姻里不可缺少的一部分。如果不是这样,那么林小雨就无法解释,为什么有时半夜醒过来,她突然就会想到无限时光中有限的那一段,她和欧阳还未相遇的那一段。那时她还未满24岁,而他,或许要比现在更俊朗、更明亮;或许也要比现在爱得更加坚决。是的,如果没有那次阑尾炎,没有那次偶然的相遇,欧阳是完全可以爱上其他女人的。他同样可以为她跳河,为她哭,为她欲生欲死。

那么,也就是说,其实是在一片河水一样流淌的偶然当中,林小雨拥有了与欧阳的这段婚姻。但是,当他们两个登上飞往云贵高原的飞机以后,河水突然停止了流淌。不,这话说得并不准确,真实的情况是:已经成为夫妻的他们用宣誓的方式告诉自己——一切的偶然性已经结束了。

但是偶然性真的结束了吗?当然没有,这连比欧阳年轻很多的林小雨心里也清楚。那么欧阳呢?就像林小雨知道,她可以防止欧阳再生阑尾炎,但她又怎样防止生命里那些防不胜防的偶然呢?

这个念头突然跳出来的时候,就连林小雨自己也给吓了一跳。

这一年的第一场冬雪飘下来的时候,欧阳接了一个很大的工程。那是一个仿古住宅群的设计,位于城市的近郊。欧阳第一次带着林小雨去那里的时候,下了一夜的雪已经停了。透过灰蒙蒙的玻璃窗,林小雨看到一大片云彩正在他们头顶上慢慢地散开来。眼看着厚厚的云层越来越薄,越来越小,越来越彼此分离……阳光就要从它最稀薄的边缘喷涌而出……但没有,天突然又渐渐地暗了下来,等到欧阳的车开到那片刚刚经历过拆迁的空地上时,雨夹杂着碎片一样的雪花,再一次空洞地击打在他们的车窗上。

他们晚餐的时候,主要就是欧阳对林小雨谈那项工程的事。很显然,欧阳对此是极为投入的。他滔滔不绝地讲着各种各样的计划和想法,讲述他的那桩正在趋向完整和完美的作品——它正在进行着并在不久的将来必将圆满完成。这些天欧阳明显消瘦了,眼睛朝里凹得厉害,脸颊那儿却是红通通的。欧阳突然成了一个亢奋的神经质病人。那是一个陌生的欧阳,一个林小雨不熟悉的、不认识的欧阳。什么时候欧阳变成了这样?他反反复复、不厌其烦地说着同样的一件事情——外围的粉墙该有多高?后院里种什么样的植物?栽什么样的花?河塘里游着什么样的鱼?荷花还是睡莲……没有林小雨,再也没有林小雨了。好几个晚上,她半夜醒来习惯性地起手摸索他,他不是嘴里嘟囔着翻身过去, 就是下意识地把她推向床的另一边。结果那些天林小雨几乎彻夜未眠。一会儿害怕惊醒他,一会儿又担心他老是不醒来。

有一次,林小雨不知道对欧阳讲了句什么。他正在书桌前忙着,于是头也不回地说了一句:"你是女人,不要管这些。"

欧阳的声音冷冰冰的,还带着一种非常明显的不耐烦。这样的语调是林小雨从来没有听到过的。当然了,他正忙着,人在忙碌无序的时候往往是烦躁不安的。这些都没什么,都是林小雨可以理解的。她甚至还可以立刻理解到更深的一层。因为就在刚才的一小个瞬间,那像一颗冰珠凝固的一小段时间里,她突然有一种非常强烈的感觉:她觉得欧阳不是她的。不管她怎样努力,如何希翼,至少有一些东西、有一些时光他是不容她分享的。也就是说,他们永远都无法成为真正的一个人。

这些自然只是小女人的想法,林小雨自己也是不喜欢的。她很快地命令自己面露笑容,走进厨房,替欧阳的茶杯里续上水。她的手在欧阳正轻敲桌面的手背上(她知道,现在那可是一只烦躁不安的手啊)轻轻按了一下,以示鼓励与安慰。然而,不管林小雨如何告诫自己,这接下来一天的时光,她仍然无法阻止自己不去胡思乱想,她感到了烦恼。

然而,接下来发生的事,却是林小雨以前从来没有想到过的。

那天欧阳的工作有了阶段性的进展,他心情很好,亲自开着车来医院接林小雨下班。在医院走廊里欧阳遇到一位有些面熟的护士,她朝他微笑。于是欧阳想起,在自己的婚礼上曾经见过她一次。她告诉欧阳,林小雨正在左手拐角的那个房间。他去了。

一个腿上绑着绷带的年青人半躺在床上,正和林小雨说着什么。林小雨的手里拿着一个体温计,俯身向他。在她那头蚕丝般幼弱有光的长发上,还是戴着欧阳熟悉的、天使一样的护士帽。帽沿下面是那双很黑很大的眼睛。欧阳看到,在那双眼睛里有一种迷人的、但却是他现在非常不想看到的东西。他一言不发,转身离开了。

吃饭的时候欧阳仍然延续着这种闷闷不乐。晚上,大雨伴随着狂风,林小雨被巨大的雷声惊醒。她睁开眼睛,发现欧阳正坐在床边抽烟。

他的样子显得很苦恼。不管这苦恼是否合理,光这苦恼本身就已足够让她心痛。她安静地等他开口说话。婚姻虽然还未长久,但已养成了一种默契与模式。对此,她心领神会。

果然,他俯身过来。在黑暗中,他注视着她。

"知道我为什么睡不着吗?"

她摇头,惶惑。

"知道你和其他男人在一起,穿着白色的护士服,戴着漂亮的护士帽,我可睡不好。"

这回答是无聊的。但是可怜的欧阳看上去确实很憔悴。他从河里湿淋淋地给捞起来,瘸着腿向她走来的时候,都从来没有这么憔悴过。这真实的憔悴减弱了那一份同样真实的无聊。

"可是……可是那是我的工作。"她听到自己的声音里,有一种奇怪的乞求的味道。

"但你别忘了,我认识你,就是因为你的工作。"

这样的谈话无法再继续下去了。林小雨几次张了张嘴,想说些什么,但她现在能说的,都不能完全表达她心里真正所想的。她隐隐约约地觉得,自己的生活里有什么东西正面临着可怕的危险。但也不对,又恰恰是这从黑暗中生长出来的危险,现在它却戴上了洁白而幸福的面具。

她有点生气,但又不知道究竟是在生谁的气。她在床上坐直了身体,随手把旁边的一只枕头抱了起来。一副即将与他展开公平谈判的架式。沉默中的欧阳突然笑了,他把枕头从她的怀里抽出来,扔向一边。然后,他张开自己粗壮的双臂,一把将她搂进了怀里。

现在,欧阳正用林小雨非常熟悉的那种声音,那种让人心醉的声音,他在向她说明他的担忧——他是多么害怕失去她。他在上班的时候也会恍惚走神,那会儿她正在干什么呢? 医院里今天新来了几个病人? 真的,他为此担心憔悴。林小雨万万没有想到,她也曾经担忧过的那种偶然性,现在却竟然被欧阳用这种方式表达了出来。但不是这样的,有什么地方不对了。它在什么地方悄悄的拐了弯,微微的变了质。然而真正的问题在于:这个让人防不胜防的偶然性,它又到底应该是什么样的呢? 它有多宽? 有多长? 它的体积是多少? 它的生命周期又有多少旺盛?

没人知道,只有天知道。但是欧阳说他是有办法的。而接下来欧阳就向她提出了一个要求。他很认真地、冷静地,并且充满爱意地对他妻子说:"不要去工作了。留在家里,留在我身边。"

那条喧嚣的河流停下来不动了。停了一半，另一半在反抗，在不平。

他的温柔的最后一句话彻底击中了她："你知道吗，我真的爱你。"

爱是没有道理的。在这个世界上，再没有比爱更没有道理的事情了。所以说，有时候为了爱，也不得不做一些没有道理的、不讲道理的事情。

两个礼拜以后，办妥了一切手续的林小雨回到了家里。

她莫名其妙地生了场病，又莫名其妙地好了。也就是普通的感冒，但是浑身无力，虚弱不堪，一直过了很多天才好。

她给卧室的墙壁新换了一种墙纸。蓝紫相间的花瓣，大大小小，有浓有淡。大床后面的墙面上则挂着欧阳的一幅摄影作品。那是他们去云南的时候拍的。那天在雪山下面一个开满梨花的树庄里，他们见到了这个照片里面的老太太。她坐在自家的屋檐下面，手里抱着一只毛色雪白的公鸡。她咧开那张一颗牙也没有了的嘴巴，告诉欧阳和林小雨他们说，这只鸡是过会儿要用来祭神的。后来她又告诉他们，今年她刚满112岁。

这间卧室连着过道，过道的那头是间小一些的卧室。他们准备等到很多事情都稳定下来以后，就开始考虑生儿育女的事情。欧阳希望要一个娇滴滴的小女孩。林小雨也是差不多的意思。不过不管是生男还是生女，这孩子都将是他们爱的结晶。她，或者他顶着头上黑黑的小卷毛，坐在那间小卧室的毛毛毯上，朝他们笑，仔细地研究自己的小脚趾，然后跌跌撞撞地追一只飞进来的蝴蝶，然后哇哇地哭……

前几天林小雨一个人出去逛街。她仔细地挑了张婴儿床，经过百货公司的时候，又买了好几只毛绒绒的卡通玩具。现在，窗户直直地开在那儿，阳光从对面楼房的间隙中照进来，照亮了那张还没铺上垫子的婴儿床。

客厅东面阳台上新买的小叶榕又长了叶子。从阳台上望出去，左边是街心花园，右边是正在开发的商业区，头顶上则是被高楼分割得七零八落的蓝天。就在10分钟以前，欧阳打来了电话，抱怨着他一整个下午已经接待了五批客人。林小雨在电话里安慰他，让他注意身体，并且告诉他，如果晚饭的时候他有时间赶回家，她已经为他准备了他最喜欢吃的菜肴。

当然，决定权完全在他自己手里。像他这种事业心强、才华横溢而又整日奔忙的男人，很多事情其实是身不由己的。这点林小雨完全知道，并且充分给予谅解。

但是现在，接完电话的林小雨重新在客厅的沙发上坐了下来，却真的不知道接下来应该再干些什么。

这种无所事事的下午，已经有多长时间了？一个礼拜？一个月？甚至是一年？好像还不止，好像更长，长得有些漫漫无期。有时候她午睡醒来，躺在空荡荡的大床上，突然会觉得欧阳真是有些自私。但再反过来，这种自私也是爱吗？欧阳的父亲去世得很早，母亲也很早就改嫁了。结婚以前有一次欧阳酒醉，他告诉她，他是一个孤独的孩子。是啊，孤独的孩子，所以他怕失去她，所以他依赖她——这些她自然都能理解。其实结婚以后，她已经渐渐地更为了解他性格里古怪和忧伤的一面。然而真正的问题在于，她因为天性里的活跃和浪漫而爱上他，但是为了继续爱他，她却不得不把自己的自由作为了一份赌注。这里面自然有欧阳的原因，但是她也面临着自己的问题。自从认识了欧阳，她的心里一直有种非常奇怪的感觉，那就是必须对欧阳好，只有对欧阳好，让欧阳快乐，她的内心才会感觉宽慰。虽然有一种声音在一点一点地尖锐起来——这究竟是爱，还是一种不必要的牺牲？但是属于林小雨内心的那种感受却也仍然异常强烈。她为此矛盾着，并且深为苦恼。

好了,现在的林小雨24小时都是属于欧阳的。属于欧阳的心,属于欧阳的身体。初夏的下午,她昏昏沉沉地午睡。有两次欧阳突然回来了,在睡梦中,她发现他爬上了自己的身体。

她觉得自己就像一个无所事事的妓女。

有一天上午,林小雨在家里附近的超市遇到了一位以前的中学同学。她们原先是好友,但后来多年不见。林小雨断断续续地听到些她的情况。女同学很早就结了婚,但离婚用的时间要比结婚更短些。女同学的前夫和她一样,热爱艺术,崇尚自由,据说他们的婚礼是在一个热带海域潜水完成的。很多大大小小、五颜六色的鱼在他们身边游动;不知名的藻类像疯女人茂盛的乱发;还有传说中比恐龙还要老的桃花水母……女同学好像还是个女权主义者,不过关于这方面的信息多少有些混乱。有人说她有着性解放的观念,但也有人说,她在婚姻中男女平等这方面态度十分强硬。然而,即便在女权概念相当模糊的中国,这两者明显也是矛盾的。

女同学在超市门口的台阶上和林小雨热烈拥抱的时候,趁着日光,林小雨仔细地打量了她。她比林小雨大两岁,但看上去仿佛有种特殊的生气。那天她穿了件黑色吊带的上衣,牛仔短裙,脚上配着银灰色的小靴子。至少从外貌和气色来看,女同学对自己的现状好像还颇为满意。然而她还急着有事,于是两人匆匆告别。

就在挥手的时候,女同学接了个电话。电话那头是个男声,而女同学的回答听上去则有些冷淡。

以前的闺蜜久别重逢,自然有一份别样的亲热。她们很快又见了两次。林小雨发现,女同学好像酷爱两种交通工具。有一次,林小雨看到她骑着外型奇特的新款摩托车,头戴钢盔、脚套马裤。还有一次,远远的,一辆像血一样鲜红的跑车绝尘而来。

女同学告诉林小雨,最近她又结婚了。她的新任丈夫是个商人,比她大十几岁,去年才死了老婆的。女同学说,结婚以前,她花了整整两个晚上的时间和他谈女权。他对政治之类的东西倒是有些兴趣,不过重心更在于"经济回报在哪里呢?",国家政策、财政杠杆又是如何作用于房产和股票的。女同学说,他的床边总是放着一本《国家地理杂志》,每天睡觉以前他都会翻上一翻。她感觉那里面有一个他真正置身其中的当代世界。一个相当现实的、商业化的当代世界,同时又包含了中国男人一骑走天下的古典理想。

至于女权,他微笑着凝视女同学说话时不断扇动的长长睫毛……然后,他一下子把她按倒在他单身宿舍的床上。他在她的耳边轻声细语:"宝贝,你瞧,这就是你说的女权。"

女同学正和林小雨说着话,突然,她的电话又响了。女同学侧身去接,声音甜美而喜悦。

"你家那位?"林小雨问道。

"不,男朋友。"

女同学回答得理所当然。她急匆匆地对林小雨说,现在她必须得马上出去一会儿。她站起身朝林小雨做了个鬼脸,又在她的脸颊上亲了亲,走了。

林小雨一个人在街心花园里走了很久。等到花园关门,她又在长满香樟的人行道上踱步。后来,她走进了住宅附近蜘蛛网一样密布的小巷。

闷热的夏天黄昏,那些小巷子里人流不断。一个上了年纪的胖女人,正在沿街公用的老式水龙头下洗菜。随着一阵自行车铃,一个马尾辫的格子裙女孩飞驰而过。她好像认错了人,远远地朝着林小雨粲然一笑。

回家的路上,那个胖女人和格子裙女孩的形象一直在她眼前晃动。那两个都是她。一个已经走远了,另一个则在很远的地方等着。唯独现在的那个自己,她隐形了,她找不着自己,她是谁?

她在小区的传达室停了会儿。门卫交给她几封快件和一个包裹。看也不用看,欧阳的,欧阳的,都是欧阳的。她走上楼梯,打开门,回到那个欧阳不在的家。

她烧饭、洗菜、浇花、喂小狗(她家新添了一条胆小的狗),后来电话响了,是欧阳。

欧阳说他不回来吃饭了。

那个女同学仍然不时地给她电话,或者约她出门。仿佛总有一种掩饰不住的、额外的喜悦需要人共同分享。很显然,女同学是个婚外恋者,并且对此直言不讳。有一次,林小雨还很不情愿地替他们做过掩护。那天她应约去喝茶,结果发现对方来了两个人。她说不上对女同学的那个"男朋友"有什么恶感,挺斯文有礼的一个人,甚至还颇有教养。但她确实不太喜欢这样,问题倒不在于她是不是保守或者古板(要知道,林小雨从来就是个浪漫自如的人啊),因为她总是不可扼制地会想到欧阳。因为和欧阳相爱,所以他们结婚了。当然,她也可以不和欧阳结婚。但是不行,她爱欧阳,如果她不和欧阳结婚,那么欧阳就会和其他的女人结婚。这个假设要是真的成立的话,按照一个正确的推理就会自然得出这样的结论——林小雨不能再爱欧阳了。

连林小雨自己也搞糊涂了。不对,即便欧阳和其他女人结婚,她仍然还是会爱他的。那么,她究竟是爱欧阳,还是更爱这个乱七八糟的世界里,那些仅存的清洁的规则呢?

林小雨不想再想下去了。她想不清楚,她也不想让这种混乱的思维扰乱了内心的平静。

幸好接下来的这个周末欧阳有空,在欧阳的提议下,他们一起去了邻近的一个城市。

这是一个美好的仲夏之夜。他们住在一个乡村小旅店里。旅店前面就是开满荷花的池塘。吃完晚饭,欧阳牵着林小雨的手出来散步。夏天的晚上,天边还微微泛出一角灰蓝,穿着花衣裳的晚霞则半躺在云朵上乘风凉。再远一点的地方,一只瘸脚的鸡正跟在一个肥大的鸭屁股后面,他们追着那只鸡哇哇乱叫……在外面和床上疯闹了一会儿过后,他们睡得很沉。

第二天早上,林小雨醒过来的时候,欧阳正站在窗前抽烟。她舒舒服服地伸了个懒腰,嘀咕着想吃又酸又甜的新鲜杨梅。

"出去右手拐弯,那个山上就有。"欧阳头也不回地说。

她突然明白过来,欧阳以前就来过这个地方。当然,不是和她。他在缅怀。当然了,在这个缅怀的空间里,同样也不会有她——林小雨的存在。

这天晚上她做了个梦,梦见欧阳和一个面目不清的女子亲热地坐着说话。归途中她又想起这个梦,她突然觉得梦中的女子竟然和女同学非常相似。回到家里,她果断地换了手机和电话,断绝了和女同学的来往。

紧跟着的是一段平静而深刻的时光。这一段时间欧阳的工程遇到了一个棘手的问题,他三天两头去图书馆查一些资料。林小雨跟着也去。欧阳在三楼,她在二楼。在那些幽静的长廊和安静的大厅里,她借了一本又一本的书。她看书的时候皱着眉头,但心里却怀着一种强烈而又奇怪的热情。

那些书里讲的都是女人。各种各样的女人,好女人、坏女人、平平常常或者相当不平常的女人。

她们的故事,有一些林小雨很快就看懂了,因为讲的是具体的人和事。这些人和事里面,有些让她感慨,有些则让她伤感。但其中也有很多是让她感到快乐的。她飞快地翻阅着书页,甚至忘乎所以地放声大笑起来。但也有的书是讲道理的,是理论性的,而且还不是一般的理论,是中国古人讲的道理。为了看明白这些道理,林小雨甚至还把中学时学的文言文偷偷复习了一遍。

有时候,她忍不住想和欧阳聊上一聊。因为那些讲道理的书,她虽然模模糊糊地看明白了,但其中的道理却明白得更加模糊。比如说,一本关于女权的书里面讲到老子这个人。隐隐约约的,林小雨倒还记得这个中国古人的名字,但具体的她就说不清了。不过关于这个老头的事情,书里面的一个讲法倒是让她非常感兴趣。因为书里把他称为世界历史上的第一位女权主义者。为什么是第一位女权主义者呢?书里面讲了一大堆"阴阳"之类的话,林小雨没有完全看懂。但大致的意思好像是说,在这个世界上,女人总体来说是被动的,但到了后来,这种被动往往就成为了非常积极主动的东西。这太拗口了,于是林小雨翻过一页。接下来一页讲的是老子的思想核心。还是神神道道的,不太让人明白,不过有一句话倒是引起了林小雨的注意。这句话是说,一个人应该说话、行动、赚钱以及做爱,做一切他想做以及应该去做的事情,但却不要去想占有这些东西和人,同时也不被它们所占有。因为其实你什么也没能感受到,什么也没法得到……

中间休息的时候,林小雨出门买了几个面包。她走到三楼,把面包放在欧阳面前,然后,她突然指着桌上的面包问欧阳:"这是什么?"

欧阳朝她做了个鬼脸,然后把手指放在嘴上,嘘了一声。

林小雨在他旁边的凳子上坐下来,挨近他,非常轻声地说:"告诉我,你当初为什么要和我结婚啊?"

就在这段日子即将接近尾声的时候,有一天,在一本纸片已经泛黄的外国女性传记里,林小雨读到了一个让人毛骨悚然的故事。书上是这样说的:在一个早上,一个18岁的女孩坐公共汽车去上学。这时,一辆有轨电车突然撞了上来。那是一次奇怪、缓慢、几乎无声的车祸,就像电影里面无法停止的慢动作。有轨电车最终压碎了公共汽车的侧部。女孩裸体出现在铁柱中——扶手穿透了她(栏杆从她身体的一侧插入,从阴道穿出)。撞车使这女孩的脊梁三处断开,打碎了她的股骨盖和肋骨,骨盆3处断裂,大腿11处骨折……

天呐！林小雨差点失声惊叫起来,但更让人惊讶的事情还在后面。

书上那个18岁时就几乎已经死了的女孩,她竟然奇迹般地活了下来。她不但没死,而且奇迹般地回到世上,恋爱、结婚,有过众多的情人,甚至还可能是个双性恋者……她是个画家。她的第一次、也是最后一次画展开幕时,床放在展厅中央,她躺在床上。最后,她伸出因为服用毒品而变色的手,向所有的人告别。

这个女人生活在几十年前的南半球。她终日栖息的那张床的顶部装饰着一块光荣榜。上面有她崇拜的伟大英雄:斯大林、马克思、恩格斯、毛泽东——因为她不信上帝,所以只能寻求另外的慰藉。要不,她如何解释降临到一个女人身上的几乎一辈子的噩梦?

图书馆的下班铃声响起的时候,林小雨正在看这个故事的最后一页:这个南半球的女人,在自己的笔记里写了这样一句话来安慰自己:"我只是复杂的革命机构里的一个细胞。"

那天欧阳开车回家时,路上车来人往,颇有几次险情。林小雨几乎无法控制自己的恐惧。但欧阳那天完全沉浸在自己的忙碌里面,他没有注意到她的情绪。这天晚上,林小雨又失眠了。

书里面那些奇形怪状的故事和道理,让林小雨得不到任何统一的结论。带着满脑子越来越糊涂的概念,和很多完全矛盾的感悟,她度过了这个夏天的后半阶段。在这个过程中,有时她突然觉得明白了什么,找到了一种光亮。但到了第二天,却又陷入了更为迷茫的困惑之中。她开始自我安慰,或许,女人其实就是一种怪物,而这个世界则是一个更为庞大的怪物吧。

幸好秋天很快就来了。

白昼又在渐渐地变短,空气里出现了一种香甜的、令人冲动的气味。太阳快要落山的时候,林小雨就带着那只胆小的卷毛狗出去散步。经过一个夏天,卷毛狗长大了些,却变得更瘦了。别人的狗老是主人担心它跑掉,但林小雨家的狗是相反的。它的两只大眼睛总是可怜巴巴的、一刻不停地盯着林小雨。只要林小雨稍稍加快点脚步,它就会惶恐不安地摇着尾巴紧追而来。

"小东西真是奇怪,老怕我扔了它。"有一次,林小雨不经意地对欧阳说起这件事。卷毛狗是他们捡来的。据说它刚生下来的时候,以前的主人曾经把它关在黑屋里,几天几夜不给吃食。

"从来都没见过这样的狗,可能是小时候给吓坏了。"林小雨说。

她没想到欧阳回了这样一句:"就像我呵。"

欧阳的工程正在进入尾声,看来一切都还顺利,他的心情也相当不错。除了每天询问林小雨几乎重复的日程表,他仍然完全沉浸在自己的世界里。而那个林小雨想抹去的女同学,不知怎么又知道了她新的电话。她打电话来,没心没肺地责怪林小雨,接着又告之说她又离婚了,虽然电话里她声音的欢快程度,很有理由让人对这个消息产生怀疑。林小雨倒是客客气气地和她说话,邀她有空来家里坐。临到终了,还很有风度地说了句:"顺其自然吧。"

然而有一件事却让林小雨相当担心。最近欧阳的身体好像出了点问题,他老是胃痛,有一次甚至还带出血来。林小雨逼着他去医院,竟又查出另外几种病症。手术过后,医生毫无余地的命令他卧床休养三个月。

现在是两个人在家了。

开始的日子倒是还好,甚至还有点甜蜜。两个人很少有整块的时间单独相处,也就把这次养病权且当成了第二次蜜月。但是半个月后欧阳去医院复诊,医生好像隐隐约约地说了点什么,而同样也是半个月过后,欧阳被告之,他的工作被人暂时替代了。他渐渐地有点抑郁起来。然而坏消息还在后面,三个月过去了,结果医生却说,这样的日子起码还要半年。

欧阳成了个怪物。

这个一天里大半段时间都沐浴在阳光里的二室二厅,突然变得空荡与灰黯了。林小雨从菜市回来,从药房回来,每次都看到欧阳穿着睡衣睡裤,耷拉着脑袋,蜷缩在床边的小沙发里。他的样子像是在做梦。以前忙的时候,他也经常这样陷入在自己的世界里,那是他独自一人的世界。但不对,不像现在这样。现在的欧阳,她已经完全不认识他了。

魔鬼来了,魔鬼的利爪抓住了他。而他,这个叫做欧阳的男人,现在和她每天24小时生活在一起。他是她的丈夫,她是他的妻子。所以她也异常敏感地感觉到了那只利爪的存在。

是的,那个追赶他的魔鬼也来找她了。

欧阳渐渐地开始限制林小雨出门的时间。有一次,她正在菜市为一条活蹦乱跳的鲫鱼起劲地讨价还价时,欧阳的电话来了,他的声音虚弱极了……于是她连忙扔下鲫鱼赶回家去。还有一次,女同学约她出去逛商场,然而短短的两个小时里,欧阳接连打了三个电话催她回家。她在女同学诧异的眼光下回到家里,闷闷不乐。

因为爱,她嫁给了欧阳。时光已逝,现在回想起来,她对欧阳的那种爱,其实也有一些敬佩和仰视的意思在里面。即便是那些莫名其妙的能烧死人的激情,也是因为欧阳勾起了她深藏在内心的敬佩和仰视。那么,如果要让她继续爱,自然也就需要继续去敬佩和仰视……但现在的欧阳半夜三更从床上爬起来,像贼一样地去翻林小雨的包和口袋。这是女人才干的事情,而林小雨虽然身为女人,也是不屑去干的。

一天晚上,欧阳刚吃完药,两个人并排坐在客厅里看电视。林小雨突然对欧阳说:"现在,你是不是不信任我了?"

欧阳的脸正好藏在落地灯的阴影里,林小雨听见他说:"没有,我知道你是个好女人。"

林小雨手里举着她的手机。她的声音变得尖利刻薄,把她自己也吓了一跳:"你把我手机里的号码全删了!你怎么能做这种事情!你是不是怀疑我外面有男人?"

她鼓足勇气说出了后面一句话,心里顿时一阵轻松。

欧阳停顿了一会儿。她能明显地感觉到他的鼻息。他很长很长地叹了口气。在那个瞬间里,她突然觉得有什么东西又回来了。那些体谅、默契,那些他们婚姻生活里弥足珍贵的东西,它们好像还在那儿,只不过暂时躲起来了,他们看不到它。她的心狠狠疼了一下。

然而欧阳的回答打破了这种幻觉。

"我是个病人,"欧阳说:"从小的时候就是这样。我专制,自私,暴躁,而且多疑……但是亲爱的,你知道吗?我也很痛苦,非常非常痛苦,比你想象中的还要痛苦。我没有安全感,一点都没有。每天你关上房门离开家,你告诉我你去菜市了,或者和女朋友出去逛街了,但我总是忍不住要怀疑。怀疑你根本没去你说的那些地方,没和你说的那些人在一起。我控制不住地要想象,想象你和一个男人在一起,你们走进了一条小巷,上了楼……"

"别说了!"林小雨大叫了一声。

她是他的妻子。虽然他们没有进行什么教堂婚礼,没有对着上帝发誓说:"我将爱他、忠诚于他,无论他贫困、患病或者残疾,直至死亡,"然而婚姻已经在他们之间织成了一张网络。他们在一起,都是网中人。

那天欧阳在客厅里看电视,看着看着就睡着了。林小雨发现他的手死死地抓住她。他们的爱燃烧成熊熊大火的时候也是这样的。她叹了口气,心想:如果老天不把一个甜苹果一分两半让他们分享,那么,魔鬼就会来找他们。一个魔鬼化身为两个。

很快,他们另请了保姆,负责买菜、烧饭,甚至于大部分时间的遛狗。现在林小雨每个礼拜只有一天的时间可以单独外出——去两站路外的中药房抓药。欧阳曾经想过让保姆去办这件事。但他好像仍然无法完全信任她。于是也就如此。

现在，对于林小雨来说，时间突然成了一种非常微观的东西。成了一个又一个连接起来、或者根本连不起来的细节。没离开医院的时候，她曾经在化验室里呆过一小段时间，那些送来化验的尿啊、屎啊、血啊、还有脊髓什么的，就那样随随便便地扔在那些瓶瓶罐罐、玻璃管子里面，乍眼看上去，其实全都是差不多的。根本就没有什么分别。而现在，对于林小雨来说，时间就是那些尿啊、屎啊、血啊，充满着千篇一律的、腐朽的臭味。

而弥漫着浓重中药味的房间里，现在则经常充满了这样的对话。

这是欧阳说的，他问林小雨："亲爱的，今天是礼拜几啊？"

"不知道。"

有时候他们会探头问一下保姆，有时候林小雨突然就想起来了。

"今天礼拜天吧，前天我去配过药。"

前天是星期五。林小雨在早上9点钟的时候出门。在9点半和9点40分之间到达那个中药房。她在11点钟以前必须回到家里。在老远老远的地方她就能看到他。欧阳坐在阳台的靠椅上晒太阳，他向她招手。

欧阳的状况依然不是很好。在这段时间里，他们仍然半个月去医院一次，医生已经说得很清楚了。欧阳的这个病，不能累，不能生气，不能抑郁，要坚持吃药，作息规律……至于剩下的，那就只能交给老天了。

有一天晚上，林小雨做了这样一个梦。在梦里，欧阳已经站不起来了。他让林小雨和保姆把他抬到阳台上去。外面刮着大风，林小雨不让。于是两个人吵起来了，后来他们还是把欧阳抬了出去。他坐在宽大的阳台栏杆上（林小雨怎么也想不明白怎么会把他放在那里），突然露出一种非常得意的表情。林小雨清楚的记得欧阳说了一句话，他说：

"亲爱的,这次我赢了。"便从阳台上向空中划了一道弧线。

林小雨尖叫了起来。但奇怪的是,尖叫中的她却恶梦未醒。因为她感觉自己一边在尖叫,一边眼睁睁地看着欧阳慢慢消失在阳台外面的那个空间。

第二天一早,林小雨在阳台上站了很长的时间。她仔细地看着那些护栏。它们并不宽,窄窄的,上面还雕着细细的花纹。有一只粉金色的蝴蝶竖起了翅膀站在上面。它悠闲地扇动了两下,很快就飞走了。

现在林小雨已经渐渐习惯了不出门的日子。她不能把欧阳一个人留在家里,因为那个可怕的梦。欧阳也不能忍受他独自在家的日子,没有原因,仅仅是因为不能忍受。有一次,林小雨感冒着凉发高烧,那样的热度已经到了危险的边缘……然而那天欧阳恰好也是病情发作,他浑身无力地瘫倒在床上。为了不把感冒传染给他,林小雨抱着被子躺在沙发上。屋子里充满了一种和谐的、紧密的、细胞结构般的关系。

她迷糊着在沙发上醒过来。看到欧阳手里拿着一杯水,他站在那儿,甜蜜地朝她做了个鬼脸:"该吃药了。"他说。

林小雨不得不承认,那时的欧阳看上去真的可爱极了。虽然在一个小时以前,他的烦躁和阴沉还差点让她发疯。

他们是亲密的一家人。他和她。他的病以及她的病。

只有一件事情,有时会让林小雨感觉有些忐忑不安。每个礼拜,她为欧阳去中药房拿药的时候,经常会遇到一个高大的中年男人。他大约四十来岁的样子,背影很拔冷漠,但是笑容却相当迷人。他好像也常去药房。开始的时候林小雨断断续续地见过他几次。但到了后来,林小雨每个星期五去那里的时候,他总是在那儿。他有时会向林小雨微笑,有时又目中无人地翻看手里的报纸。林小雨觉得他很神秘。

但是有一天,他突然走过来和林小雨说话。那天林小雨提着药包回家的时候,欧阳正背对着她看一本摄影杂志。林小雨冲进厨房,忙忙碌碌地和保姆抢着削土豆、煎鸡蛋、剥洋葱……那个陌生男人说话的时候,声音里有一种让人眩晕的东西。所有的饭菜都做好了,林小雨放好碗筷。

　　过了好长时间,欧阳出来了,阴沉着脸。

　　吃饭的时候,卷毛狗蹲在了欧阳的脚边。它伸长了脖子,不停地摇着尾巴。眼神里充满了对于定期而至的肉骨头、以及亘古不变的生活的期待。

　　"滚!"

　　一声凄厉的狗叫把林小雨吓了一跳。卷毛狗被欧阳狠狠地踢了一脚,正缩在墙角边上发抖。

　　欧阳的嘴里仍然骂骂咧咧的:"骚货! 小骚货! "

　　下个礼拜五的时候,林小雨换了一件平时不常穿的衣服出门。天有点阴,走到楼下的时候,她不经意地抬起头,看了看天上越来越密集的云层。她好像看到欧阳正站在阳台那儿,看着她。然而一片树荫挡住了林小雨的视角。等到她调整了角度,欧阳却一晃而过,再也看不见了。

　　突然,她觉得明白什么了。

　　接下来的两个礼拜,她去了那个中药房五次。她发疯似地想要见到那个陌生男人。她想这样直截了当地问他:"你是欧阳派来的吧? "或者这样问:"你老跟着我干什么? "也许还可以这样说:"你……想跟我睡觉吗? "

　　然而,他再也没有出现过。

　　这是大半年前的事了。接下来的半年,欧阳竟然慢慢地好了起来。又过了一段时间,医院里那个林小雨熟悉的医生满脸带笑地送他们出来。草坪边的梨树又一次开满了白色的梨花。一个肥嘟嘟的小朋友穿着病号服,他蹲在那儿,起劲地吹着肥皂泡泡。

"真是奇迹啊,可真是奇迹,"医生起手拍拍欧阳的肩膀,笑着说道:"不过我明白这奇迹发生的原因,"他转过身,看了看旁边的林小雨:"爱情,是爱情的力量。"

医生站在医院门口的香樟树下,远远地、意味深长地目送他们。

欧阳很快就恢复了上班。从生命深不见底的悬崖下面探出头来,他突然开朗阳光了很多。然而,这个结构简单的家庭里,那种细胞结构般的平衡关系却再一次被悄悄地打破了。是林小雨,她从那个漫长的、担心失去欧阳的噩梦中抽身出来,如同拼尽全身气力冲过终点的运动员,终于瘫倒在地。

欧阳每天衣着光鲜地去上班。保姆用惯了,还是买菜烧饭。卷毛狗倒是长胖了不少,它一如既往地紧紧跟随在林小雨的后面。或许,在这个世界上,只有它要比林小雨更加惶恐不安了。她顺着它的毛,摸两下,又摸两下。它的孤独与恐惧她知道,但是她的呢?

生活又变回来了。然而这一次,她突然觉得再也无法忍受了。欧阳上班的第七天,她打了两个电话去欧阳的办公室。第一次没人接,第二次是一个娇滴滴的女声。她告诉林小雨说,"欧阳老师去工地了。"欧阳的手机一直响着,像巨大的房间里空洞的回音……林小雨把自己蜷缩在沙发里,闭起了眼睛。她知道欧阳忙着。她明明知道这个。她明明知道,现在一定是他忙得不可开交的时候。以前的林小雨不是这样的。当然现在她其实也不想这样,一点也不想这样。她扔下电话,在客厅里、走道上、阳台栏杆的边缘走来走去。她突然万分理解起欧阳病中的那些幻觉、那些无法控制的可怕的情绪。她病了,比他病得更加厉害。

那天欧阳很快就打回了电话。他温柔地安慰她,并且让她听一听电话里传来的工地上机器不停的轰鸣。

他还是她的那根救命草,就像他们恋爱的时候,欧阳跳入运河时抓住的那些。他抓住了它们，但是它们也死死缠住了他。

她恍恍惚惚地告诉保姆说，她要出去散会儿步。她关上门，走下楼梯。她在楼下坐上一辆计程车，随便告诉了司机一个地名。然而，车到半路她突然提早下了车，顺着原路又走了回来。

这个晚上她没有回家，一个人去附近的旅店住了一晚。

大约12点的时候，她被一个男人搀着，摇摇晃晃地回到旅店三楼的房间。她迷迷糊糊地爬上床，很快就睡着了。那顿烈酒是在半夜醒的，她嚷着"头痛"和"口干"的时候，床边伸出了一双拿着茶杯的手。

黑暗里传来一个陌生的声音。那茶杯是温热的，而那声音则是温柔的。那温柔的声音对她说："快喝吧，喝了就好了。"

到了第二天下午，她自己回来了。

欧阳正靠在客厅的椅子上。听到开门的声音，他和卷毛狗一起跳了起来。奇怪的是，欧阳竟然什么也没问。他伸开双臂，一把抱住她，声音里带着一种久违的男孩般的调皮：

"快让我看看，你的眼睛是不是还那么黑。"

那是一个无比幸福的夜晚。两个人在疲惫与喜悦中沉沉入睡。天快亮的时候，林小雨醒了。

窗帘半拉着，黎明前的第一缕亮光还被铅灰的晨雾覆盖着。但光确实已经有了。还有窸窸窣窣的、从远处传来的人声。这些亮光和声音，在这个依然寂静的世界上，被无限地放大了。很多沉睡的东西一点点苏醒了过来。

卷毛狗在屋外嗒嗒嗒嗒走着碎步。它总是早醒。有一次林小雨看到它趴在阳台上，一层很薄的阳光照在它身上，澄澈、明净。它闭着眼睛，看上去安详而又平静，简直就如同趴在天堂入口处的圣物。

天慢慢地在变亮，周围的一切一点一点地显出了它原有的轮廓。地上躺着她的白色绸质睡衣，那是结婚时欧阳买给她的。睡衣的一头一尾是她的两只鞋。上面有着好看的玫瑰红绣花。他们偶尔在橱窗里看到了它,等到它和他们一起走出商店时,天上狂风夹着雷电,欧阳不小心摔进了路边一个大土坑里⋯⋯而现在,它,它们,还有很多其他的东西,在清晨的第一缕阳光下面,突然都变得透明了,发着光,都在那里朝她调皮地微笑着。

现在,她感到身边的欧阳轻轻地翻了个身。他可能真是累了,所以有鼾声。一会儿高,一会儿低的,听上去非常滑稽。

她张开双臂,从背后搂住了他——那个温热的、有着隔夜汗臭的、结结实实的男人的肉体。她长长地、长长地吸了一口气,享受着一份突如其来的宁静,享受着在这一刻,这个世界所显现出来的无比美妙、不可捉摸、但又转瞬即逝的和谐。

1

有一段时间,我们家的饭桌上经常会提起余娜这个名字。

余娜?就是那个余娜吗?她又回来了……她真的又回来了?还住在原来那地方……她应该有个四十二三了吧,嘿,这女人……嗯,可不是,真有个四十二三了呢……

有些时候我们谈她谈得兴致勃勃的,脑门上都快冒出汗来了,仿佛我们正在述说的是一桩非常戏剧性的传奇故事。不过也有些时候,大家讲着讲着却都有点尴尬起来,突然低下头去,突然沉默了那么一会儿,仿佛各自都想起一些另外的事情,不那么令人愉快的事情,仿佛还勾起了一些心事。大家脑子里变得乱哄哄的,一桌的菜也很快凉下来了。

也不知道为什么,余娜家的事情总是能戳到我们的痛处。

很多很多年以前,我外公和余娜的祖父一起出来闯荡江湖。他们从浙江乡下坐船来到了上海。余娜的祖父站在船头,他长得风度翩翩。后来他在上海做起了纺织和印染生意。我外公站在船尾,他也长得风度翩翩。我外公是一个风流才子,能唱很好的京戏和昆曲,并且还热爱一些玄妙虚无的事物。在上海滩十里洋场的那几年,他认识了很多戏子、传教士,很多稀奇古怪但又幽默有趣的失意人士。他和他们喝酒、唱曲、逗趣,等到钱用得差不多的时候,他又把我年少无知的外婆顺顺当当地娶到了手。

余娜的祖父后来发了大财,他在上海置了一些物业后,又在邻近的苏州买了房子。我外公也在苏州买了处小房子。上海住不起了,老家也回不去了,结果是我外婆哭哭啼啼地把所有的私房钱都拿了出来。

余娜家买的小洋楼就在离我们两条街的地方。

到了80年代的初期,等我有点懂事了以后,有时我母亲拉着我的手走过那里,我母亲说,喏! 看到那座漂亮的房子和漂亮的花园了吗? 你余娜姐姐现在就住在里面呢。

有时我母亲会把我抱起来,抱那么一小会儿。这样我就能透过墙上石雕的花窗,看到园子里的一些情形。正是春天,墙里的草地绿油油的,墙角开了一树白花。有一条狗嘴里叼着花瓣,正懒洋洋地躺在树下晒太阳。余娜却是看不见的。我从来没在母亲的怀抱中、或者后来踩在大石头上、踮起脚尖的眺望里看见过园子里的余娜。花窗里面的那个园子总是静静的,很闲适,还有一种无法解释的神秘。

有时候我家小露阿姨也会带我散步经过那里。小露阿姨是我母亲最小的妹妹。小露阿姨不会把我抱起来,也不会让我透过花窗眺望里面的花园,但她自己却是忍不住要多看上几眼的。她一边看一边回头和我说话。她说,喏! 要是你外公当时现实一点,不要干那些乱七八糟的事情,好好做生意,好好赚钞票,我们现在也应该住在那种房子里面了呢。

不过类似这样的话,当时大人们说的时候也是半开玩笑半调侃的语气。当时他们其实也没怎么全往心里去,毕竟余娜家在文革的时候也是吃了点小苦头的,日子也不是那么好过的……至于那洋楼,其实也是政府刚刚落实政策才还给他们的。

更重要的是,那时候谁都不知道以后的日子会怎么样。住上小洋楼的余娜一家不知道,没住上小洋楼的我母亲和小露阿姨也不知道,更不要说我,以及我那几个堂哥堂姐了。他们中间有几个已经上了高等学府,浑身上下充满了一种江河解冻般汹涌的热情。有几次他们倒是偷偷地翻过江南低矮的院墙,坐到余娜家枝叶茂密的桂花树下去。不过也只是为了享受月圆之夜桂香四溢的诗意。在那样的香气和诗意里面,他们可以热情地拉住彼此的手,他们可以闭上眼睛,他们可以把心和肺全都掏出来,他们可以全身心陶醉地朗诵舒婷、顾城以及海子的诗。

小露阿姨和我母亲是不背诗的。她们每次见面都凑在一起,叽叽喳喳聊些福利分房的事情。

我母亲要低调含蓄些,她微微笑着,说:这次轮不上,下一次肯定就能轮上了。很快的,很快的。小露阿姨则是开朗泼辣的。她的声音比她的内心还要开朗还要泼辣,她说:他们不管,谁管? 这次要是再轮不到我——哼! ——哼!

2

余娜的祖父是个正派生意人,结婚结得早,生孩子也生得早。余娜的父亲也是正派本分人,结婚也结得很早,很快也就顺顺当当有了余娜。所以说,虽然我外公和余娜的祖父几乎同岁,但是我和同辈份的余娜相差得可就很多了。

余娜几乎和小露阿姨差不多大。

我记得那时候,当我梳了个"马桶盖"的前刘海,坐在南窗下写作业的时候,窗外经常会传来噼噼啪啪高跟鞋踩过的声音。我知道,那一定就是余娜了。还有一种细细的沙沙沙的声响,我知道,那一定是余娜的喇叭裤。当余娜的喇叭裤轻拂过柏油路面的时候,就像一台小型而欢快的压路机。

吃晚饭了,我们一家挤在北面的厨房里,突然就听到很远很远地方飘来的音乐声。大人们对一对眼色,站起来就把窗户关了,接着再把窗帘也拉上。后来他们又想了想,干脆把大门也锁了起来,还插上了一根又长又粗的门闩。

我们都知道,那是余娜家又在办舞会了。甜得淌出蜜来的音乐声,穿过余娜家漂亮的客厅,尖尖的屋顶,穿过那几棵花团锦簇的桂花树,以及月光下模糊诡异的花窗,最后委婉曲折地停留在我们家寡淡无味的晚餐桌上。

我母亲小心翼翼地把一个咸鸭蛋切成了几份,然后又把其中最大的一份放在了我的面前。她看了一眼坐我对面的小露阿姨,声音轻柔地说:"那一定又是余娜的主意吧。"

可不是,除了余娜还会有谁呢?这是一个奇怪的世界。这个世界上的很多事情,或许都是说不清也道不明的。比如说,余娜的祖父,那个和我外公一起站在船头、后来又笑傲江湖的人,生下了一个温柔胆小的儿子,这个温柔胆小的儿子娶了一个更加温柔胆小的媳妇,结果却生下了一个桀骜不驯的女儿——那就是余娜了。

很多发生在那座漂亮花园里的故事,外人是无从知晓的。但多少会有一些蛛丝马迹。余娜的父母,先是安安静静的在那座房子里住着,后来他们突然信了佛做了居士,再后来就干脆住到太湖西的小岛上去了。据说有人看到过他们,低垂了头坐着小船摆渡回来;也有人见过余娜,带着大包的食物,坐着小船摆渡过去……但那漂亮房子、美丽花园终于还是空落了下来。

有人说,余娜的父母是被余娜气走的。

说余娜有一次在自家花园散步,抬头看到对面楼房阳台上的一个男人。那个男人头发乱糟糟的,胡子乱糟糟的,但会写很多让人动情让人流泪的句子。那个男人是一位作家。作家不上班,生活穷困潦倒,但每天都会在自己的阳台上喝茶、写字、然后高声朗诵。阳台上开放着大朵大朵的鲜花,鲜花被大片大片的绿片衬托着。蓝天上飘荡着白云,成群的白鸽在花园和阳台之间盘旋……余娜眼睛眨也不眨地就爱上了那位作家。

也有人说,余娜有一次在太湖边游泳。等她水淋淋地从湖里面出来时,岸边一位年轻英俊的男人正看着她,笑眯眯的。那是一位很有才华的画家。他对余娜说,他看着她在水里游泳的样子就爱上她了,然后画家就开始画余娜,一遍一遍地画,一天一天地画。画家没有阳台,住在一间底层的小屋子里。画家也不养鲜花绿叶,因为画家动一动笔,那间破旧的小屋立刻开满了四季的花木。有一天画家激情难抑,在雪白的床单上画满了余娜的乳房和眼睛……

反正那座漂亮房子里,现在就住着余娜一个人。透过院墙上千奇百怪的花窗,我们可以看到白玉兰花疯狂地爬满了枝头。然后,渐渐的,那些花瓣又仪态全无、白生生地躺满一地。

那是1986年的春天。

3

也就是在这一年的秋天,余娜离开中国去了大洋彼岸。

她是悄悄走的。一个人,提着重重的箱子。没有人知道她离开的确切时间以及原因。而等到这个消息比较广泛地流传开来,已经是好些天以后的事情了。我只记得有一个星期天,我依然顶着"马桶盖"的刘海,坐在南窗下写作业。所有的窗户都开着,房间里飘荡着虚幻的空气的香味、以及真实的桂花的气息。

天空瓦蓝瓦蓝的,突然轰隆隆飞过来一架飞机。

我抬起头好奇地看着。我母亲也停了手里的毛线活,从容而安详地抬起头来。

"好好读书,日子……还是过得简单点好。"

很久以后我还记得那个阳光灿烂的秋日午后,空气里的香味,暖融融的阳光照在母亲光洁的脸上。

不知道为什么,即便那架低空飞行的飞机发出了巨大的噪音,母亲的声音仍然显得那样清晰而明亮,她气定神闲地笑着,一副安分而满足的样子。

4

余娜不在的这十几年时间里,我们家发生了很多事情。

先是我父母和小露阿姨相继从单位分到了大一些的房子,我们家搬到了城西临河的地方,而小露阿姨家则曲里拐弯,阴差阳错,结果搬进的新房子就在余娜家小洋楼的旁边。这样一来,余娜家花园里四季的果香,以及泥土的青湿气,一个都不少、一点都不差统统都在小露阿姨家的鼻子底下了。

有一次,小露阿姨来我家吃饭,她告诉我们一件事情,她说你们知不知道呵,余娜家那老两口又搬回来住啦。

我母亲哦了一声,说是吗,这一晃也都好几年了,不知道他们都老了没有?

小露阿姨说,老? 哪里老啊,一点都不老! 两个人也都六十来岁了,看上去水水嫩嫩、清清爽爽的。

我母亲笑了,说还是没有心思好啊,信信佛念念经,采点西山的杨梅桃子吃吃。

小露阿姨声音脆生生的说,省心? 他们家那女儿可不是盏省油的灯……

那一年我母亲四十多岁，但看上去不太像四十多岁的人。我母亲站在新房子里挂窗帘，一会儿爬高，一会儿落低。脸涨得红红的，鼻尖和额头上沁出汗来，但举手投足还是一副气定神闲的气派。心定的女人总是要显得年轻些；那一年小露阿姨三十几岁，看上去也不太像三十几岁的人。小露阿姨每天早早起床，拉开窗帘，打开窗户，东闻闻，西嗅嗅。她走在路上的脚步总是匆忙的，身影甚至是有些慌张的。她的身体朝前面冲着，两只手大力摆动，仿佛前面正有什么东西在等着她，她再不去就晚了，就要被别人抓走了……这样的女人被她的内心牢牢托住了，暂时也是老不了的。

那一年的晚些时候，我还在小露阿姨家的阳台上看到了余娜的父母。

他们坐在花园里的两张木椅子上，好像正在喝茶。后来小露阿姨递了个望远镜过来，这才看得清楚些了。望远镜的镜头久久地停留在他们的脸上，我大吃一惊。那是两张完全看不出年龄的脸，时间就像在这两张脸上停滞了，如同在一个开满了鲜花的五月，花园里、草地上、所有的地方都在蜂蝶飞舞，花枝招展，但唯独这里却是荒芜寂静，寸草不生。

小露阿姨也拿着望远镜望了很久，嘴里也啧啧赞叹着。年轻，总是女人们乐衷的话题，还是要拿过来继续探讨的。

我母亲突然想起些事情。说她听外公讲起过，余娜家家道最盛的时候，家里常常是要摆戏台唱堂会的。那些上海滩上的顶级艺人、绫罗绸缎、珠光宝气，不时会出现在他们的花园里。我母亲说，余娜的外公可能是念及旧情，有一次还破例邀了我外公。那时我们家道中落，外公连件像样的衣服都没有，但外公有的是曾经的智慧和胆量。那天晚上他喝了酒听了曲，满面红光地回到家里。他把我外婆和母亲从床上拖起来，告诉她们，今天晚上他都见到了谁谁谁，谁谁谁,都听到了啥啥啥,啥啥啥。他说那才是他喜欢的生活,那才是他喜欢的气场。三教九流,什么人都有,什么话都听得到,政治的、经济的、达官贵人、文人墨客。他说常常和这些人在一起,中国的上上下下、左左右右一下子就都看明白了!

我外公应该是非常嫉妒余娜家的,因为这样的机会他以后就再没得到过。

但余娜的父母亲就是在这样的环境里长大的。那两个温柔胆小的人,其实倒是见过大世面的。

人要是完全看穿了,可能反倒不会老了。我母亲笑着说。

那怎么可能?! 小露阿姨自然是不同意的:只要活着,怎么可能全看透呢?

5

我外公其实也是见过些世面的。但他这个人很奇怪,因为他一辈子最喜欢做的两件事情是非常矛盾的。首先他是个爱热闹的人,他爱热闹,所以好酒。他喜欢几个朋友坐在梅树底下喝到微醺,甚至大醉。他还能把三五个人搞出一种人声鼎沸、又笑又叫的效果来。他就是有这样的才能,就是有这样的本事。从余娜家的那次堂会回来以后,他很是亢奋了一段时间。他甚至还省下了一些买酒钱,为自己添置了一身不错的行头。但很显然,余娜的祖父把他的这个老朋友忘记了,时间一点点流逝着,我外公只能穿着他的那件新衣服,满怀惆怅地站在余娜家的花窗外面,看着里面庭院深深,看着里面锦衣玉食,看着梨花落了杏花开……看着他喜欢的一切离他越来越远。

他长叹一声,走开了。

这件事情以后我外公消沉了一阵,突然变得喜静起来。中秋那天晚上他一个人去了寒山寺,站在枫桥的上面。有个乞丐正在桥上唱戏,唱了几句,我外公就接了下去。那乞丐也不在意,两个人就哼哼唧唧一起唱。唱完了,你坐在桥这边,我坐在桥那边,看月亮。后来乞丐觉得饿了,拿着我外公给他的钱静悄悄地走了。我外公也不动,静悄悄地坐在桥栏上,一坐就是一夜。

有一阵子他就是那样,要么鬼哭狼嚎,把自己弄到烂醉如泥;要么就是一个人坐在那里,安静得就像一个雪人。

我外婆有时候回忆说,那时候她真是怕呀,心里老是咯噔咯噔的,不知道这个死鬼到底在想什么,到底要干什么,接下来又到底会发生什么事情。

有一次她实在忍不住了,期期艾艾地说出了心里的担忧。谁知我外公眼皮也没抬,不冷不热地甩了句话过来。

我外公说:你懂不懂啊? 我是个艺术家!

当时我外婆一定是被这句话懵住了,也气坏了,所以后来当我们半开玩笑半认真地问外婆,什么叫艺术家的时候,她总是一个白眼翻出来,气鼓鼓地说:艺术家? 就是那些活到老折腾到老的人!

也许是受外公的影响吧,对于艺术或者和艺术多少有些关联的事情,我们这些下一代倒都有些不大不小的兴致。

我母亲是个敏感而细腻的人,有时候也会望着窗外一小弯月亮,发发呆,流点眼泪;小露阿姨呢,很小的时候就是个文艺积极分子,天生有条很亮的嗓子——"你这个人嘛,外表看起来斯斯文文的,其实啊心里野得很!"这是有一次小露阿姨和我两个人聊天的时候说的话。她这么说了,我就笑笑。也不说是,也不说不是。

90年代初期我高中毕业,预备填写大学志愿的时候,我对母亲说:我要学艺术。

第一个跳出来竭力反对的人是外婆。

我外公去世以后,外婆有时候住在我们家,有时候则住在小露阿姨家。知道这件事的时候,外婆正好轮到住小露阿姨家。结果当天晚上,她就由小露阿姨陪着,转了两辆车风尘仆仆地赶到了我们家。

她一直在喘气,喝了几大口茶,吃了小半个苹果以后仍然在喘。胸口此起彼伏,仿佛有一群狼在后面追她。后来外婆终于平静了一些,开始和我说话。

外婆说,你数理化功课那么好,为什么要去学什么艺术呢?

我说,我不喜欢数理化。

外婆说,学数理化多好,以后当个科学家,为国家争光,也为你父母争光。

我说,我当不了科学家,再说,当科学家也太枯燥乏味了。

外婆说,不当科学家,那就去当老师吧,教育下一代,一辈子踏实稳定。

我说,我也当不了老师,你们平时不是老说我,性子急、脾气躁。

外婆急了,说,好好好,只要你不去学艺术,随便你干什么都好!

那天外婆脸色铁青地离开了我们家,谁也留不住她。第二天我母亲找我谈了谈,她看着天上的月光,一脸焦虑,满心忧愁。

我母亲说话细声细气的,但却有着绵里藏针的力量。

我母亲说,你外婆的脾气你也是知道的,她这一辈子啊,被你外公害得不轻,几乎都没睡过什么好觉。她整天担惊受怕,心脏也不怎么好,今天不知道明天的。

我母亲又说,你呢,是个心思细密的孩子,情感也很丰富,在这一点上你真的很像你的外公。其实啊,每个人心里都是有一个魔鬼的,有的人更厉害,有两个三个甚至很多很多个魔鬼,你知道吗?你外公最后那段日子干了一件让我大吃一惊的事情!

我抬起头,表示我的疑问与好奇。

我母亲接着往下说,你外公那时候身体已经不行了,每天不是躺着就是靠了枕头坐着。有一天,他突然对我说,你把音乐关掉吧,这些可怕的声音,他说,它们跟了我一辈子,现在,我要安静下来了,我要安安静静的了。

我沉下头去,不响。

我母亲还在说——其实有些话,你外婆还没全部讲出来。她有时候,心情好的时候倒是会跟我嘀咕,她说敏感多情的女人往往是挺怪的,在现实生活里要吃亏。因为她自己就是因为敏感多情而陷入了你外公的陷阱,后来一辈子不得安稳和安宁。

我笑了起来,但马上又觉得不合适,再次闭上嘴巴。

于是我母亲最后的结论是这样的:你啊,就该好好地生活,踏踏实实地生活,不要让你外婆担心,也不要让我和你爸爸担心。不管这世界变到哪里,这点总是不会错的。再说,这个世界又会变到哪里去呢? 还有,你要是真喜欢艺术的话,它逃得掉吗? 它怎么也是逃不掉的,那也是一辈子的事情呢。

说这种迂回曲折的话,我母亲总是显得笃笃定定、很有底气的样子。

后来我去学了园艺。

我母亲看着我培土施肥、剪枝修叶的时候,总会露出一种欣慰而满足的神情,仿佛提早看到了我相夫教子、其乐融融的情景。我想,她一定也暗暗得意于那天晚上思想教育的成功。

然而,其实我母亲并不真正了解我的心思,连我自己都不真正了解自己的心思。但不知道为什么,那一阵子,我隐隐约约地老觉得会发生些什么,仿佛我身边的每个人都有这种感觉。会有什么变化要来,但又不知道究竟是什么。每个人都显得有点不安,都有点随波逐流却又举棋未定的样子。或许,这种变化早就来了,早就在那儿,早就悄无声息地弥漫在我们周围,只不过我们家壁垒森严,后知后觉罢了。

6

我在园林局实习的那段时间,有一天中午,小露阿姨突然来看我。那天小露阿姨穿了一身花团锦簇的套装,嘴巴上抹着深色口红,头发高高吹起,宛如一条丛林深处游出来的热带鱼。

那个中午一直是小露阿姨一个人在说话。她说话的语速很快,语调很热烈,下一句紧跟着上一句。这一切都给我一种奇怪的感觉,仿佛她这个人刚刚受了什么刺激,仿佛她已经有好几天、甚至好几个月不说话了,一直闷在那里。而她一旦开口说起来,就再也停不住了,她很有可能从这个中午一直说下去,直到下午,直到晚上,直到第二天。

其实那天中午小露阿姨要说的事情非常简单。就在前几天,她去了一次深圳。

这个大家很容易也就看出来了,她身上的那套衣服以及发型,就带有着当时非常浓烈的"港味"。

而还有些事情,小露阿姨好像有点说不清楚,或者她自己根本就没有想清楚。她明显地受到了什么震动,百感交集的样子,但又好像竭力地想要掩饰一些什么。

7

小露阿姨年轻的时候嫁给了同厂一位搞宣传的科级干部。他叫章青云,是个帅气阳光的小伙子。他平时戴副金丝边眼镜,据说还很是懂得一些小小的浪漫。

所以我们家在背后议论小露阿姨时,常常半是感慨半是嫉妒。怎么什么好事都会让她给遇上呢。那么好的工作,那么稳定的前程,更重要的是,她还有那么一个时常会给她制造些惊喜的不俗气的爱人。

虽然小露阿姨常常是带着笑的不屑着:我家里那一位,唉!你们不知道啊……

她那么说着,我们便也附和,但大家都知道,其实她心里可得意着呢。

说真的,小露阿姨是多么幸运呵!她也是多么骄傲着呵!

作为一个女人,她吃着国家的米饭和蔬菜,住着国家窗明几净的房子,生活上无忧无虑。回到家里呢,章青云心情好的时候还会给她念上几句诗:

只要想起一生中后悔的事
梅花便落了下来……

小露阿姨常常听得咯咯咯笑出声来。她不懂诗,但是章青云懂。他是个既很现实又很浪漫的人。没有办法,人家小露阿姨就是命好。

事情是从什么时候开始变化的呢?

如果章青云仅仅是个现实的人,那么,他一定会牢牢地守在他那张科级的办公桌前,踏踏实实,寸步不离。那就不会有那样一个晚上,章青云吃完晚饭,泡上一杯茶坐在她面前,对她说:"小露,我决定了,我想去深圳。"然后再加上一句:"就像当年的热血青年投奔延安。"

如果章青云仅仅是个很浪漫很理想主义的人,那他或许也不会在那个陌生的地方迅速立住脚跟。他开始的时候电话很密集,后来慢慢少下来了。他当然很忙,电话里都能听到机器和车轮的响声,就像当年战地上的炮火。

小露阿姨带着她那种一贯的神情去了深圳。

她大吃一惊。

街上所有人的神情都和她有点相像，走在路上的脚步是匆忙的，身影甚至是慌慌张张的。人们的身体都朝前面冲着，两只手大力摆动，仿佛前面正有什么东西在等着他们，再不去就晚了，就要被别人抓走了……

小露阿姨带着新鲜的衣裳和妆容回来了，兴兴头头地和她身边的每个人说话。

她对我母亲说……

她对我外婆说……

她对我说……

但等到她终于安静下来的时候，她蹲下身子，一个人翻箱倒柜的，从家里翻出很多老唱片听起来。那悠长或者单纯的音乐让她沉默了，仿佛在缅怀着什么。仿佛我外公身上的"艺术感"又突然附体在了她的身上；仿佛她的心里突然有了很多魔鬼；仿佛这些魔鬼突然苏醒了过来……它们的速度是如此迅疾猛烈，她扬起手臂。

但她抓不住它们了，刹不住车了。

8

那一阵子外婆轮到住我们家，她好像隐隐约约感觉到有什么地方不太对劲，所以她每天晚上都要和小露阿姨通一个电话。

我外婆先是竖起耳朵屏住呼吸，听一听小露阿姨那边的动静。但她毕竟年纪大了，再听也听不出什么名堂来。

虽然年纪大，但我外婆毕竟和"艺术感"强烈的外公生活过很长时间，心思还是细腻委婉的。我外婆轻声叹口气，对电话那头的小露阿姨说：昨天晚上啊，我又梦见你那个死鬼爹了。

电话那头没什么动静。我外婆又说，那死鬼也不说话，只是望着她唉声叹气,但气色倒是好的,仿佛过着有规律而平静的生活。大致就是这样的意思。

你真是不知道啊? 外婆突然提高了嗓门,他那种折腾劲! 那些日子我可真是怕呀,真是怕,心里老是咯噔咯噔的,不知道这个死鬼到底在想什么,到底要干什么,接下来又到底会发生什么事情……

外婆停下来,继续竖起耳朵屏住呼吸,听一听小露阿姨那边的动静。

9

深圳? 深圳是个什么样的地方呢?

在很长一段时间里,每次我们家来客人,外婆总会过来坐上一会儿,然后看似漫不经心地问上这么一句:

"你们去过深圳吧? 那是个什么样的地方呢? "

10

这样过了大约有半年多的时间,有一天,小露阿姨突然跑来告诉我说,她现在开始信佛了。有人给她介绍了灵岩山上的方丈,过一段时间她就上山一次,看看师傅,吃一碗素面,顺带着在后山坐上一会儿。

又过了几个月,小露阿姨干脆连班也不上了。她的理由很简单,说很多上班的不是也都下岗了。现在的有钱人,有很多都是不上班的。前面一句话我母亲听到了心里极为不爽,因为她和我父亲工作的"国企"效益都不算好,而后面那句很容易让人联想到小露家那位远在深圳的章青云。我外婆经常一边吃着他从深圳寄来的昂贵的食品,一边捶胸顿足地感慨:死鬼,怎么又来了一个! 我的心脏可是吃不消的!

但不管怎样,小露阿姨的生活自此呈现出了另外一种节奏和规律。她变得悠闲、懒散、别有意味了起来。

她坐在家里的阳台上和我说话,神秘兮兮的。她说,你知不知道小露阿姨为什么要信佛了?那是因为(她指了指眼皮底下余娜家的小洋楼),我每天看着它,看着住在那里面的两个悠哉游哉的人,实在是受不了。

我回去把这句话告诉母亲,外婆不知怎么也听到了。她回过头,和母亲意味深长地对视了一眼。

现在,小露阿姨一年要到深圳去个四五次。有时她容光焕发地就回来了,提着大包小包的东西来看外婆;有时她要在家里闷上几天,然后才过来。当然,她出现在我们面前的时候仍然是容光焕发、健谈开朗的。

对了,章青云一年也总是回来个那么一两次。他胖了很多,坐在酒店的餐椅上,笃笃定定地抽着烟,说着南方的天气和笑话。看起来他对外婆更有礼了,小露阿姨也一直微微笑着望向他。

只有一两个细节多少让人有些生疑。

有一天,我又一次在小露阿姨的阳台上和她聊天说话。章青云马上就要买新房子了,小露阿姨告诉我说。那天她说的全是开心的事情。她那时候已经养成了习惯,每天黄昏的时候站在阳台上,看一看余娜家的园子。就那样简简单单地站在那里,看一看,就像看着自然界的日出日落一样。但不知道为什么,在柔和明丽的夕阳下面,我突然觉得小露阿姨非常显老,她突然老了,难道是因为穿着深圳带回的热带气息的衣服造成的?

还有一次,我那几个堂哥堂姐突然上门去找小露阿姨。还记得我那几个堂哥堂姐吗?他们曾经翻过余娜家镶有花窗的院墙,坐在春天的玉兰树和秋天的桂花树下,激扬万丈、气势嚣张地朗诵着诗歌。有时候上气不接下气,有时候眼泪一把鼻涕一把(有一次,我偷偷跟在他们后面,翻墙入园,潜伏在浓密的树荫下面)。现在,十年过去了,他们坐在小露阿姨家松软的沙发上,不知是年龄的原因还是灯光的错觉,原先瘦削有力的脸变得肉肉的、方方的,他们谨慎小心、略显讨好的寒暄了几句,然后放慢了语速,认真而急切地问道:"能和我们谈谈深圳吗?"

也不知道是为什么,据说那天小露阿姨突然情绪失控,她异常激动地把我那几个堂哥堂姐骂了一通。但后来,到了第二天,她又打电话去道歉,反正是混乱不堪。

终于,时间奇怪的快了起来。很多事情仍然在发生着,但突然变得没有焦点了。乱糟糟的,但又是灿烂刺目的。又是好几年过去了,我们家经过了又一些奇怪而无序的折腾,大致如下:

小露阿姨服用安眠药过量,送医院洗胃数次。

我的一个堂姐一个堂哥结伴去了深圳,堂哥两个月后回来了,但堂姐再也没有回来。

我母亲脾气突然变得暴躁起来。有一阵子,她也开始跟着小露阿姨上灵岩山。看看师傅,吃碗素面,再在后山坐上一会儿。从灵岩山回来她就变得沉默了,若有所思。过一段时间则又开始暴躁。

我的外婆有一天晚上突然心脏病发,送医院调养了几个月才缓和过来。

至于这些事情之间有没有关联,到底有多少关联倒也不太好说。日子过得忙忙碌碌的,最重要的是我心思全乱,在快要和家境优裕、为人和善的男朋友结婚前夕,理想主义发作,疯狂地爱上了另一个理想主义的穷光蛋。

当然,在这些看起来乱七八糟的局面底下,有一些事情倒是渐渐尘埃落定了。比如说,小露阿姨家变得非常有钱,而我们家则成了穷人。但还有一些事情、更多的事情仍然是暧昧不清的,越来越不清晰。比如说——（这是我母亲无意中透露出来的）——我母亲和小露阿姨坐在灵岩山后山的时候，两个人谁都不说话，都发着呆。就那样一言不发地在那里坐上很久，然后站起来，一言不发地下山。

每一次都是这样。

而后来，现在，终于有一天，余娜回来了。

11

那是余娜回来的两个多月以后吧，余娜家和我们家在一次家宴上见了面。

余娜母亲来的电话，说叙叙旧吧。我外婆说，好啊好啊，叙叙旧多好，那就叙叙旧。

我外婆放下电话就开始翻箱倒柜，从箱子底下扯出一件紫色丝绒的长旗袍。这几年外婆特别注意保养，养生啊护理啊，科学的，迷信的，种种办法一起上。七十多岁的人了，倒也不胖，面红齿白，一副要活成百岁老人的架式，仿佛心里憋着一口气，要和什么东西比试比试，要和什么东西论个究竟的样子。比如说，她拎着那件旗袍，神色坚定地在镜子前面晃来晃去，就很有点要为当年的外公报仇雪耻的味道。我母亲则不咸不淡地坐在那里，那几天她刚刚和我父亲大吵一架，看上去有点累，也有点松松垮垮。她抬头看着神情激动的外婆，显得非常迷茫。

"你不是老说自己有艺术细胞吗？"外婆叫着正在里屋的我，"快来出出主意，我应该穿哪件衣服去吃饭呢？"

那次家宴后来放在了观前街的松鹤楼。余娜临时有事并没有出现。我外婆穿着丝绒长旗袍坐在一张仿红木的椅子上，非常雍容地和余娜父母寒暄着。

"你们可真是一点都没变呵。"我外婆说。

"哪里哪里，您才是气色好，真是好。"余娜的母亲很客气地把话接了过来。

自然而然地讲到了余娜。

"余娜……怎么就回来了呢？"外婆的声音仍然显得有些别有深意。多年前那个桀骜不驯、惹事生非的余娜，一定是又出了什么事吧。

谁知这一问，余娜的母亲突然把话匣子打了开来。说也不瞒你们了，余娜啊，在外面这么多年还真是没有少折腾，呆过好几个国家，做过好多工作，婚也结了，孩子也生了。但后来还是没能保住，离了婚，孩子也跟了前夫……

一阵意味深长的沉默。我外婆刚想开口略加抚慰，谁知余娜的母亲突然笑眯眯地把话连了下去。

"我怎么会想到呢，"余娜的母亲说，"我怎么会想到，余娜这孩子半夜三更的会打电话给我，问我园子里的那棵玉兰树还在吗，今年开花开得好不好？马兰头应该上市了吧，拌上香干的时候淋上麻油没有？平时家里油爆虾还做不做呢？荠菜大馄饨还包不包呢……"

"听了一半我心里就在想，"余娜的母亲颇为得意地继续说道，"我在想，余娜这孩子肯定是想家了，说不定很快就会回来呢。可不是，才过了半个多月，她拎着一箱衣服就回来了。"

"哦，是这样啊。"到了我外婆终于能插上话的时候，她叹了口气，如释重负地说道："要是她心情不好的话，你们多劝劝她。"

余娜母亲的声音仍然很温柔："她挺好的，人突然安静下来了。再说，人家现在是艺术家了，搞音乐的，每天都会在园子里练声呢。"

"哦，是这样啊。"我外婆莫名其妙地又叹了口气。

小露阿姨呢，像是想到了什么，若有所思地歪了歪头。

我母亲则懒洋洋地靠在椅子上，一句话都没有说。

12

松鹤楼的家宴过后不久，小露阿姨去了白墙花窗后面的余娜家两次。一次是我外婆让她去送点东西。余娜从国外带了礼物送给我们家，我们自然是要还礼的。外婆想了半天，结果还是把去年春节时章青云送的一块上好衣料拿了出来。还有一次，余娜突然打电话给小露阿姨，让她晚上去小洋楼参加个活动。这样一来二去，小露阿姨和余娜家也就慢慢走动起来了。

小露阿姨渐渐地会在我们面前提起余娜这个人来。余娜长，余娜短；上个礼拜余娜穿了一件很好看的衣服，是如何如何的；前几天余娜新做了一个发型，又是如何如何的；昨天晚上在余娜家吃一餐饭，都见到了谁谁谁；对了，席上余娜还站起来亮了两嗓子，先是几句昆曲，再是一段评弹，以前怎么就没注意到余娜会有那样一副好嗓子呢……

然而，具体的关于余娜这个人反倒不好说什么了，没什么可说的。十几年前、甚至更早些年前的那个余娜不见了，消失了。就像十几年前、甚至更早些年前的那个小露阿姨也消失了。有一些时间，一些事情，断掉了，根本拣不起来，根本就不知道应该说些什么。

只有我外婆还絮絮叨叨地想说些什么，想把什么东西再连起来。

"深圳回来一个，现在美国又回来了一个。"

她一个人坐在椅子上自言自语，看看窗外的天，看看屋里的地，然后再这么说上一遍。

"深圳回来一个，现在又来了个美国的。"

我们都忙着自己的事，没人搭她的话。我们都知道，外婆这一辈子不喜欢不如意的事情太多了。先是在外公那里担惊受怕，又爱又恨的,怎么办呢,碰上一个天生不安分的。好不容易日子安定了下来,儿女们都长大了,但是……日子过得多少是穷了些,虽然绝大多数的人也是穷的,但至少余娜家是不穷的,偏偏就是眼皮底下的余娜家。唉,穷也就穷吧,就这么平平淡淡地过下去,至少是白天活得清清爽爽,夜里睡得着睡得香的。终于,那个折腾来折腾去的余娜走了,最好她走了就再也不要回来了。而现在,她非但回来了,回到了那个白墙花窗里面,而且还是那么的气定神闲。再也没有人会去怀疑余娜了,再也没有人会去责怪余娜了,再也没有人为了把余娜家的歌声关在外面,把窗户关上,把窗帘拉上,把大门锁起来,再在上面插上一根又长又粗的门闩了, 没有人再会去理会余娜到底是正确,或者不正确。可不是,就连以前最看不惯余娜的小露阿姨也说这样的话:"妈,你开什么玩笑,现在余娜已经是落伍的了。"

我外婆气鼓鼓的,这不是自己打自己的嘴巴是什么?"我可是弄不明白了,"外婆突然感慨自己活得太长了, 这些年发生了多少事情,一桩连着一桩,一件接着一件。如果只取其中一个片断,那她一定还是看得明白的。但是,她健健康康地活着,睁开眼睛,眼前的马路变了一条;再睁开眼睛,后面的房子少了一片。

"反正啊,你外公的仇是报不了了。"她好像终于有点弄明白了,恶狠狠地说。

13

那一阵子,我和我母亲的关系有点僵,同时也有点微妙。

我母亲不喜欢我新交的男朋友,后来我有点急了,就说了句蛮重的话,我说你其实就是不喜欢他没有钱嘛。这话其实是说对了,或许我母亲心里也就是这么想的,但不知道为什么,一说出来就走了味道。

看得出来,为这事情我母亲很伤心。

但又能怎么样呢,那其实就是我们家当时很真实的情况。我们整个是个气鼓鼓的家庭,前不着村后不挨店的,完全失去了方向和判断。

倒是小露阿姨有时候会找我聊聊。

小露阿姨说:你呵,听小露阿姨一句话,不要再惹你妈妈生气了。

我垂下嘴角。

小露阿姨又说:爱情嘛,其实也就是那么回事!

我急了,打断她的话:什么叫那么回事!

小露阿姨接着说,我年轻的时候也像你一样,要爱情,要浪漫,要激情,呐,小露阿姨告诉你呵,什么爱情不爱情的,到头来全都是……

她突然觉得自己说漏嘴了。泄露了什么,于是连忙停住。

又过了一会儿,她像是意犹未尽地再次低声嘀咕了起来,没意思的,真是没有意思,一点意思都没有。

那天,我一边和小露阿姨说着话,一边不经意地打量着她。

我发现小露阿姨好像又突然年轻回来了。她新剪了一个时兴的波波头,浅浅的刘海齐着眉毛,眉眼之间有一种普渡众生般的菩萨表情,也有点像小时候经常做梦做到的知心姐姐,做梦也要和她拉拉手,做梦也要和她说说心里话。

我还发现,小露阿姨现在说话的声音也有了微妙的变化,轻下来、慢下来了,像是一只小动物储藏了足够的过冬食物,看着天上白雪飘飘,看着地上白雪皑皑,心里突然多了一种淡淡的忧愁。

有一次小露阿姨拉着我出去散步,是个月圆的晚上,我们在街上走啊走啊,不知怎么就走到了余娜家的围墙下面。趁着月色,我们看到一对十七八岁的小情侣正抱成一团,忘情地亲吻。

女孩子好像哭了,远远能听到抑制不住的抽泣声。我心里突然一动,也忧愁起来了。

小露阿姨呢,一边走,一边向我轻声嘀咕,唉,你瞧瞧,你瞧瞧,都说年轻的时候好,但我看,年轻的时候其实是苦啊!

说着说着,她像是突然高兴起来了,像是从别人的苦里突然发现了甘甜的东西。她挨近我一些,拉起我的手。她说,小露阿姨可是过来人了,现在老了,但老了有什么不好? 老了就用不着再纠结了,再烦恼了,年轻的时候那才是苦啊。

她向我转过头,意味深长地看了我一眼,说,

你倒是说说,是不是很苦?

小露阿姨那一阵子也不穿花团锦簇的套装了,整个人变得寡淡了起来,像蒙了一层细细的灰尘。有时候我会和她开玩笑,说章青云那么有钱,你也不好好打扮打扮自己。她回答说,女人年轻的时候才打扮,为了男人。现在嘛,自己的房子和存款才是最重要的。

对了,她还讲到了佛。小露阿姨说,信了佛,一切也就淡了,以后你会知道的。

有时候,我心情不好的时候,和男朋友吵架的时候,我会想起小露阿姨说的话。她好像说得是对的,很有道理的样子,但好像又有什么地方不对。不知道为什么,这样的话总让我产生一种很不甘心的感觉。

我也不知道这到底是为了什么。

14

余娜回来以后,我一直没有见到过她。我正沉浸在那场激烈的、此起彼伏的爱情里面,有时觉得天空湛蓝、生命崭新;有时又感到心灰意冷,总是有一种无法言明的忧愁。

我的男朋友是个感情丰富、激情四溢的人,我无法控制的爱上了他,并且让我对于人类的情感生活充满了想象。我那个外公,想当

年，外婆也就是这样无法控制的爱上他的吧。那样一种失重的生活，可真是美妙无比。我们每天要通无数个电话，发无数条短信，几天见不到面就会怅然若失；我们爱得凶狠，吵得也凶狠，我在他的左手手臂处留下过一个深深的牙印；他喝多了酒的时候，在大街的树荫之下抱着我久久地哭泣，他的眼泪带着酒气，流在我的脸上，流进我的脖子里……

那样的生活，就如同缓缓发作着的一次低烧，整个的人晕乎乎的，不很真实。当然了，真的是这样吗？有时候，真的有这样的时候，我也会悄悄的怀疑起来。并不是相信了、赞同了我母亲的话，也不是我已经感到了疲惫和厌倦，而是这样的、低烧一样的生活会长久吗？今天是这样，那么明天呢？再久一点呢？

而接下来的这些则都是小露阿姨的话了。本来呢，章青云已经买了很大的新房，装修好，置好家俱，小露阿姨也搬过去住了一阵（小露阿姨和章青云一直没有孩子）。但后来，她又坚持着搬回来住，还是原来的那套房子，打开窗户，或者站在阳台上，就能看到余娜家的小洋楼，余娜家的花园，余娜家春天的玉兰树和秋天的桂花树。当然了，还有现在已经从大洋彼岸回来了的余娜，那个曾经足够话题、足够故事、足够戏剧性的四十多岁的余娜。

小露阿姨说，也不知道为什么，现在她去了余娜家就会觉得心静；更不知道为什么，只要一出来、一回到街上就会感到心烦意乱。

现在她搬回这套房子住，就是为了经常能去余娜家，就是为了见一见余娜，就是为了心静那么一会儿。

小露阿姨还说，余娜家、特别是余娜房间里的家具和墙壁都是自然的，褪了色的。这里面有一部分是以前留下来的家俱，还有一些，则是余娜特意去家俱店定购的，特意要做成自然的褪了色的效果。还有，余娜家请了个会烧地道苏帮菜的苏州阿姨，有时候余娜会留小露阿姨吃饭，有时候在屋子里吃，有时候在园子里吃。有一次下雨的时候,她们就架起一把大伞,躲在玉兰树下吃……

小露阿姨还讲到了另外的事情。

每天早上,余娜都会准时在园子里练声,声音穿过树叶和天空传到小露阿姨耳朵里的时候,她就知道,应该起床了,新的一天已经开始了。虽然这个世界上有很多事情不明确不清晰,但是现在终于有了一样准确的、可以确定不变的东西,那就是每天早上余娜的歌声。

15

生活——多么快、多么嘈杂、同时又是多么沉闷的生活啊。

有时候外婆会絮絮叨叨地埋怨几句,说现在怎么就没有春天和秋天了,冬天和夏天怎么就会那么长,怎么就过也过不完。有时我也会附和着开几句玩笑。我说,你们让我学园艺,但是现在学园艺还有什么用,去年四月份的时候下了两场雪,雪停了以后,毛衣、长袖没穿几天,直接就进入夏天了,这样错乱的时间和季节,学园艺还有什么用呢?

但是,不管怎样,春天来了的时候,那种扑面而来的温热的气息,那种青草的气味,河水突然变得亮了起来,几只蚊子优美地让人心热地飞出来……春天究竟是来了,外婆站在阳台上,看着不远处缓缓流动的河流。她有点困了,于是坐下来。春天的风吹过来又吹过去,吹过去又吹过来。她迷迷糊糊地打起了瞌睡,睡梦中她还在絮絮叨叨的说话,但也在不经意地微笑。

这个春天的下午是平静甚至温馨的。中午我们在小露阿姨家吃了饭,天气很好,外婆心满意足地喝了几口茶,坐在沙发上看一本冗长而缠绵的肥皂剧。我母亲则坐在她旁边织着一件毛衣,在这种缓慢、熟悉并且富有质感的手工活里,她仿佛恢复了部分对于生活的信心，脸上重新有了一种不多见的安宁。她甚至还拿我的上衣款式开了个小小的玩笑。小露阿姨拿着我给她的一包花籽到阳台上去了。前些天她问我要花籽的时候，只提了一个非常简单的要求："平常些，普通些，好养的就行了。"

泥土是我从河边挖来的。浇花的水已经在太阳底下晒得微微温暖。

外婆不知什么时候已经从沙发那边传来了细微的鼾声。我母亲微笑着朝我使了个眼色，我连忙从卧室里抱出一床厚毯子，轻轻地盖在外婆的身上。

太阳暖洋洋的，让人觉得异常的舒展，同时也异常的忧伤，带着淡淡的甜蜜的忧伤。生活中的有些时刻真的是这样，所有的一切在这样的时刻里取得了完全的平衡，阳光灿烂、内心安宁，就像一首最遥远却又最熟悉的诗。

那天的午后时分我在看一本诗集，那是一首我无比热爱的诗歌，它讲出了一种最宽阔的心绪，也讲出了譬如那天下午所有最饱满的细节——

> 我知道怎样融合淫荡与贞洁
> 最优美地生长
> 我知道如何与风一致
> 又像花岗岩一样坚硬
> 如何像高原的花朵那样舒展繁荣
> 又像冬天的心那样简单清秀
> ……

就在这个宁静平和的下午快要过去的时候，我突然接到了男朋友的一个电话。

电话里的声音像是冬天,或者夏日里延绵不断的暴风雨。

你的手机为什么一直打不通?你为什么不接我的电话?为什么?为什么?你在干什么呢,你知道我找不到你会睡不着觉吗,会彻夜彻夜地睡不着觉吗?你来好吗?到我这儿来……

瞧瞧,我的爱情,它从日子的上方凌空而下,又来找我了。我已经说过了,我的男朋友是个情感丰富、激情四溢的人。他最大的特点,也是我最喜欢的地方,就是能在一个像石头一样坚硬的现实世界里,带着我飞,带着我失重,带着我找到一种类似于鸟、类似于风一样的感觉。

有时候我会问他,也不知道是问他还是自言自语,我说:

"我们像不像在做白日梦啊?"

就像现在,我偷偷摸摸地从小露阿姨家下了楼,来到大街上。我隐约觉得,母亲和外婆,还有小露阿姨,我觉得她们其实是知道的,知道我偷偷摸摸地离开,去做我的白日梦。我甚至还觉得后背发热,耳垂发烫。我想,她们或许正在阳台上看我,她们或许正散坐在沙发的四周谈论我,她们其实也很想偷偷摸摸地离开那么一会儿,像鸟一样飞一飞,像风一样失去所有的重量。一定是这样的。

也不知道过了多久,大地、房屋、树木正在染上一层浅浅的紫铜色,就如同一场正在缓缓发作的低烧,就在这时,我的手机再次激烈地响起,是我母亲气急败坏、语无伦次的声音。

我母亲说,她和我外婆刚从外面散步回到小露阿姨家,原先讲好是不回来了,直接就回自己家了,但是——

"幸亏回来了呀……"

"小露阿姨……"我预感到大事不妙。

"吃了一瓶药……瓶子都空了……"母亲哭起来了。

我开始迅速地行动了起来。

我把莫名其妙的男朋友扔在了一边。"没时间跟你解释了。"我说。我迅速地拨通了急救电话，报出了路名、小区名、楼名，报出了电话号码、身体症状，报出了我所有的期盼与焦虑，也报出了毫无风度的失控与慌乱。

我飞奔到街上，像一只载重南飞的鸟，带着所有尘世间的重量和风尘仆仆的沧桑。

"快点！"我高声地催促着出租车司机。

"你听到没有！快点！再快点！"我觉得自己快要疯了。

救护车载着昏迷的小露阿姨、我、母亲、外婆急速地驶过大街，在经过余娜家的白墙花窗时，我下意识地朝里面张望了一下。

天呐！那不是余娜吗！

那真的就是余娜，她穿了一条黑色的裙子，白色的长围巾，正半躺在花园里的玉兰树下，手里捧着一本书。一阵风吹过来，玉兰花纷纷扬扬地掉下来，几片花瓣正好落在她的裙子上。那么美，那么缓慢，那么幽深……我简直就要晕过去了！

就在这时，救护车上的护士突然轻声叫了一下，小露阿姨的脸变得更白了，呼吸更急促了；我外婆急得双脚乱跳；我母亲再次抽抽噎噎地哭了起来；而拉动了警笛的救护车已经飞一样地从余娜家的白墙外驶过。

那画一样的美景，那人，晃了一晃，就那样晃了一晃，就过去了。

就像一个转瞬即逝的梦。

万历年间的无梁殿

一

2001年的一天，一群人站在一座建于明朝的老建筑前面。其中，有三个人被震住了。

他们分别是：吕明、惠芳和汪琳琳。

这是座位于新建小区内部的建筑。具体的说，它应该属于文物，给保护起来的。不是全国级，也是省级。但不知怎么的，就被圈在了一座小区里面，成了景观。那天介绍房型的售楼小姐是个矮个子，她用一种略带夸张的语气告诉吕明他们说：它叫无梁殿，是明朝万历年间的一处藏经楼。如果再讲得早些，它最早的稚形可能建于梁朝。后来，就遭了火了，周围附带的建筑给烧了，但无梁殿保存了下来。

吕明没怎么听进去。

吕明是个三十出点头的男人，经商。吕明看上去很成熟，中等个头，很扎实，还有点心宽体胖的宽阔。具备些人生阅历的人看到吕明，很容易联想到一些形容词。比如说：人生智慧。再比如说：中产阶级。不管怎样，吕明基本上属于成功人士，所以站在吕明旁边的惠芳，也就有了些成功人士太太的模样。

是惠芳先叫了起来。

"怎么有座殿啊！"惠芳说。其实惠芳说得很轻，顶多是小声的叫。小声叫的时候，还回头看了眼吕明，小心翼翼的。

惠芳和吕明，不，应该是吕明和惠芳，他们准备买房子。已经说过了，吕明是个商人，几年前入行的，慢慢的，就起了家。在入行和起家的中间阶段，吕明娶了惠芳。惠芳比吕明要小五六岁，长得蛮漂亮。不是那种刺眼的漂亮，而是悦目。不是特别出挑，然而齐整。总的来说，惠芳很像广告三人组合——丈夫、妻子、儿子里的那个妻子。这种广告组合是从90年代中后期开始盛行的，很有三人一体的意思。有时候还会让人想起，当年影星万梓良迎娶恬妞时曾经轰动一时的那句话："三个人，一条命。"

吕明和惠芳过得不错。这种不错是平面上的，就像惠芳的长相。惠芳很白，但不是明亮，而是白。但归根到底还是过得不错。公元2000年的前一天晚上，两个人去寒山寺听了钟声。惠芳在江南阴湿刺骨的冷风里冻得直抖，但等到熬过一夜以后，惠芳又陪着吕明去西园寺烧了头香，吕明相信这个，他在自己家里供了财神菩萨，每天上一支香，很虔诚。吕明认为，商人有商人的规则，而商人的有些规则其实是相当高级的。它们甚至类似于信仰，很纯粹，也很坚硬。在内心深处，吕明也非常佩服政客。吕明觉得自己是理解政客的，政客也有政客的规则。只不过，政客的规则与商人略有不同。这不同很微妙，甚至不能言说。

但吕明认为自己能够懂得。

这些东西，吕明从来不和惠芳说。惠芳不懂，但这没关系。2000年后，吕明的生意进展相当顺利，除了用于扩大再生产的投资，以及流动资金的储备之外，仍然大有节余。到了2001年，吕明决定买房了。

　　能在一个新建小区里看到明代建筑，这也是吕明没想到的事情。所以吕明怔了一下，感受很强烈，但吕明的表现方式和惠芳不同。吕明非但没有叫，而且不动声色，只是左边的眉毛稍稍跳了跳。吕明的左眉毛很像寿眉，有几根特别长，还垂了下来。作为生意人，吕明很看重这些。

　　吕明在心里盘算。这个小区的地段不错，虽然不是闹市，但距市中心不远，整个街区也正处于全面开发的早期阶段。用吕明熟悉的广告用语，叫做："黄金旺铺，极具升值潜力。"这种类型的房价，现在算起来，要比市中心便宜三分之一，至少也是四分之一，但它的潜质是无法估量的。吕明跟着售楼小姐一起走进来时，就已经注意到，小区里有十几棵很有年岁的老树，都是树身需要一人环抱的香樟。紧接着，一个小拐角，一座几乎称得上庞大的古建筑没头没脑的站在那里，把吕明吓了一跳。

　　吕明是个有品位的人，看过一些书。全套的毛选、司马迁的《史记》、拿破仑、还有麦当劳的发家史。吕明也看鲁迅，特别是那篇《狂人日记》。吕明的本事是，如果说那个狂人看来看去，看到的全是"杀人"二字的话，那么，吕明则能从每本书里清晰地看出一个"钱"字。这个"钱"字，有的是横着写的，有的则竖写，有些正写，有些反写；还有些，这个"钱"字被藏在了里面，露在外面的，则是另外的一些东西。比如说，慈善与公益事业。

　　想到慈善与公益这几个字时，吕明被自己的幽默打动了，笑了笑。

　　当然，吕明看书，最终的目的只有一个，那就是更好地做生意，更多地赚钱。但是，这并不妨碍吕明成为一个具有高尚品位的现代商人。所以说，当矮个的售楼小姐嘴里"万历"二字一闪而过时，吕明猛的一个激灵。

万历。是的,万历。吕明知道万历。首先,它是明朝的一个时期。前一阵子,吕明还无意中看到一个姓费的家伙写的《堕落时代》这本书,讲的就是从明嘉靖到万历时期一百年的事情。吕明倒是挺喜欢那个书名。虽然,吕明认为,作为一个商人,本质上应该是严谨的。他还一直想开一个古董店,也不管真古董、假古董,反正是以经营明式家具为主的。当然,也兼营些瓷器、玉器、书画。店名早想好了,开始起的是"时髦的怀旧",后来改了,改成了"摩登怀旧"。吕明蛮满意,觉得挺有文化感。吕明不想给人留下暴发的感觉。虽然说,暴发这个词,与公元2000年这个时间是密切相关的。但吕明不喜欢。他倒是对那些有点来历的古董真感兴趣。那些暗雅、幽深、不动声色却又略显光泽的瓶瓶罐罐、桌椅条几,吕明喜欢把手放在上面,很凉,有时候是冰冷的感觉。让人心里一动。

当然,在公元2000年、或者2001年的年轻商人吕明心里,归根到底,明朝并不是什么文化感,或者"触手微凉""心头一动"。恰恰相反,很简单,明朝就是那些线条简洁晓畅、实实在在的桌子、椅子;就是:"黄花梨长条几,(明),标价:无价";就是有些来历、却没有暴发气味的钱。讲到底,到了吕明这里,明朝、万历,就是钱,就是钞票。实际上,听到矮小而造作的售楼小姐说出"万历"两个字时,商人吕明就在心里牢牢地打定了主意:

"就是它了!"

二

吕明听到了惠芳小声的惊叫。

"怎么有座殿啊!"惠芳说。轻声的,还有些张惶。

惠芳总是这样,只要吕明在旁边,惠芳就会显得很没有脑子。这可能也是现在商界人士年轻太太们的基本模式。穷人的孩子早当家,富人的太太么——往往就没什么脑子。要么太天真,要么极世俗。或许,在一个并非普遍富裕的社会里,财富得到的难易程度,通常是与智商成反比的。不过,吕明对惠芳,应该说是了如指掌的。吕明知道,惠芳刚才说那句话,其实还是有她的出处。

和吕明结婚以前,惠芳在一家台资企业上班。那家公司的老板吕明认识,是个胖而谢顶的台湾人。那人看上去相当谦逊,点了头,还哈腰。他喜欢谈儒家,与人聊生意的事,会说:"去沧浪亭喝茶,喝着聊!"那种悠闲正宗的派头,让人联想到,要是他在上海,必定约人去城隍庙;不幸去了北京,则必定拽了客商直奔什刹海。有一次他从泰国度假回来,在一个礼拜内对人大谈佛教。他说,你们知道吗? 全世界的佛教国家,只有泰国,国王是佛教的转轮王。

那时惠芳是公司的会计,她不懂什么转轮王不转轮王的,倒是常在吕明面前叽咕:"公司的账全是假的!"惠芳那阵子老睡不着觉,担心税务局来查账,然后公安把她带走,因为账是她做的。吕明就安慰她。可是有些话对她讲,又实在讲不清楚,吕明就只能使用最简单明白的语言。吕明说,即便税务公安来带人,也应该把她和她的老板一起带走。因为公司是她老板的。所以说,既然她的老板不害怕,那就一定有他不害怕的道理,根本就轮不到她来害怕。

这话已经讲得够清楚了,但惠芳还是害怕,还是睡不着觉。后来就辞了职。但在那个胖而谢顶的台湾老板那里,惠芳已经养成了不少习惯,比方说关于风水的问题。

除了喜欢谈儒论佛,并且做点偷税漏税的事情,这个台湾老板最大的特点,就是相信风水。那种相信很像人的初恋,即便不是初恋,至少也是一次泰坦尼克事件。一提到风水,这个台湾人立刻变得很乖,就像人在恋人面前的样子,还有些迷糊。让人想到迷信之类的词,但确实又不是迷信。你简直讲不清楚那是什么,他就是那样一种一脸虔诚、肃穆、又非常透明的表情,还有从厚厚的嘴唇里不时冒出来的——各种极具现代科技意味的词汇:什么白虎啊,龙脉啊。

惠芳本来就是个心智不强的人。这种类型的人,无论大事小事,容易计较与纠缠,又常会接受外部力量的暗示。一来二去,惠芳所谓的一些原则也渐渐确立了。

1.不在庙前、殿后筑屋。

2.看人要看面相。面相,就是一个人的风水。

做到第一点要容易些,第二点就难了。因为看面相与进行判断仍然涉及到一个人的智慧。好在对于惠芳来说,是否拥有智慧倒还不是什么当务之急的事情。但是,这一天,事情突然就变得有些不同了。

惠芳跟着她亲爱的夫君吕明来选房子。前面他们已经看了好几处房了,其中有一处惠芳特别满意,但是吕明都没有表态。吕明和陪他们看房的售楼小姐或者先生随意聊着,问问小区智能化的进展情况,宽带网安装了吗;还有物业,请的是哪家物业公司,品质如何;另外,对于宠物的圈养有没有什么具体的规定。吕明抽着烟,嘴里在应酬,鼻孔吐着烟圈,眼睛则很茫然。后来,后来就不知怎么又转到了下一处。惠芳已经很累了,对于地段和房型都略有些麻木。她一手挽着吕明,和一帮同样看房的人一起,跟在售楼小姐的后面。就这样看到了无梁殿。

惠芳给吓了一跳。就那样一个灰黑沉沉、上面还长满了乱草、阴森森的大家伙。所有的预售房,那些漂亮、白净、体面,还充满了现代感的高级住宅楼,全都围绕在它的四周,密密匝匝地簇拥着那个灰黑的大家伙。这情景,怎么看怎么奇怪,怎么看怎么突然。

一座真正的殿。竟然,它还是明朝的!

惠芳叫了起来。但因为正挽着吕明的手,再加上挺胸束腹紧身衣的限制,所以惠芳的叫是小声的,很像一只受了惊吓的鸟。但很明显,这只受了惊吓的鸟知道,温暖安全的巢就在它的身边。

三

那时候,吕明和惠芳都还不认识汪琳琳。

要等到半年过后,无梁殿旁边的房子装修完毕,又照着吕明的意思,开门开窗,通了一个多月的风,再让专门的"民用住房装修污染检测中心"派了一男一女,抱着一大堆的仪器、交头接耳测量了半个多小时后,几辆搬家公司的大卡车终于浩荡而肃穆地开进了小区。

车子绕过无梁殿时,坐在驾驶员旁边的惠芳扭头对吕明说:"那个女人,牵了条狗的那个,看到了吗?那天我们第一次看房子的时候,她也在。"

这样汪琳琳才又一次地、比较正式地出现在了吕明、惠芳夫妻的生活里。现在,他们是邻居。分别住在无梁殿的东西两侧。汪琳琳比他们早住进来半个多月。汪琳琳养的那条狗是纯种的,光办证就花了好几千。汪琳琳一个人住,家里有个钟点工,一个礼拜来两三次。

这些信息,都是后来惠芳告诉吕明的。奇怪的是,从一开始,吕明并没有注意到,那天在一同看房的人群里还有个手里牵着狗的年轻女人。不过,吕明后来倒是想过这个问题。有人送给吕明一些上好的雪茄。吕明就一边抽雪茄,一边想这个问题。答案很快就出来了。吕明觉得,惠芳对那个牵狗的女人很感兴趣。而如果要让一个年轻女人对另一个年轻女人感兴趣,肯定存在一些普遍适用的理由。在吕明看来,理由至少有以下两条:

1.这个女人相当漂亮。

2.这个女人的手里牵了一条狗。

这第一个是先天条件,而第二个则是后天生活品质的暗示:这女人有钱,要么是有个好老公,要么就是背后有个什么男人,要么都不是,这女人自己能让自己有钱。吕明是个好商人,而好的商人,眼睛都是毒辣的。既然能透过形形色色的表象、厚厚的包袋,看到你钱夹的厚度。那么,他们也一定能透过你善良、温厚的表情,看到你灵魂的本质。

吕明偷偷地观察了汪琳琳,从紧靠无梁殿的玻璃长窗后面。高个、鬈发、神情很冷,手里则牵了条汪汪直叫的狗。这就是吕明对汪琳琳具有总结意义的印象。但不得不承认,汪琳琳确实是个漂亮女人。还不得不承认,汪琳琳牵了条狗显得很合适。

有时候,吕明也会产生些联想。打个比方吧,吕明就不能想象,要是惠芳牵了条狗会是什么样的感觉。惠芳正在喂一条狗吃饭,慌忙地张罗着,让一条狗爬到客卫的抽水马桶上面去,嘴里还不住地叫着:快! 快! 乖乖,快过来! 惠芳和狗的关系就应该是这样的关系。急急忙忙的,即便是宠物,也要插身到现实生活中间去。但汪琳琳就不是这样。汪琳琳的狗从来就是一副收拾完毕的样子,漂亮、干净,像一种装饰物。

吕明的脸贴着玻璃窗。吕明手里夹了支烟,烟屁股上则套了只烟嘴。吕明对烟嘴极为讲究。吕明有两种烟嘴,一种是即用即弃型的;另一种,则是吕明常用的,做工精致、质地优良。吕明认为使用烟嘴是一种中产阶级的象征。中产阶级知道爱惜自己,知道烟是要抽的,但又应该抽到什么样的程度。烟嘴虽然小,但是意义重大。生意人吕明在和客户谈生意时,就非常注重一些蛛丝马迹的东西。就比方说烟。对方抽烟吗? 抽什么烟? 抽烟的时候用烟嘴吗? 不用、偶尔用、刻意要用。这些全都大有讲究。

细节,就是一个人灵魂上的小纹路。灵魂有时候可以掩饰,但小纹路常常泄露一切,就像女人眼角的细纹。所以说,依据着这些断断续续的小纹路,现在,吕明就对漂亮的、手里牵了条狗的女邻居汪琳琳作出了如下的简短判断：

这是个身份有些暧昧的女人，但还不这样简单。身份暧昧的女人吕明见得不少，但不知道为什么，吕明隐隐觉得这个女人还有些不同。至少，吕明认为她极有激情，虽然她走起路来懒散而走神，牵狗的绳子也是松散着的。

吕明讲不大清楚，因此就更有些好奇。有时候，吕明望着汪琳琳的背影，抽着烟。这女人很肉感，即便从背影来看。吕明觉得她屁股的形状长得非常好，是那种既有激情又不泛滥的形状。吕明认为，女邻居汪琳琳的屁股，就是她的灵魂上最突出的一条小纹路，它说明了很多问题。当然，这个感受吕明从来没和惠芳交流过。

四

在搬进新居后的两个月里面，惠芳生了三次病。

都说不出什么确切的原因，就是觉得不舒服，莫名其妙地发烧，还咳嗽，咳也是咳半声，喉咙里就像是梗了一样东西。惠芳就有些抱怨，她说老话还是不能不信的，住在庙前、殿后就是犯忌讳的，何况还是什么明朝的。瞧瞧，现在就给无梁殿克了吧。惠芳还仔细看了看吕明的脸。惠芳说："有阴气，还挺重的。"

吕明就给她解释。吕明说，归根到底，问题可能还是出在装修上面。现在的装修污染，有些要维持非常长的时间。大半年，两三年，甚至一个人的大半辈子。发烧、咳嗽、喉咙里梗了东西，都是因为有毒气体的侵入，比如说甲醛、氨、苯，还有氡。吕明说这些都是有科学依据的，不应该胡思乱想。惠芳就说：那你去西园寺烧头香，还供财神菩萨，也有科学依据吗？吕明说：那不一样，你不懂。

只要吕明说出了这三个字"你不懂"，那么，惠芳与吕明短小的争论就一定告一段落了。但接下来，惠芳又说了另外一个问题。

惠芳说她近来一直做恶梦,没有断的,几乎是每天晚上都做。然后,第二天早上,她出门买菜。菜场倒是不远,离小区也就五六分钟的路程。菜场里的菜品种很齐全,质地也新鲜。不管是平日里吕明喜欢吃的大块的肉,还是那些必须的日子,必须的素食,那个菜场全是合适而宽绰的。真正的问题在于,一个晚上做了恶梦的人,每天早上却都要经过那个"灰黑沉沉、上面还长满了乱草、阴森森的大家伙"。惠芳说,有时候她会感到有些怨,甚至是种隐隐约约的折磨,因为她实在不喜欢那个什么明朝的殿。她觉得,这个叫无梁殿的东西和她一点关系都没有。没有什么东西比这个莫名其妙的殿更莫名其妙了。

最后,惠芳告诉吕明,当时,完全都是因为她爱吕明,才会同意搬到这个地方来的。

有几次,吕明在晚上绕着无梁殿走了走。吕明对无梁殿的身份很感兴趣。他专门查阅了一些资料,很可惜,地方志上并没有详尽的关于这座建筑的记载。或许,它不是那种特别有名的文物。因为真实的身份无法考证,所以文保单位也会忽视它们,没给评上等级。但不管怎么说,它确实是明朝的,就像那个矮个的售楼小姐说的:它叫无梁殿,是明朝万历年间的一处藏经楼。商人吕明认为:这个身份刻在建筑上,有时候倒要比写在文管会的公文上来得有意义。道理很简单,这意味着潜在价值。换句话说,就好比在牛市上买到了一只原始股。

到了晚上,无梁殿确实有些阴森。吕明发现,无梁殿檐角的花纹很怪,有种狰狞的感觉。在月光下面,它好像是红绿相夹的,有点像兽纹,但又不是兽。还有,殿是深灰色的,有很重的阴气,但走近了看,砖的花纹却细致得让人惊讶。

吕明去参观过苏州附近的陆慕砖厂,吕明觉得,那些砖厂里的砖雕不过也就这点水平,甚至还没有这点水平。所以这很多细节都让人感到：这座殿并不很像明朝时候的东西。至少，还是经过后代改造的。比如说，在民国年间。你再仔细去看它，它身上还有股邪气，蛮不讲理的样子。想到邪气的时候，吕明突然又产生了一些联想：一个词语——激情，女邻居汪琳琳肉感的屁股。而在吕明的心里，明朝是清朗的，至少明朝的建筑是清朗的。

吕明在看那本《堕落时代》的书时，还看到一个姓毕的家伙写的序。序里面有句话，叫："晚明文人有多真？月亮代表我的心。"虽然这句话在文章的后面得到了全方位的否定，但吕明倒是蛮喜欢。吕明希望事情是简单的，比如吕明煞费心思觅到一件明朝的家具，就希望它简简单单是件真货，不是赝品，更不是做假做出来的。它当然老于世故，而且历尽沧桑，但归根到底，还是简单。但现在，摆在吕明面前的这个老建筑却不是。它的身份是暧昧的，气息却相当玄乎。它把有些事情倒过来了，所以相当危险。

有时候，吕明倒是也会把手放上去，放在那些现在灰黑、原先则可能是淡青色、灰青色的砖石上面。

倒也是凉，冰冷的，确实没有放在那些小古董上面的快感。那些小古董，你一走出这个小区，街道两边就挤满了很多咖啡馆、酒吧、茶座。在那些咖啡馆、酒吧和茶座里面，经常摆满了这样的小古董。有时候，吕明带着酒席上微醺或者烂醉的客商去那里；有时候，吕明和惠芳去；还有些时候，极其偶然的，吕明也会带上个把小姐。

不是小蜜，吕明没有小蜜。吕明对于小蜜的看法，就好比是不戴烟嘴抽烟。就是这样，吕明和他带去的人坐在那些地方聊会儿天。环境很好，身边的条几上、身后的墙上则摆了些小古董。它们的样子看上去很像明朝，明朝的线条，明朝的色泽与质感。虽然谁都知道它们不是明朝的，但它们放在那里显得很适宜，很甜蜜，突然让人觉得，明朝已经是个大家都很熟悉的朝代了。

但是，这个万历年间的无梁殿，就从没让吕明产生过这种感觉。

它就是不像那些摆在屋里的小古董。吕明从它的正面走到背面,再走回来。它的飞檐那里长了很多杂草,有些是荆棘,有些疯长着,还有些则结了果。木格窗半开着,里面是空的。吕明把头探过去看,一阵风。

有时候吕明也会在心里生出恐惧。吕明倒是不像惠芳那样,认为这个殿莫名其妙。吕明只是觉得它庞大,还有些奇异,特别是从2001年灯红酒绿的商业街上应酬归来的时候。吕明坐在出租车里,车里放着歌,是个叫雪村的人唱的。近来这人被称作网络杂耍艺人,红了,还上了中央电视台的春节联欢晚会。吕明在车里听到的歌,就是这个叫雪村的人做词配器并且拉开嗓门唱的,名字是《开,开,开出租》:

开,开,开出租,今儿个随便你要到每个去处儿,我们开,我们开,我们开。挣得不多我的心不坏,招一招手我们停下来,为您服务我是雷锋,少吃一顿也根本不奇怪。我们开,我们开,我们开……

歌唱得不坏,吕明的心情也不坏。吕明眯缝着眼,用左脚和右脚轮流打着节拍。吕明喜欢这种歌,平民化的,对现实虽然也是不大满意的,但还坏不到哪里去,至少幽默的气力是有的。更重要的是,在这种歌声里面,吕明感到了自己的优越。但是,问题在于,进了小区,也就是一个小拐角,车灯雪亮地射上去——

那个幽暗的空间里,无梁殿,没头没脑的、灰沉沉的镇在那里。特别黑,特别有重量,让人心头一沉。吕明觉得,那时候的无梁殿很像一个鬼,怨怼、狰狞、邪恶,一下子就把他的好兴致、一点点艳遇、以及接到几张大单子的喜悦全部冲淡了。

吕明觉得无所适从,还有些难以把握。这无所适从以及难以把握的出处,吕明没法特别准确地做出总结。或许是因为它太独立,不像那些瓶瓶罐罐、桌椅条几,能够很方便地把它们收为已有,放在屋里,成为私人财产与现实生活的一部分。它真的是太庞大了,或许,应该至少把它的一部分,改造成与现实生活和商业行为息息相关的公众场所。

吕明眼前突然一亮。

五

商人是一种见缝插针的族类。吕明对无梁殿偶尔生成的恐惧,很快就成为了勃勃商机。

吕明再次去了文保单位,又远兜远转地派人打听,得出的答案是确切的。因为这个无梁殿真实的身份确实无法考证,又鬼使神差地划到了小区里面,所以说就有了很多空子可钻。比如讲,只要和小区的开发商以及物业部门打通关系,事情就成了,就能同时打通新世纪与明朝的那条时间隧道。

接下来的几天里,吕明到无梁殿下面转了几圈,又去商业街的酒吧坐着。有一次,吕明坐在那里想心思的时候,烟嘴也忘了用就开始抽烟。一个礼拜过去以后,吕明把最终的结论告诉了惠芳。

吕明说他准备把无梁殿的底层办成一个画廊、古董兼酒吧沙龙的地方。画廊和古董是陪衬,重要的是人。在一座明朝(不管真明朝、假明朝)建筑里出现的人。吕明说,现在的人都是有猎奇感的。虽然很多人根本就不知道,明朝与万历究竟是什么样的一种联系。吕明还说,里面将放满了明朝时候的假古董、假家具,在那里,会定期举办各种小剧场演出,室内乐、摇滚、行为艺术……

"至于这地方的名字",讲到名字的时候,吕明忍不住笑了,很得意。吕明说他准备放弃"摩登怀旧",这名字太文气。当然,小资会喜欢,但愤青们就会觉得有点酸。吕明希望未来的场所能够同时吸引小资与愤青。因为这两种人,前者有消费的水平,后者则有消费的欲念,都是时尚的先锋。吕明说,他必须选择一个两者都能接受的名字。他想来想去，突然觉得还是那个写书的姓费的家伙有本事。这不是个现成的名字吗？"堕落时代"。干脆，就叫"堕落时代"，有感受的人会觉得贴切，具有力量。没感受的人呢，至少也能无病呻吟、借题发挥一下。肯定有戏。

惠芳被吕明讲得有点迷糊。有很多东西惠芳弄不清楚，但是，在一个最简单、同时也最重要的问题上，惠芳心怀忐忑："会有人来吗？能挣到钱吗？"惠芳问。

吕明就给她举了个例子。吕明说，他有一个朋友，也是做生意的。出道早，运气也不错。刚刚跨入新世纪，就新买了别墅，家里还请了个管家。有一天，这个朋友在睡午觉，家里的电话响了。是管家接的。管家对电话里的人说："请您等会儿再打来吧，老爷正休息呢！"

吕明说这句话在朋友圈里广为流传。没有人不羡慕，没有人不向往的。为什么？因为"老爷"这两个神奇的字。它代表了金钱、权力、以及神秘的怀旧。它代表了21世纪崭新的生活方式，与以前有关、但同时又是绝然无关的。

吕明最后说，这个即将诞生的名叫"堕落时代"的地方，也一定会产生同样的效果。

"堕落时代"的装修进行得很快。

吕明急着要抢时间，因为再过一个多月就是圣诞了。一个西方的节日，在中国明朝的建筑里庆贺。吕明这样想着，就连自己都感到了激动。

也出了几件小事。

先是出在装修的时候。吕明还是叫了原先那个装修队，就是把甲醛、氨、苯以及氡带进吕明家新居的那个。吕明首先出示了惠芳的病历记录，然后又对着工头叽哩咕噜半天，最后谈成的价钱和完工时间让吕明感到非常满意。但十几天过后，工头告诉了吕明一件事情。

是那些老树,那些围绕在无梁殿周围、树身需要一人环抱的老树。开工以后,工程队忙着在无梁殿四周加添护栏和石阶。老的拆了,破得不成样子,但在拆和建的过程中,动了地气。工头说,有几棵树看样子快要不行了。吕明跟着工头去看,吕明说:"救一下。"工头给吕明点了支烟:"没法救了。"工头说。工头说这种事情他还是有经验的,这种老树一动地气就算是完了。他以前也碰到过几回,比这些树还要老的,后来就死了。

工头把手做成一个喇叭的形状,放在吕明的耳朵根上。这事情有点麻烦。工头说,至少要比甲醛、氨、苯以及氡这种事情要麻烦多了。工头还说,按照他的经验,无梁殿有没有盖上明朝的钢印倒无关紧要,因为好多人根本就不明白。但这树——

工头又朝着吕明做了个手势,还挤了挤眼睛。

这天的午夜时分,一辆盖了雨篷的卡车开进了小区。过了不久,又仍然盖着雨篷开了出去。雨篷里面放着两棵连根拔起的老树。这晚的天气,可以用上一个明朝时分的词语:月黑风高。而两棵树的命运则是相当现代而摩登的,叫做:人间蒸发。

还有一件事,则是关于女邻居汪琳琳的。

从台资企业辞职以后,惠芳进了另一家公司,是吕明的朋友开的,蛮老实的朋友,公司做得很规矩。惠芳则仍然做她的财务,假账倒是不做了,但因为老板很节约,财务与行政接待合二为一,所以惠芳便新添了很多应酬。吕明倒是不在意。吕明还跟惠芳开玩笑,说担心惠芳的智商不够用,因为好的应酬是非常高级的,一点都不亚于做生意。

这天惠芳从吴宫喜来登回来。吴宫喜来登是苏州最豪华的五星级酒店。惠芳以前跟着吕明去过一次。惠芳还是蛮喜欢那里的,主要是因为新奇。当然,还有物质的快乐。但惠芳说,每次车子沿着仿造古城门砖墙的通道开上去时,她都会感到有些恐惧。砖墙黑沉沉的,打着底灯，更显出影子的幽深。

"为什么一定要设计成那样呀。"惠芳说。后面还有半句惠芳没说，那没说出来的半句话是："真有点像小区里那大家伙。"

但很快，惠芳就切入正题了。惠芳说，她在酒店的酒吧里看到汪琳琳了。就是那个女邻居，牵了条狗的。她生怕吕明回想不起来，就把那条狗的细节牵扯了进去。当然，酒店是不能带狗进去的，更何况是喜来登。所以惠芳讲了几句狗，又开始回过头来讲汪琳琳。惠芳说汪琳琳今天穿了件白色的毛皮衣服，"吓死人啦！"惠芳并不是动物保护主义者，所以惠芳讲的"吓死人"，指的肯定是毛皮以外的东西。

一个穿毛皮的女人，抽着烟。她的烟都是旁边的男人点的。他们朝她媚笑。而她的笑，有时候是骇人的……这便是总体上惠芳对于喜来登之夜汪琳琳的描绘。惠芳还有些愤愤不平。她说，那些势利眼的侍应生，明显就是在对汪琳琳献殷勤。一个个围着她团团转，还不是想多拿几张小费。"真是见钱眼开。"惠芳说。

吕明忽然就笑了。吕明说："你陪你的客户，她给她的小费，你管那么多干什么！"何况，吕明想了想，"何况这也没什么呵，抽抽烟，穿穿毛皮，你就这么大惊小怪，也太没有见识了。"

惠芳就把她的另一个发现说了出来。

惠芳说，今天她坐的位置，远远的正和汪琳琳面对。凑着灯光，她仔细看了看汪琳琳。"汪琳琳的面相不好。"惠芳说。惠芳看了吕明一眼，继续说道："我看她呀，还真像外面传的，是给什么人包养的。"

吕明没再说什么。

吕明知道，女人对女人，特别是对与自己不同类型的女人，总是挑剔而苛刻的。这没什么，相当正常。吕明对惠芳的感受不感兴趣。至于女邻居汪琳琳的身世——嗯，吕明倒是颇有些好奇。但商人吕明是个能够克制的人，能克制的人总是知道事情要做，但又只能做到什么份上。比如说,作为一个克制的人,既应该知道:那些被施工工人乱扔乱放的老石墩是明朝的,保存、呵护必不可少;也应该明白,既然那些老树已经动了地气,那就不如采取主动,斩草除根。同样的,作为一个克制的人,既应该懂得女人厚己薄彼的劣根性本就无可救药,无须辩驳,但也并不影响对于女邻居汪琳琳肉感屁股的浮想联翩。

为了沙龙"堕落时代"的正式开张,吕明还做了相当多的准备工作。

出于一个具有品位的商人的综合考虑,对于"堕落时代",吕明有着自己独到的看法。吕明认为这里面有着好几个层次。首先是根本性目的,这很简单,就是赚钱、盈利。接下来便是手段,怎样来吸引顾客,吕明觉得,这个沙龙当然是表现艺术的,但它的表现方式却是:日常生活。这个日常生活还不是一般的日常生活,还必须是现在的老百姓最感兴趣的。是21世纪普天下芸芸众生的敏感点。

这个敏感点,按照吕明的看法,第一,是钱;第二,还是钱。现在的老百姓想什么,想发财,想有钱,想去五星级酒店,比如说吴宫喜来登什么的喝一杯咖啡。这是一个全民性的问题,属于社会学领域的。吕明曾经看到过一张漫画,四周全是高楼,在高得漫无边际的楼层底下,一条大街的角落里,坐着一个乞丐。这个乞丐手里拿着一件东西,是一本时尚杂志,上面是香车美女,边边角角充满了名牌的都市生活。

当然,除了钱,或许还有情感。虽然吕明想到这个"还有"的时候,并不怎么确信。但不管怎样,吕明觉得这毕竟也是一个因素。吕明只是略微对它做了些修改。现在,它们的排列顺序是:

第一,钱;第二,性感。因为性感就是已经朴素化、直截了当化的情感。所以吕明认为这还比较可靠。

遵循了这两个原则,吕明准备把"堕落时代"未来的一系列活动,包括小剧场演出、摇滚以及行为艺术,全都办成一种平民化的东西。平民化,并且充满了"金钱"与"美女"的气息。当然,这里的金钱、美女,一定是带有"堕落时代"烙印的金钱和美女。就说里面的软件:服务员,必须是女服务员,而且是穿着改良的明朝服装的女服务员。露也要露,性感固然也性感,但这性感是以前的,有距离的,若即若离,却并不是触手可及,出了钱就能买——

当然,也不是说完全不能买,但得出大价钱。这才是"堕落时代"的身价,这也才是明朝万历的身价。

还有背景音乐。古筝古琴、洞箫长笛、琵琶二胡,这些纯古典的器乐通通不要。"堕落时代"的气息不是这种气息,它应该是更现代的,更平民化的,比如吕明在出租车里听到的那个雪村就不错。《东北人都是活雷锋》。东北人都是活雷锋吗?当然不是。人家用的是调侃的姿态,往下降的姿态。大家听着就会觉得舒服,既解气,又出不了什么问题。

还有李宗盛的《阿宗三件事》,几乎就是一个现代商人的忆苦思甜记。歌词讲一个人,他原来是瓦斯行老板的儿子,在还没法证实他有独立赚钱的本事以前,他的父亲要他在家里帮忙送瓦斯。所以说,他就必须利用生意清淡的午后,在新社区的电线杆上贴电话牌子。到了晚上也没有空闲,他还必须扛着瓦斯穿过臭水四溢的夜市。

瓦斯,也就是我们说的煤气罐。在管道煤气还没普及、家用煤炉却已溃败的年代里,煤气罐是每家每户的必备品。吕明每次听这首歌的时候,眼前都会闪过一个肩扛煤气罐、面色黝黑的年轻人的身影。前途是渺茫的,煤气罐是沉重的。吕明每次听了都很沉默。他喜欢这首歌,里面有种极为简单的力量:一个人在得到金钱与其它东西以前,所经历的漫长的屈辱与忍耐,他喜欢。吕明相信,还有很多人也会喜欢,包括有点品位的小资与即便没有什么品位的愤青。他们都能在这种平民化、口语化并且已经落到底层的曲调和歌词里找到共鸣。

　　"堕落时代"里自然还会有些其他的东西,比如吕明就准备在里面陈列一些费氏名著《堕落时代》。吕明认为:这将是这个沙龙的理性之光。当然,真正的目的往往不会只有一个:

　　或许说,因为猎奇而卖出了一个好价钱!

六

　　对于那个叫"奔"的乐队,惠芳的第一印象不是很好。这个乐队是因为圣诞演出才与吕明联系上的,是吕明找的他们。原先吕明的打算是,在圣诞夜的8点半到10点钟,在"堕落时代"安排一场小剧场演出。然后,10点半一直到午夜,再安排摇滚乐队。小剧场演出在于新奇;摇滚呢,则是放肆。这两者都会有卖点。

　　吕明甚至还专程去了次上海。在一个黑洞洞的地下室里,看了小剧场演出的片断。具体剧情吕明不大明白,倒是觉得里面的空气有些问题。吕明带出了一张附有剧照的介绍:一个男人,胳膊上装着钩子,好像是铁的,也可能是钢,或者是铜,当然更可能是铁的,因为廉价。这个扭曲的铁家伙搭在旁边一个女人的肩上,看上去特别的怪异。

　　下面还有几排字:

　　回头浪子返家了,带着女人回来了。如果说不是两手空空,那是因为一只留在了战场,另一只拉着布里蒙达的手;他是富是穷,这种事无须询问,因为每个人都知道拥有什么,但不知道这东西价值如何。

　　吕明仍然觉得不知所云。当然,不知所云也未尝不是件好事。问题出在别的地方。价钱谈不下来,小剧场方面要价太高,吕明不接受。吕明说能不能再讲讲价,对方也不接受。对方说,在上海就是这个价,市面上都是认的。吕明就举例子,说上海和苏州有地区差别,薪水是不一样的。更直观些,房价。上海的房价多少钱一平米,苏州的房价又是多少钱一平米,比如说,这带有明朝万历年间建筑的新式小区。明朝建筑,上海有吗? 看得见吗?

但小剧场方面态度非常强硬。他们说圣诞是黄金档期,一年就这么一次,有多少多少人排队等着他们呢。

吕明就只能把希望寄托在摇滚乐队身上了。

吕明不懂摇滚,但是交游广泛。所以在请乐队前,吕明找来几个朋友商量。吕明说,有没有可能请到与明朝这个概念相吻合的乐队。吕明的哥儿们都摇头。说没有。倒是有个叫唐朝乐队的,是北京的乐队,四个头发披到肩上、又高又大的北方汉子组成的。关于这个乐队,还有些传奇的说法。比如乐队早期一个叫老五的吉它手,据说每天练琴12个小时以上,有几次还昏死过去。老五的演奏风格凶猛、快速。有人说他像头豹子,也有人说像个疯子。但乐队就在这种速度感中被带动起来了。他们的成名曲就叫《梦回唐朝》。唐朝,那可是盛世啊,和太阳有关的,开阔、宽广、灿烂。但吕明的哥儿们说,人家乐队早就已经是大腕儿了,轻易可请不动。

至于明朝——

吕明的哥儿们又说,明朝有什么,昆曲? 妓女? 还有,要么就是你们院里那个破破烂烂的无梁殿? 他们说明朝是个让人软下来的朝代,悠扬、颓废,还带点纸醉金迷,而摇滚是必须要有血性的。

最后确定下来的乐队叫"奔",奔跑的奔,是个地下乐队,成立时间也不长,一两年的样子。乐队有四个人:主唱,吉它,以及贝斯手和鼓手。基本上都是业余的,白天则兼着职。是吕明凭着拐七拐八的关系找过去的。一来,时间实在紧了,能凑合就凑合吧。二来,最重要的,对于出场费,他们倒是没提什么要求,甚至给人完全不讲究钱的感觉,最后谈下来的价钱挺便宜。乐队的主唱阿龙还说:"其实没人听的时候,我们也唱。"

吕明很高兴。吕明说:

"你们是真热爱音乐,多好。"

乐队是24号中午到的。在上海租了辆客货两用的车,装了一车的器材,吭当吭当来了。下午他们要试音响,并且熟悉场地。还有,他们听吕明谈到了明朝万历年间的建筑,他们很感兴趣。阿龙说,他们希望在白天的太阳光底下先看一看它,然后才是夜晚。诡异的、充满了魔幻气息的摇滚之夜。月亮是倒挂的,剑一样插下来,江河奔走在天上。他们说,做过摇滚的人都知道,白天和晚上的感受是完全不同的。

吕明请他们吃了午饭,惠芳也参加了。后来饭局结束后,惠芳偷偷地对吕明说,她不太喜欢这几个人。惠芳说,她觉得他们很怪。要么头发披在肩上,要么在脑袋后面扎个小辫子,简直就和街上的小流氓差不多。特别是那个叫阿龙的人,有股凶相,脸还一直沉着,好像别人欠了他钱似的。

惠芳近来公司财务的位置坐得蛮牢。作为主办会计,惠芳觉得每个人都应该像月初领工资一样:一手拿钱,一脸微笑。又因为常去吴宫喜来登喝茶,惠芳对于演唱组的期望值也颇高。从外表到风度,从谈吐到气质,一律都应该是五星级的。"简直就像野人!"看着阿龙他们几个的背影,惠芳轻声说。惠芳甚至还怀疑吕明遇上了骗子。至少也是个不上台面的草台班子。

吕明有点不高兴了。说:"搞摇滚的都这样,哪个不是疯子! 要不,长成你们老板那样的小白脸,也就光能唱唱卡拉OK了。"

吕明顿了顿又加了句:"你不懂。"惠芳就不说话了。

下午吕明没去看阿龙他们的排练。吕明有点累,回去稍稍睡了会儿。对于"堕落时代"的首次亮相，吕明寄予了很大的希望。票房也不错，一小部分的票吕明送了朋友。这些免费入场的人里，还有一小部分吕明关照服务员，饮料、茶水和啤酒费都是全免的。陆续的还真有人来买票。在小区门口，吕明让人树了块两人多高的广告牌。纯黑底色，银色泛光颜料，勾勒出阿龙和他伙伴们的身影。大部分是头像，还有小半个身子，总体的效果有点像因犯。但吕明满意。吕明说："好，就这样。"

还有个小细节，就在广告牌的右下角，有一行小字："想搞就把我搞死吧。"是从其他摇滚乐队的宣传画上抄来的。开始时吕明有些犹豫。这话粗了点，当然，粗话总是带劲，有煽动性。但吕明担心精神文明办或者公安局刑警科什么的找上门来。吕明还想了个办法，在这句"想搞就把我搞死吧"的后面，加上一个破折号，然后注上：明朝。表示这句话是从明朝时候的什么人那里借用来的。但也不对，明朝人的语言不是这种语言。最后就来了个小妥协，字体小了好多，位置也改了，从宣传画的正中间移到了右下角，偷偷摸摸的样子。

"想搞就把我搞死吧。"吕明在广告牌前面踱过来踱过去，看着，抽着烟。

吕明点点头，说："好，就这样。"

吕明回家小睡的时候，手里拿着一把刀。是把藏刀，阿龙送的。阿龙说他前一阵刚去过西藏。阿龙没说为什么要送刀给吕明，他不大爱说话。但吕明是见过世面的人，知道有些藏刀是很珍贵的。况且送这种礼物，至少也说明了"情义"二字。阿龙送的这把刀，刀柄上的花纹很好看，但有些狰狞。吕明拿在手里的时候，忽然就想起了无梁殿，无梁殿檐角的花纹，它们还真是非常相像，都有那样一股子邪乎劲。吕明拿着它走过中午白花花的太阳底下时，眼前老是出现一种幻觉。吕明把刀从刀鞘里拔出来，看看，又插进去。

刀刃雪白雪白的，在太阳下面闪着银色的光。

刚才吃饭的时候,阿龙对吕明说,他们已经看过无梁殿了。阿龙说和他想象中差不多,但还是把他吓了一跳。

阿龙是个话不多的人。阿龙讲了这句话后,就把一把藏刀送给了吕明。

吕明本来以为自己躺到床上就能睡着的。这些天,吕明一直是超负荷运转,接连不断地跑上海,招聘服务员、电路、灯光、小摆设小挂件,事无巨细的,甚至圣诞晚会上要用的那种细长而高的香槟杯——有人建议就用啤酒杯,很大的杯子,木制的,或者陶的、正好配上摇滚乐的粗砺。但吕明不同意,吕明认为还是要准备些香槟杯。一来是开张,二来么,吕明说,到时候说不准会有几个明朝的幽灵出来,手里拿着香槟杯,嘴里说着"圣诞快乐!圣诞快乐!"明朝的人么,总是细气些,总不能让他们拿啤酒杯吧。

有两个服务小姐听得嘴巴都张开来了,觉得老板挺神奇。

但这些天吕明实在是累了。站在镜子前面照照,脸色有点发青,还有些焦黄,反正一点都不像当代人的脸色。嘴唇经常是裂开来的,头发也乱,眼睛里还有游移着的血丝。就连和惠芳之间有规律的夫妻生活,近来也少了。偶尔有,吕明也觉得勉强。幸好惠芳在这方面的要求不强,刚结婚的时候就不强,吕明一直怀疑惠芳有洁癖。有一次,吕明问惠芳:"你会不会有些性冷淡啊?"惠芳的脸刷地就红了。惠芳说:"什么呀,瞧你说得多脏啊!"

开始的时候吕明还做过些努力。吕明搞来些黄带,让惠芳和他一起看。惠芳不肯看,她还是那句话:"这多脏呵。"吕明就说,中国的好多夫妻都偷偷地看这个,这是个公开的秘密,几乎相当于一种文明素质教育。吕明还说,黄带一般有几种。港台的低俗些,为黄而黄,没什么情节;而欧洲国家的,有些黄带几乎就是艺术片。这样说多了,惠芳也半推半就,跟着看了几部。但不管港台还是欧美,惠芳还是整个的不喜欢,惠芳说她看着看着就想吐。有时候吕明看得兴起,一把拉惠芳到身边来,惠芳也附合。但吕明让她学录相里的那些姿式,还让惠芳在床上也学着说点粗话,惠芳就死也不干,甚至还对吕明的品性产生了怀疑:

"你们男人怎么会这样!"惠芳说,皱紧了眉头。

渐渐的,吕明也就认了。女人或许有很多种,像水的、像火的、像汽油的。尤物、荡妇、烈女,做了婊子又要树碑坊的——不管有多少种,吕明的老婆惠芳也就是惠芳了。吕明很难把她变成另外一个人:名字不变,性质改变。惠芳就是惠芳了。一个礼拜和吕明上一两次床,注意个人卫生,忙碌而缜密地打点吕明的生活以及部分的私人账户……

吕明认了,但心里还是觉得有些遗憾。

吕明躺在床上,却一直没有睡着。从远处能听到电吉它的啸叫声,是"奔"乐队,阿龙他们。吕明爬起来,点了一根烟。抽了,再点一根。吕明一连抽了两根烟,然后躺下去,翻身。却还是不行,还是睡不着。

在很长一段时间里,吕明睡着了以后就会做梦。各种各样的梦。梦里出现过很多不同的形象,有一种形象物让吕明感到惊异。吕明经常梦见刀,雪亮雪亮的刀刃,在太阳光下面,或者在月亮光下面。

吕明偷偷请教过释梦的人。那人看了吕明一眼。说,那是性的意思。刀,其实就是性。那人问吕明:"你结婚了吗?"吕明说:"结了。"那人顿了顿,又说:"那你在性的方面一直没有得到真正的满足。"吕明怔了怔,没有再说什么。临走的时候,吕明给了那人很多钱。

那天晚上,吕明在电脑上搜索一种家具木材的资料,是种仿古做旧的家具。在选用木材的材质上,既要颜色、木纹相近,又要价格适宜。吕明查了一阵,忽然把鼠标一点,在搜索栏里键入了一个字:"刀"。搜索结果里立刻出现了一百四十多万条信息。吕明茫然地翻看着。想了想,又键入了四个字:"小李飞刀。"这次呈现的信息是一万多条,并且多数是娱乐新闻。又看了会儿,吕明相当随意地敲动着键盘,这次是两个字:"藏刀"。

有一条网页信息吸引了吕明。是个故事,题目就叫做"藏刀"。但网上显示的资料是不全的,只有一个开头,后面的东西已经搜索不到了。电脑屏幕上出现了这样一行字:该页无法显示,表示已经被网站删除,或者您的显示器出现了其它问题。但吕明觉得,就是前面的这个开头,也已经很有意思了。这个开头是这样的:

"有一天,在大昭寺广场,我看见个奇怪的年轻人。他显然是汉人,却穿着黑色藏袍。这种藏袍的一只袖子通常被甩在身后,与下摆一起拖在屁股下面,使人看起来像头年老的牦牛。我看见这个年轻人的时候,他正站在大昭寺广场上一大堆商贩的中间。拉萨9月的阳光明媚地照在他的额头,使他的肤色看起来淡然而明朗。我从他的面前走过,注意到他的长发在脑后结成了一条长长的辫子,一直拖到后背……"

然后就没有了。任凭吕明怎样点击,全都毫无用处。这个名叫"藏刀"的故事,在开始的时候便宣告结束了,甚至连刀的形象都没有出现过。但吕明恰恰对这个感起兴趣来。那把藏刀,它究竟会在什么时候出现呢?是商贩手里的贩卖品?还是与那件神秘的黑色藏袍、拖在屁股下面的袖子有关?会有暴力行为吗?因为女人?谁死了?血顺着藏刀雪白的刀刃流下来……

吕明坐在电脑前面胡思乱想,却就是不肯轻易放过这个不知结局的开头。这种情况,几乎都有些不像吕明了,那个现实而又精刮的商人吕明。但这种感觉很奇妙,吕明很享受这种感觉,仿佛有根看不见的线在拉他。还有神秘,包含了恐惧的神秘。

对于吕明来说，这种时候不多，真的不多。有时候和那帮哥们喝酒，过了三巡，大家开始掏心窝了。你掏一分，我掏一分。但吕明掏心窝的时候也很清醒：知道自己在掏心窝。自己享受，人家感动，最后自己也被自己感动。只有很偶然的，那条神奇的看不见的界线，啪的一声，越过去了。吕明听见自己心里在说："糟了！"但已经管不住自己了。人在过山车的顶端，或者底部。皮肤放在冰凉的刀尖上。一只野山豹张开了血口。

"糟了！"吕明听见自己说，但已经晚了。

醉酒是一种。还有一阵子，小区里流传着一件事情。说九幢三楼的一个小男孩，晚上放学回家。因为老师留了训话，所以回家迟了。天黑，下着点小雨，还有些雾气。九幢在无梁殿的背阴面，小男孩从大门进小区以后，就沿着车道走，然后再绕过无梁殿侧面的一片竹林。走在竹林旁边的时候，小男孩抬头望了望无梁殿。他忽然发现，无梁殿二楼的一个小木格窗里有淡黄色的光，是点光一闪一闪的。还一会儿强，一会儿弱。小男孩揉揉眼睛，生怕雨和雾气把眼睛弄湿了。现在的孩子开智早，家庭早期教育又进展及时，所以小男孩虽然刚进小学，对于明朝是个什么概念，却早已心中有数。小男孩倒是不怕明朝的鬼。这种讲法，学校里的小朋友是要笑话的。"世上没有鬼。"不管是唐朝的鬼，明朝的鬼，还是千禧之年的鬼。这是个真理，但小男孩还是感到有些害怕。他揉过眼睛后，又踮起脚看了看。然后就背着书包撒开腿跑了。

后来小区里的人说，小男孩看到的可能是萤火。但大人们，就从来没在无梁殿那里看到过萤火。也没人可以解释。

这件事在小区里传了一阵子。后来吕明晚上站在无梁殿的木格窗前面，殿里又有冷风刮出来时，就也会有种莫名其妙的既恐惧又神秘的感觉。这和供财神菩萨不一样。其实吕明从来就不相信有财神菩萨，但吕明愿意信奉规则。然而晚上，无梁殿的冷风刮过吕明脸上时，吕明忽然觉得，他所有现成的规则一下子都派不上用场了。他孤立、无援、因而恐惧。他感到："糟了。"

或许，这样的情况还有另外一种。女邻居汪琳琳，肉感的圆滚滚的屁股。吕明第一次站在紧靠无梁殿的玻璃长窗后面，抽着套了烟嘴的香烟。女邻居汪琳琳牵着她汪汪直叫的狗走过来，走过吕明的窗前。

吕明的心莫名其妙一紧，听见自己骂了句粗话。然后说：

"糟了！"

关于女邻居汪琳琳，吕明听到过一些不同的说法。当然，吕明知道，在这样一个配备了宽带网络、红外线探头、家庭报警系统以及24小时保安巡视的智能化小区里，对于一个个体的"人"的认知，可能倒要远远落后于上海的石库门、北京的四合院以及江南古镇的卵石小巷。在这种小区里，"人"是隔绝的，彼此没有关联，就像竹林里的一根竹枝，无梁殿上的一块青砖。

确实闹过不少笑话。曾经有个大门口的大个子保安，对着一位出远门回来的业主热情地说："回来啦！"业主也很高兴，回答道："回来啦！"大个子保安骄傲地转过头，对旁边一个人说："他是个海员。常出海。"没想到，旁边那人正是那位业主的朋友，他诧异地说："海员？谁说他是海员？人家是教授，刚从台湾当访问学者回来。"

还是这位大个子保安。有一次，吕明和他谈一件物业上的事情。也不知怎么的，就讲到了狗。吕明问小区里有几家养狗的，大个子保安扳了扳手指，一二三，也就三四家吧。大个子保安还告诉吕明说，六幢那个女人的狗最好。吕明一怔。六幢，养狗的，应该就是汪琳琳。吕明给保安一根烟，远兜远转地聊。但保安的话题硬是不回过来，硬是不讲到圆屁股的女业主汪琳琳。职业化得很，也敬业得很。后来吕明想想也对，现在的物业管理，竞争多厉害。即便保安是个色鬼，多么多么喜欢讲女人，也不能在吕明面前讲。这其实并不是职业道德,或者保护公民的隐私,保安要保护的东西很简单:他自己的饭碗。

所以,吕明觉得:现代意义上的保安人员,就要比居委会好上很多。

倒是吕明有个哥儿们认识汪琳琳,就是介绍吕明找到"奔"乐队的那个哥儿们。有一次,他和吕明在酒吧喝酒,正好喝到你掏一分心窝、我掏一分心窝的当口。一掏就把女人掏了出来。那哥儿们问吕明外面有没有女人。吕明拍着胸脯说没有。"都一把年纪了⋯⋯,"吕明说。那个哥儿们不信,红着脸说:"你不把我当朋友。"吕明喝得也稍稍有点多,但说话还是很有逻辑。吕明的意思是说,我再把你当哥儿们,也不能把没有的事情说成有。

那个哥儿们倒是真多了。拿起一个杯子就摔,杯子碎了,他的心也碎了。扑在桌子上哭,一边哭一边诉说。他的婚姻出了问题,女人有了外心了,但偏偏他又真喜欢这个女人。哭得眼泪鼻涕的,惨不忍睹。吕明劝了几句,觉得不好劝,就抽烟。

哭着的人说了会儿,酒有点醒了,也或许更迷糊了。话题一转。说:"你知道我为什么舍不得?"吕明有些茫然,摇摇头。那人又说:"因为床上好,实在是好。"吕明觉得脸上有些发烫,怕他接着乱说,就想把话题岔开。但那人硬是不让他岔,自管自地往下说,讲得有些下流了。吕明是个要面子的人,就有些不乐意,站起来把账付了,拽着那人往外走。外面风大,一吹酒就醒了大半。那人回过些神来,拉着吕明的手赔不是。酒劲过去,心酸却又上来了。

那天吕明建议去无梁殿附近走走。酒后的人是有点木的,又惊人的灵敏。被无梁殿的阴风几下一吹,那人不知道哪根神经又给拨动了,就这样讲到了汪琳琳。

其实讲得也很简单。汪琳琳是那人一个朋友的女人,两人同居了很长时间,后来就分开了。是汪琳琳要分开。但闹得很凶,还打起来了。

"我那朋友差点把那女人给杀了。"那人说。那人还提示了一个细节，说汪琳琳的左边锁骨那里有条刀痕。是给他那个朋友划伤的。但刀痕不深，没往死里下手，只是当时气疯了。"人到了这份上，都忍不住。"那人又说。

那天晚上回家，吕明接连看了两盘黄带。吕明一边看，一边忍不住想起哥儿们的那句话："因为床上好，实在是好。"再回头看惠芳。惠芳很早就睡了，睡相很安祥，鼻息也很均匀。惠芳的睡衣领子耷拉着，吕明看了会儿，再把它往下拉，拉到锁骨那里。惠芳锁骨那里的皮肤很光洁，白净似玉，像平静的大太阳下面的池水。

再后来吕明就也躺下去睡，睡不着，就爬起来抽烟，一根，两根，还是不行。但这天晚上吕明没有去打扰惠芳。后来商人吕明终于睡着了，并且做了个梦。

在梦里，吕明见到了漂亮的圆屁股的女邻居汪琳琳。

八

吕明醒过来的时候，天已经完全暗了。

但吕明向窗口张望了一下，忽然发现，今天晚上的天色有点不对。天是发红的，倒也不是整片发红，就在东北边。也不知道是怎么回事。一般来说，只在夏天会有这种情况。阵雨的前面，还打雷。天也憋足了劲。但现在，冬天的十二月的晚上，天是红的，红通通一片，边缘还有些暗金色的光。看上去特别奇怪。

"奔"乐队的正式演出定在晚上9点，但在9点以前，他们还将进行些即兴表演。主唱阿龙说，这属于热身运动。

吕明倒是不反对，但吕明在签订演出合同时附了一条备注内容，表明9点以前的演出，都不在收取出场费的范围以内。吕明低头在括号里填写内容的时候,阿龙无意中看了一眼,笑了。吕明抬起头,说了句:"9点以前是没有报酬的。"阿龙说:"我不在乎这个。"吕明又说:"但我得讲清楚,而且要讲在前面。"阿龙就也没说什么。

吕明下楼去无梁殿的时候,换了件唐装,是惠芳在喜来登织品部买的。藏青织锦缎,本色亚光团花。吕明穿着相当不错,显富态,还提升品位。但这件唐装价格不菲,连吕明都有些吃惊。吕明没想到惠芳也会有如此身手。惠芳一直是节俭的,一百块钱当作一百个一块钱花,从菜场买把蒜,也恨不得捎带上两块姜回来。吕明做生意,贷第一笔款的时候,惠芳急得脸都白了。惠芳对吕明说:"咱们宁愿穷点,别冒这个险……"

吕明很不乐意,狠狠抽了口烟——

那时候吕明还没用烟嘴,不管是即用即弃、还是常用的那种。那时候吕明的烟屁股上光秃秃的,透着股烟丝的焦黄。说话也比现在狠,心里一阵焦躁,那次吕明没说:"你不懂。"而是说了句:"你懂个屁!"

穿了唐装的商人吕明,穿过东北部发红的天空、走进无梁殿时,阿龙已经在唱了。

灯光打得不错。吕明塞了红包,请电视台灯光组的人调过两次。总体来说,现在的灯光是暧昧的。暧昧不算,还显得人美。几个服务小姐在里面走来走去,就很有些尤物的意思,让男人心里起主意。吕明也专门按照钟点付钱,请了大学艺术学院的人传授步态。有个问题引起了争议:明朝的人是怎么走路的?特别是,明朝的漂亮女人是怎么走路的?

没人能回答。艺术学院的人也同样。最后,大家决定把结论搞得简单些:男人喜欢看女人怎么走路,女人就应该是怎么走路的。不管是唐朝女人、明朝女人,或者扮演明朝女人的小姑娘们。

陆续有人进来。

吕明让人在门口准备了些面具。有些是大家熟悉的,比如说,热播的《大明宫词》里那张昆仑奴面具、《东北人都是活雷锋》里的雷锋像、一个明朝武士、穿高跟鞋的美女,还有一个肩上扛着煤气罐哭丧着脸的年轻人。也有大家并不熟悉的:一个胳膊上穿着铁钩子的男人,旁边是他的女人,女人的胸口贴了张白纸,上面写着一行字:

　　我发誓再也不看你的内心。

　　大家进来后就分散着坐了。听阿龙唱歌。很少有人真的戴了面具进来。因为每个面具旁边都有张小纸条,上面标着小数字:出租,5 元／小时,6 元／小时或者 8 元／小时。那个铁钩子男人和女人倒是不要钱,但大家都觉得不太吉利。有人向吕明提了个建议,说用100元面值的钱做个面具,10元／小时出租,沙龙结束后,就永久赠送。吕明笑了,在心里骂了句:放屁。

　　阿龙唱得很好。

　　阿龙唱歌的时候,头发就飞了起来,从肩膀上飞起来,还在脑袋四周晃动。阿龙的样子,从正面看有些似笑非笑,从侧面看又有点呆滞与邪恶,像一个在故事里大家都很熟悉的傻瓜。但没有疑问的是,大家都喜欢听阿龙唱歌。唱到一半的时候,阿龙闭上眼睛,抱着话筒,身体开始扭曲。

　　跟着阿龙一起扭曲的还有很多人。有的摇头,有的耸肩。吕明有些怀疑阿龙吃了摇头丸。但不能确定,即便阿龙真吃了摇头丸,吕明也能肯定他不是在"堕落时代"里买的。开张以前,吕明就与人探讨过这个问题,就是在吕明面前哭过、掏过心窝的那个哥们。

　　那哥们说他最近吃上摇头丸了。在酒吧里。偶尔吃,还不上瘾。但那一刻的感觉确实不错,让他忘掉了很多烦恼。那哥们还给吕明讲述了很多细节。他说,吃摇头丸"行话"叫做"嗨"。人称"嗨哥""嗨妹。"他说,有一次在酒吧里看到两个年轻女孩使劲摇自己的头,近半个小时,她们竟然没睁开过眼睛。后来有个身材壮实的男人过来,拉其中一个女孩跳舞。那女孩没动,男人忽然就用手拍打她们的头,五指张开,出手很重的。两个女孩竟然一点没有反应,仍然狂摇不止。

那哥们说,这就是典型的吃摇头丸后的反应,但也并非所有摇头的人都是吃了药的。吃药的人一般都眯着眼睛,面无表情,而且头摇得极为疯狂。因为吃药以后,一般来说,吃药的人都会很难受。如果不做激烈运动使身体出汗的话,药力就会使人昏迷,甚至呕吐。讲到这里,那哥们还从口袋里拿出个小塑料袋,满脸神秘地拿给吕明看。

里面有些药丸,粉红、粉绿、深褐或者白色。就这样看上去,也并没有什么特别的。

吕明说:"这就是?"

那哥们点点头:"这就是。"

那哥们还说,这种摇头丸学名叫做二亚甲基二氧苯丙胺。里面含有冰毒成分,能让人产生幻觉,其实是种兴奋剂。"但少吃点没事的。"接着他又补充了一句。

他建议吕明对这种事情眼开眼闭。因为现在好多地方都有这种秘密买卖,歌厅、舞厅、俱乐部、迪厅。有人手里托个盘,里面放了烟,角落里还有摇头丸,或者就是偷偷放在塑料袋里。眼开眼闭,有时候生意就来了。那哥们说,他第一次吃的时候,虽然不太舒服,但很爽。好事坏事全给忘了。

"这就很好。"他说。"就是要达到这种感觉。"他还凑在吕明耳边讲了句悄悄话:"他妈的,比女人还好。"但吕明不干。

吕明说这种事情他是不干的,而且坚决不干。吕明说原因有两条:

1.聪明人不干傻事。摇头丸早就给禁了。眼开眼闭的结果就是迟早要引火烧身。就像你明知道抽烟有害身体,却就是不肯套上个烟嘴。那么,咳嗽就是难免的了,多痰和气短也会经常出现,还有胸闷,嘴唇也会发乌。要是和老婆或者情人亲嘴,她的视觉和味觉立刻就会产生作用:看,一眼就看到你牙齿上的烟垢;闻,马上就会闻到你嘴巴里的异味。

2.吕明认为,人还是要有底线的。这是吕明引以为豪的地方。"堕落时代"的底线就是不卖毒品。其他的,吕明可以睁只眼,闭只眼,比如说,小姐和客人调调情,陪陪酒。有人醉酒摔摔杯子呵。吕明甚至都可以不要他赔,但毒品就绝对不行。这是吕明的力量无法到达的区域:邪恶,狰狞,无法控制。就像那个只有开头没有结局的网页故事——那把神秘的藏刀。

那天讲到后来,吕明还问了那哥们一个问题:

"明朝的时候,有毒品吗?"

那哥们的神情有些茫然,他说可能没有吧。那时候鸦片还没进来,摇头丸,也就是二亚甲基二氧苯丙胺,这种高科技的产物就更不可能有了。他想了想,又说:"当然,总是会有些什么的。是吧。比如说……"他又把头凑到了吕明的耳朵旁边,叽哩咕噜说着。然后自己也忍不住笑了。

九

上座率倒是不错。

不断有人进来打听。问问价钱,看看阿龙什么的。有些是小区里的居民,每天晚上要在无梁殿附近散步的,还有些就不是,还有些是从附近商业街上吸引过来的。手里拿着花花绿绿的气球,上面写着"圣诞快乐",或者"恭喜发财"。圣诞夜的晚上,街上到处站着分发这种气球的人,有的戴着圣诞老人的帽子,还粘制个蜡制的红鼻子。他们的工作,就是把气球送给恰好经过的路人。送完了,拿报酬,然后再送下一批。

有很多拿了气球的人,就站在小区门口的广告牌下面。两人多高的广告牌。他们看着上面泛出银光的阿龙和他的伙伴,有些还看到了下面的一行小字:"想搞就把我搞死吧。"就来了兴趣。

吕明站在门口。有些问问价钱什么的就首先问到了吕明。有个年岁不小的老头,戴了顶瓜皮帽,探头探脑的。开始时,吕明还以为他是物价局、卫生防疫站什么的,或者干脆就是个暗访"摇头丸"的密探。吕明主动迎了上去,还递了支烟。聊了几句后,吕明发现自己搞错了。老头就住在这个小区附近,住了好几十年了。老头说他小的时候就常到无梁殿附近玩。

"你是这里的老板?"老头可能刚喝了点酒,身上咝咝向外冒着酒气。吕明没说话,笑笑。老头就继续说:"有件事,也就讲讲的。但你是老板,心里要知道。"吕明一愣,稍稍有点紧张。

老头大致地讲了讲。

说这个地方,也就是无梁殿周围一带,原先是个乱坟岗。当然,这个时间嘛,是在有了无梁殿以后,但距离造这个小区,则要有很长很长时间了。那时候,斩杀了犯人,就给葬到这个地方来。"很荒的,特别荒。"老头说。老头还说,他小的时候,进来玩。那时已经不葬犯人了,但还是觉得荒。大人都不让他们进来,就偷偷的。第一次进来的时候,是两个人,还有一个比他更小的孩子。矮矮的,比他矮小半个头。是个有月亮的晚上,特别白的月亮。天气也好,没有风。两个孩子手拉着手进来的,嘴里还含着大人给的水果糖,才走了没几步,那个小孩忽然哇的一声哭了出来。然后撒开他的手,跑了。

"后来,那个逃出去的孩子说,他看到两个人,就在那个黑乎乎的殿的旁边,也是手拉着手的。也不知道是两个男的,两个女的,还是一男一女。反正是两个黑乎乎的人影。那孩子说他怕死了,以为碰上了鬼。"

老头说,后来那小孩的大人也进去看过一次。怕真有什么,把孩子的魂给吓破了。大白天进去看的,出来的时候嘴里说着:"没什么,没什么。"但头一直在摇。老头说他也很长时间没敢再进去。虽然那天他并没看到什么。但那个地方太荒凉了，难免不会产生幻觉。"现在好了，"老头把吕明给他的烟抽完了，又问吕明要了一支。

"现在好了，造了小区，有人气了。"老头说。

今天的无梁殿是明亮的。

檐角和轮廓线那里都挂上了彩灯。真是彩灯，五颜六色的。吕明让人去附近灯饰总汇买。吕明关照说："颜色要杂，越杂越好。"结果买回来的就果然很杂，杂到你搞不清楚到底有几种颜色，杂到那些奇怪的颜色奇怪的毫不合理的分布着，没有任何规律。反正就是张灯结彩，喜气洋洋，很有了些烟火气，就像春节年夜饭，最后端上来个大杂烩。里面什么都有，什么都看不清，但就是喜气，就是热热乎乎的。当然，还是有不同。无梁殿各个楼层的飞檐那里，原先爬着草和藤蔓，楼顶还长着小的杂树。冬天没叶子，但树枝的形状是清楚的。现在，杂乱的彩灯一照，殿的轮廓与树的轮廓混在一起，殿模糊了，树也模糊了。反倒有种人间的喜剧色彩，再不是那个灰黑沉沉、上面长满乱草、阴森森的大家伙了。

惠芳很喜欢，跑进跑出看了几次，嘴里不住地说着："热闹，真热闹。"惠芳小心翼翼在吕明的左脸上亲了一下，还红了脸。惠芳说，那个殿要是平时都这样就好了，就不会那样让人害怕了。惠芳想了想，又说：

"这恐怕要费很多电吧？"

后来吕明就坐到了一个小壁炉的旁边，是个关系户经营的小壁炉。装修房子的工头，那个把甲醛、氨、苯、氡带进来，又把老树斩草除根的那个。壁炉就是他的小舅子代理经营的。那辆盖了雨篷的卡车开出去后的第三天，工头就对吕明谈起了壁炉的事。是个欧式壁炉，很洋气的。吕明皱皱眉头，"明朝不会有这东西吧。"吕明说，工头不回答，抽烟，眼睛成角度的看着吕明。工头的烟屁股上没套烟嘴，所以说,他看吕明的样子就显得特别潇洒。

壁炉送过来的时候,吕明心疼了好几天。扔了,心疼;不扔,还是心疼。最后还是装上了,装在进门的那面墙上,又作了些处理,总算不扎眼了。但吕明出门进门时总扭过些脸,不想看到它。作为商人,吕明一看到它,就想到了两个字:失败。

吕明觉得声音很吵。阿龙一直在唱。先是阿龙一个人唱,后来好多人都跟着一起唱。还摆动手和脚,两只手臂抱头,两只手则在脑袋后面交叉着,握得很紧,好像要从背后痛苦地拔出自己的脊柱。

吕明看着,觉得有点好笑,特别是阿龙的尖叫。阿龙唱着唱着,就会在台上跳几下,翻个滚,跪下来,然后就尖叫。人和人真是不同,吕明想。有人做生意,有人唱摇滚,有人则硬要往明代建筑里塞一个西洋的壁炉。

吕明记得,中午吃饭的时候,阿龙对他说过这样一句话。阿龙说:"有些时候,人真想跑啊。"吕明说:"是啊,所以你们就叫奔啊。"后来就又讲到了西藏。不过,吕明想,高原缺氧,其实是不能奔跑的。高原上的奔跑很可能会有生命危险。但吕明在无梁殿四周就从没有奔跑的感觉,也会有些形体动作。比如说,那个推销壁炉的工头,歪着眼睛,抽着烟,看吕明的时候,吕明就很想上去给他一巴掌,狠狠的。

吕明累了,很想休息一下。音乐是这样猛烈,让吕明产生衰老的幻觉。吕明用手撑了一下头,突然发现旁边的位子上有对十七八岁的小恋人,正抱着亲嘴。小女孩的头整个看不见,男孩子也只露出半个脑袋,倾斜得很厉害。还能听到叽叽喳喳的声音,鸟叫似的。

吕明手里拿了只细长形状的香槟杯,里面放了些烈性酒。吕明累了。阿龙的声音越大,越嘈杂,他就越是觉得累,觉得手和脚都瘫软了下来,老了,吕明想。但不——吕明拿起手里的杯子,喝了一大口,然后又直起身,向着阿龙的方向打了个响亮的榧子。

"好!"吕明说。后来恍惚就听到了狗叫的声。

吕明手里细长的香槟杯泼出了两滴酒。

吕明的手抖了一下，就一下。吕明以为好了，但回头朝门口看的时候，吕明的手忍不住又抖了一下。

是女邻居汪琳琳，她戴了那张奇怪的面具。女人，旁边是个胳膊上穿着铁钩子的男人。女人的胸口贴了张白纸，上面写着一行字：我发誓再也不看你的内心。

女邻居汪琳琳，她烧成灰，吕明也认得她。女邻居汪琳琳正面走进来，吕明的眼里却只是她漂亮的圆屁股的背影。

吕明向她走过去，手里拿着细长的不断泼出酒来的香槟杯子。

"你好。"吕明说。

汪琳琳仍然穿着毛皮，好像还是白色的。汪琳琳看了吕明一眼，然后从随身的小包里取出烟。吕明把手里的杯子放下来，拿出打火机。啪的一声，没点着。又啪的一声。

"火。"吕明说。

十

吕明想象过很多次与女邻居汪琳琳的见面。地点也有很多，无梁殿附近、小区门口、街上。吕明甚至还想像过，他站在玻璃窗的后面，正偷看着汪琳琳，可突然的，她一抬头，看到了他。还有一次，吕明在喜来登谈事。谈完了，客人先走，吕明就在那里多坐了会儿。吕明抽着烟，看着进出的人，心里有种莫名其妙的期待。后来吕明的手机响了，是惠芳。在电话里，惠芳小声问了一句话。其实答案就写在家里的时钟上。惠芳问吕明：

"现在几点了？"

惠芳一直担心吕明在外面有小蜜。起码有两三次，吕明发现，自己随身带的那只黑皮公文包被人翻过，很细密的手迹，边角、里外,翻得很细心。翻过,再理好,就像平时给吕明整理衣物那样。还有西装口袋、皮夹的里层。上面都插满了女人的手,纤细、紧密,疏而不漏。

惠芳还给吕明办公室打电话。吕明公司有个女秘书,一次吃饭时惠芳见过。女秘书长得不错,上海人,说话很哕,还有股媚气,也会看人眼色。但眼色看着看着又忘了,当着惠芳的面,不经意朝吕明甩了个眼风。回家后,惠芳半天没说话,一双手却把家里的东西碰得乒乒直响。

"现在上海也不怎么样嘛。"惠芳说。声音还是小的,但有了些底气。吕明正翻着当天的报纸,抬起头,"嗯?"了一声。"也没什么地区差别了,上海人也来苏州找工作。"吕明就有点懂了,皱皱眉头,顺手把电视打开了。那几天电视正放《来来往往》,康明远正来往到时尚又会讲黄段子的时雨鹏那里。惠芳拿过摇控板,调高声音,嘴里不停说着:"女孩子还讲黄段子。"吕明知道,她接下来肯定要对上海女秘书的面相进行评价,就先说了句:"她颧骨高,克夫。"惠芳就笑了。但吕明觉得很无聊。

有时惠芳做过分了,又正逢上吕明心情不好,吕明也会发火。脸铁青的,板着,特别阴沉。吕明一发火,惠芳就软了。很惊慌,不断地端茶递水,眼神怯怯的,像是受了惊吓的动物。半夜里,吕明醒过来,发现惠芳在被窝里窸窸窣窣地动,一只手伸过来,也是惊慌的,软塌塌的,试探地抓住吕明的那只手。这类事情的最后,总是由惠芳告诉吕明说:真的全是因为她爱吕明,才会这样做的。

然后吕明再表示:他已经原谅了她。并且,这同样也是真的。

吕明和上海女秘书的关系确实有点暧昧。但也仅是暧昧,没上过床。有些重要场合,吕明会带上女秘书,作为一种生意场上的秘密武器。

老板与漂亮女秘书的关系——在生意场上,这是公开的秘密。

吕明的几个老板朋友都有漂亮的女秘书。当然,选择的标准各有不同。有的喜欢唐朝的漂亮,有的是明朝,也有喜欢白俄式的,或者"手掌里的宝贝"。吕明的取向则要实用些。吕明的女秘书是个精明女人,长得有点像《围城》里的苏文纨。或许因为数次围城未下,结果,这2001年的苏文纨成了个独身主义者。

女秘书对吕明不错,有些事也能替吕明拿点主意,吕明多少有些依赖她。吕明最终决定建造"堕落时代"的那一个礼拜里,去商业街的酒吧坐了五个晚上,其中,有三个晚上,是和女秘书在一起。吕明把她当哥们,因为她懂事,见过世面,并且也有头脑。但她又毕竟是女人,温存、媚气、细软。这两者的叠加,便成了只精致而安全的烟嘴。

吕明和这只烟嘴也有过些微妙的瞬间。有一次,经过三天的艰难谈判,吕明签下了一张大单子。烟嘴一直陪着。已经很晚了,吕明又喝了酒,喜悦加上疲倦,突然就感到了虚无。因为虚无,就希望要抓住点什么。吕明拉住了烟嘴的手,说了句动情的话:"多亏了你。"两人缠绵了会儿。烟嘴的眼睛很亮,湿湿的。烟嘴也说了句动情的话。烟嘴说:"你真不容易。"

烟嘴还说了些其他的话。

烟嘴说,她其实一直挺佩服吕明的,真的佩服。烟嘴说,她觉得吕明像条汉子。当然,烟嘴没用"汉子"这个词。她用的是上海话,"侬像格男人,"烟嘴是这样说的。她还表示:替这样的人做事,她愿意。烟嘴说这话的时候,脸蛋红红的,看上去不大健康。她把头凑到吕明的脖子那里,一动一动的。吕明把手伸出去,想把烟嘴的头发抚开。没有成功。烟嘴挣扎着。挣扎的时候,烟嘴的衣领不小心敞开了些。皮肤很白,细腻,红润,有光泽。可能是灯光的关系,或者是阴影,吕明发现,烟嘴左肩靠近锁骨的地方有条伤痕,可能是划伤,但也有点像刀痕。吕明愣了愣。想看得再清楚些。但这时烟嘴已经不挣扎了,她把头发理理好,衣服整整齐,还朝着吕明勉强地笑了笑。

烟嘴笑着的脸上全是眼泪。并且还在叭嗒叭嗒往下掉。

后来烟嘴做了些解释。

关于左肩靠近锁骨的地方,烟嘴说:那是小的时候,有一次不小心,被一根树枝的尖梢划到的。

至于叭嗒叭嗒的眼泪,烟嘴则表示:没什么,只不过想到了一些以前的事。

到了第二天,烟嘴拿了一叠资料走进吕明的办公室。吕明在抽烟,抬头看了看烟嘴。两人停顿了一两秒种,都没说话。空气里充满了香烟的气味。缭绕、暧昧,还多少有些危险。烟嘴穿了身极为正式的职业装。别说锁骨,就连脖子也难见端倪。后来,烟嘴把资料放下,说了句:"中午侬有个饭局,工商局格,座位订好了。"就出去了。

发乎情、止乎礼。这便是21世纪烟嘴和烟嘴的情义。但商人吕明还是有些感动:

真是的,时间长了,你瞧——即便是和一只烟嘴,也会产生感情。不过,即便产生了感情,想看清楚一只烟嘴左肩靠近锁骨的地方,到底是划痕还是刀伤,却仍然不是件容易的事情。

商人吕明倒是梦见过女邻居汪琳琳的锁骨。

一点都不像梦,就在无梁殿的前面,就像无梁殿的白天可以见到的那样。几个孩子在玩旱冰游戏,其中就有那个看见过萤火的小男孩。因为是白天,也没有萤火了。小男孩玩得很开心。他穿着黄色彩条的短毛衣,笑着,下巴不停地朝上仰。

现在看上去,无梁殿一点都不荒凉,也没有杂七杂八的彩灯照着。看到这样的无梁殿,是没有一个孩子会哭的。树还是那种叫做香樟的树,但上面有鸟。也不知道是什么样的鸟,但听得见鸟叫的声音。孩子们围着无梁殿跑,但就只是跑,不是奔跑。跑着跑着,他们过去抱住了那些香樟。结果发现,如果让孩子去抱,那些香樟不是一人环抱的问题,而是一人半,或者两个人。需要整整两个人,才能把它们一棵棵的抱住。玩到后来,他们又有了新的主意。三个两个的,走到无梁殿那里。无梁殿的飞檐那儿有很多杂草、荆棘,疯长着,有些还结了果。底层的木格窗仍然半开着,把头探进去看,会有一阵冷风刮出来。

孩子们便全都尖声叫了起来,笑着。然后,就像抱香樟树一样,互相紧紧地抱在了一起。

阳光真好。温暖均衡地照在无梁殿上,有种细细的光芒。那些杂草,荆棘呵,走近了看,却是一个个小小的鸟窝。给盖住了,能听到里面有些响动,细小羞涩的,还有些慌张。但是,不管怎么说,看到这样的无梁殿,是没有一个孩子会哭的。

就在这样的无梁殿前面,商人吕明见到了女邻居汪琳琳。

汪琳琳说,她刚从无梁殿的背面走过来。她一直想上无梁殿的二楼去,一直都有这个愿望。因为要看清这个地方,不上二楼是做不到的。但她说她不知道怎样才能上去,看起来好像很难。她还说,她刚才试着想推门进去的时候,有颗砂粒突然钻进了她的眼睛。一点不知道这砂粒是从什么地方来的,粗糙、坚硬。还很疼,眼泪都流下来了。她说,这样的疼法简直是没法让人忍受的。

然后女邻居汪琳琳就真的哭起来了,哭得一塌糊涂,惹人怜爱。女人一哭,吕明就立刻想到了她们的锁骨……

就在这时,商人吕明突然听到了太太惠芳的声音。先是很闷,接着就清晰了。

惠芳说:"你说梦话了,还尖叫。你都梦到什么了?"

惠芳的脸色变得很不好看。吕明迷迷糊糊睁开眼睛的时候,发现她像看一个怪物似的看着自己。

"你哭了?"惠芳说。这一说,吕明才发现,自己眼角那里有点湿,还冷冰冰的,感觉很奇怪。惠芳的眼睛瞪得很大,盯着吕明,就像刚从黑皮公文包里搜出了东西——

"你刚才到底梦见什么了?"惠芳把脸凑到吕明跟前去,还发出猫一样的唑唑的声音。

"是粒砂子。"吕明说话了:"一粒砂子掉眼睛里了,很疼。"吕明说。

为了哭不哭的事情,惠芳一直追究了很长时间。

"真是砂子吗?"过了好几天,惠芳还这样问着。晚上睡觉,门窗又关着,眼睛也是闭的,怎么会有砂子掉进去呢,这就是惠芳的疑问。惠芳倒是真想逼问出个究竟来。比如说,吕明梦到了"烟嘴",或者干脆就是那个叫汪琳琳的女人。但如果吕明真讲了那个梦,还有锁骨之类的东西,惠芳可能反倒会糊涂了。所以吕明就咬定青山不放松。就是砂子,就是砂子跑到眼睛里去了,而且越说越像,还使劲地揉着。

商人吕明倒真是很久没哭了。

前一阵陪惠芳看片子,里面有个人猿泰山,和一个漂亮小姑娘告别的时候,亲她的脸。那小姑娘正流着眼泪。泰山说了句话,意思就是,那是什么东西,怎么会是咸的。对于眼泪,吕明现在的感觉就和这个泰山差不多。首先,它不一定代表悲伤。当然,它也不是不悲伤。怎么说呢,它现在成了种很复杂的东西。就像三十多岁,住在无梁殿前面的商人吕明的心,它变得有些浑浊。但有些事情是不浑浊的,它们在商人吕明的心里铭刻、隐藏。当然,或许说,也很快就要埋葬了:

1.在认识惠芳以前,吕明有过一个女朋友。那时吕明坚定地相信:两个人,一条命。

2.后来就散了。风刀霜剑。后来就认识了惠芳。但吕明的相信已经改了。现在吕明坚定地相信:一个人,一条命。

3.再后来,吕明在玻璃窗后面偷偷地看女邻居汪琳琳。

吕明吓了一跳——汪琳琳真像他的那个"两个人,一条命"。但吕明的视线有了变化。从前的吕明注视对方鼻子以上的那部分,而现在,商人吕明感兴趣的,是女邻居汪琳琳漂亮肉感而又充满激情的屁股。

十一

谁都没想到,圣诞夜的晚上会打雷。谁都更没想到,打完雷后竟然还会下雪。

先是天色发红,后来就越来越红。连无梁殿檐角和轮廓线那里的彩灯都显得黯淡了,红色变得很壮观。女邻居汪琳琳的狗使劲叫唤起来。开始还是小声的,接着就变成了狂吠,像疯了一样。它还窜到阿龙身边,拚命咬他的裤角。恨不得把阿龙的肉都给咬下来,眼睛都有点红了。

已经临近午夜,"堕落时代"里的酒差不多都快供应完了,但酒兴正浓,好多人拍着桌子要酒。有的要啤酒,有的要香槟,还有的用嘶哑的嗓音叫唤着要烈酒。那些刚借来的香槟杯已经打碎好多只了。其中有一只,碎片飞起来时特别明亮,雪花一样落下来,也有点像太阳。好多人因此尖叫了起来。有人在哭。开始还小声的,压抑着,后来就放肆了。不断有骂声,还有甩耳光的声音。耳光响亮。好些面具,东倒西歪地横在地上,包括那张有点奇怪的白纸,上面写着:我发誓再也不看你的内心,也横在那里。好多人从横着的内心上踩过来,踩过去,也没有人管它了。

没有人再觉得这地方与明朝有什么关系。浸满了酒气的明朝桌椅,更多的像酒吧,而不是明朝。当然,是不是明朝,是不是桌椅也没有关系了。不断有人从"堕落时代"里消失。很嘈杂的不成形状地出去。也有人进来,进来时是成形状的,清醒的,后来就也变得不成形状起来。当然,如果过了一段时间,还是成形状,还是清醒,那就再出去。

就是这样。

汪琳琳一直在抽烟,一根接一根的,抽得很凶。除了抽烟,汪琳琳的手机不停地响。有的接了,有的她拿起来看一下号码,又按掉。她也不大搭理吕明,很冷艳的样子。倒是阿龙后来坐了过来,坐在汪琳琳的旁边,开始聊天。另外几个吉他、贝斯手和鼓手正凑在角落里喝啤酒,喝了几口,就把厚玻璃的啤酒杯碰一下,发出很响的声音,明显也是喝多了。

后来就有人叫了起来:"打雷了!"

倒是真没听到雷声。但闪电凭空地划了过去,很雪白的、刀剑一样的亮了一下。好多人都奔到窗口去看,张大了嘴巴,嘴巴里吐着酒气。第二道闪电又划过去的时候,那些探出在窗口的脸全都照亮了。邻近两个一回头,突然看见张雪白的脸,几乎没有轮廓的。吓住了。

一个不知道从什么地方冒出来的小孩子,哭了起来。一会儿叫"妈——"一会儿又喊着"鬼!"他在桌椅之间跑动着,碰倒了好几根小蜡烛。光暗了很多。又有个酒鬼大叫起来

"断电了——"

反正都很混乱。大人还好说,孩子哭起来就真的是忧伤,还让人心酸。这个孩子哭着哭着就跑了出去。吕明虽然喝得不少,但脑子还是清醒的。随手拉了个服务生,让他去追那个小孩。

"危险。"吕明说。

但服务生很快就回来了。

"找不到。"他搓着手,一副为难的样子:"一下子就不见了。跑得真快。"他说。

吕明就跑到窗口看了看,确实看不到。闪电已经停了,但天的颜色非常奇怪。那些漂着的云彩,红里面夹着黑,还带着速度与声音。在天上飞着,啸叫着。吕明喝了口酒,再揉揉眼睛,不是梦。但那个孩

子，却像梦一样地消失了。吕明想，如果他是向外跑的，说不定就会绕过无梁殿侧面的那片竹林，这样的晚上，又是闪电又是打雷的，恐怕他是见不到萤火了。但要是他一时害怕，很可能根本就没有走出无梁殿，他很可能会沿着破烂的楼梯，走上无梁殿的二楼——明朝万历年间的无梁殿。

破烂的楼梯，吱嘎的声音。有点潮湿的，从明朝万历年间传来的声音。

像梦境一样，公元2001年的圣诞夜，一个名叫吕明的普通商人，喝了点酒，带了点难得的梦想，想着关于萤火的传说，沿着明朝万历年间的楼梯，上了无梁殿的二楼。

窗外已经开始下雪了。本来就是异常的天气，打了雷突然又下雪的，但吕明没有看到。

楼梯很静，静到能让人产生幻觉，所以在二楼的楼梯口，吕明突然听到狗叫声时，就几乎以为是种幻觉。

但不是，确实是狗。女邻居汪琳琳的狗。还有一男一女的对话声。

"六百，不能少了。"女人说。

"婊子！"男人叫了起来。

吕明听出来了，那是阿龙的声音。

贤惠端庄的太太惠芳在无梁殿的西侧找到了吕明。

惠芳很惊慌，说她急死了。原先嫌"堕落时代"吵，先回去睡了。后来就听到了打雷，吓醒了。但服务生们谁都不知道吕明去了哪里。

"你到底去哪里了？"惠芳问。她把脸凑到吕明跟前去，还发出猫一样的嗯嗯的声音。

"你的眼睛，你的眼睛怎么啦？"因为凑得近，惠芳突然发现了什么，又惊叫起来。

"没什么。"商人吕明说话了。

"一粒砂子掉眼睛里了，真是一粒砂子。"吕明说。

俞芝从高速公路的车站出来时，上海正是黄昏。车站仍然有着破落的感觉，原来那是与一切的长途班车、尘土驳驳的卧铺双层车、以及各种形迹诡秘的中巴车合用的一个站台。冬天，天色暗得泛出些青灰，甚至还带点黄，就像给旅途中的尘土染过似的。一个农家模样的中年人从车肚的存物处取出几个大包袱，神气活现地腆着肚子走了。刚才那人就坐在俞芝的斜对面，俞芝在车上打瞌睡，迷糊中眼神里老能望到他盯着自己瞧，瞧了又把眼光收回去，收回去了再挺别扭地把眼光犟回来。看不大出那人的身份，是个农民，那是肯定的，或许还是个乡镇企业家，反正是有点钱的，但不怎么会花。俞芝一边打瞌睡一边胡思乱想着。

高速公路的班车就有这样的好处，旅人是无法在上面随意走动的，人们只能乖巧而听命地坐在椅子上，至多把椅子前前后后地调节一下倾斜的角度，在那种悄然无声或者嘎吱嘎吱中，满足一下自己付了多少倍于长途班车的票价而滋生的优越感。沿途的景致也很好，因为完全没有景致，只能看到天，看到晴天淡灰、雨天深灰色的路，弧线非常漂亮的高架桥伸向远方，冷不丁的在路标上出现一个生僻的地名：××距此20公里，或者在某个弧形拐弯处，标出：××出口处。这些都是俞芝喜欢的东西，有一个阶段俞芝也觉得火车是挺好的一种交通工具，窗外匆匆掠过的树影完全是与平日感觉中不同的形状，车上常常很喧哗，非常陌生而相隔的那种喧哗。曾经在一个秋冬之季，俞芝频繁地往返于燕城与上海之间，她甚至还注意到了在火车上观望野地里芦苇变化的奇妙情形，那些芦苇渐渐地开出芦花来，毛茸茸的。直到有那么一天，俞芝在瞌睡的间歇里突然醒来，发现车窗外沼泽地上的芦花竟然成了白晃晃的一片！这时铁路沿线的树木叶子差不多落尽，冬天的房子、农田，就连铁轨的地基都显出一种生硬而干冷的质感，而芦花的枯白却是那样闪眼，更重要的是，它们在冬天的冷风里极为微妙而柔韧地抖动着。也不知道为什么，那种抖动让俞芝心颤了一下，直到后来，俞芝迷恋上了高速公路，很长时间不再去乘火车，却仍然还是能记得那一大片苇花一闪而过时的情景。

从燕城到上海，坐火车的话大约需要5个小时，那些漫长而磨人的时光，俞芝一般都用来闭目养神或者胡思乱想。然而问题在于，火车无论快车慢车，铁路沿途各站多少总要停靠。刚才还是平静怡然的车厢，突然就大包小包涌上来一大群人，挟带着冷风或者热浪，那种口音还是听不懂的，怀着些被人流挤挟之后的怨气，声音是粗鲁的，包袱上的尘土恨不得要蹭一点到坐客们身上去。这样的旅途渐渐让俞芝感到了厌烦，直到她乘过一次高速公路班车后，才悟出了其中的原因。铁路是直线的，而在铁路上运行的列车则相应采取了一种半开放型的姿态，这表现在它不得不沿途捎带上貌似同路的过客，而减弱了它的神秘感与隐秘性；而高速公路则完全不同，它的运行轨道是全封闭的，它在开始的时候就宣布了一个明确的目标，比如说上海，车上所有的人都是到上海去的，半途不可能上人，司机也不会在半路把一个要去常州的人扔在公路的常州段上。高速公路给人带来的苍凉感是彻底的。没有树,没有房子,没有来往过路的行人,甚至也没有芦花。车上的人很听命地坐着,一切都不会再发生令人心烦的变化,这让人感到放心和安逸,也是俞芝喜欢的东西。

车上很静,虽然电视里正播放着一部打打闹闹的港台剧,那种安静却因为互不干扰与冥色已至而依然存在。车厢里打着暖气,俞芝把脱下来的外套盖在身上,班车已经驶入上海,车速减慢。在道口等待绿灯的时候,有骑自行车的路人一手扶着车龙头,歪头看着身边高速班车里放的录像。"那个人肯定要被打死的。"隔着玻璃窗,俞芝瞧着那个骑车人的口形,猜测着他手舞足蹈说的话。

现在俞芝就来到了上海。俞芝在路口拦了一辆车,黄昏的上海起着风,那辆红色桑塔纳仿佛带着呼啸声,妖艳而冷傲地停在了俞芝的身边。路边等车的人很多,刚下了长途车,大小的包袱和箱子堆在脚边,所以全都有些急吼吼地伸开双臂,瞪大了眼睛盯着那些擦得锃亮的大上海的出租车。那个腆肚子的乡下人甚至还扯开嗓门骂了句粗话。

出租车司机回头看了后座的俞芝一眼,轻而脆亮地吹了声口哨。这时我们在那个上海小司机的视线里就能够看清楚俞芝了。女人在黄昏的时候往往无法分辨真实的年龄,特别是像俞芝这样的女人。俞芝总是侧着脸,我们相信小司机也只是看到了俞芝的一个侧面。但是这个侧影却让小司机想起了前几天看过的一部电影,那是部怀旧影片,讲的是旧上海故事,那里面的女主角穿着黑颜色的衣服,高挑骨感。她和男主角在霞飞路的小咖啡馆里喝咖啡,摄影镜头是从咖啡馆二楼拍下去的,隔着铜质镂空的扶梯把手,那些镂空花纹在镜头前因为放大而略显变形。铜质的变形在夕阳返光里透着股晕黄,而俯视的镜头下面,就是两个侧影,啜着咖啡,杯子拿起来、放下去,或者停在了半空。也不知道为什么,小司机在看到俞芝侧影的时候,突然就想到了那部片子。小司机愣了一下,发动车子也慢了半拍,接着就问俞芝去什么地方。

　　和平大戏院,俞芝说。车子开得很快,甚至让人有种过于轻佻的感觉,就像那个小司机穿着上光后的皮夹克的背影。满街都是灯火橱窗,才是十二月的下旬,上海十二月的下旬并不很冷,至多也就是新寒。即便暴冷起来,也只是零零星星的,东一块,西一点,倒显得满街的霓虹灯像水晶般的莹亮。街上也特别的干净,走着人,人在五色的灯光里面,就像梦一样的有种优裕而奇特的快感。俞芝从随身的小包里取出了梳妆镜,凑着路上的霓虹灯光照了照,又在唇上补了点口红,绛红色的,让人看不出哀乐的那种。但是上海的霓虹闪烁得那样快捷而怪异,以致于俞芝的唇色也不断变化着,那张脸看上去有些奇怪了,不很真实的,就像是舞台上的戏妆了。

　　和平大戏院今晚上演一台京剧折子戏。现在我们终于知道俞芝乘了几个小时的高速公路,其实就是为了赶去看这么一场京戏。俞芝付过钱,啪的一下关上车门。毕竟冬寒料峭,一股冷气扑面而来,俞芝把大衣的领子竖了起来,快走几步。隔老远就听到些锣鼓声,挡风的棉帘一掀,远处的戏台上青罗战袍飘飘扬扬,露出些玫瑰红的里子,武生们踢蹬跳跃着,台上飞腾出尘土。那远远的颜色与情势,都是有些不谐和的,大红大绿的,但不知怎的,却让俞芝产生出温馨与落定的感觉。俞芝看了看手里的票根,是三排的。但明明自己已是晚到了,再往黑压压的前排座位上挤,未免就有些过于的招人眼目。俞芝在后排的空位上随便找了个位子,坐定下来,定了定神,这才发现戏院里的人真的很多,前排几乎都坐满了。这多少令俞芝感到有点吃惊,俞芝的眼光不由自主地往前面搜寻着。台上演的是武戏,灯光打得很好,那位武旦的脸显得花容月貌,一片锦绣,还咿咿呀呀的唱了几句。就在这时,门口又进来几个迟到的观众,吵哄哄地往前排走,俞芝稍一犹豫,也站了起来,跟着向前面去了。

　　我们知道,这其实正是一个圣诞节的夜晚。上海街头所有的夜总会、通宵电影院、迪斯科舞厅以及吧楼茶室咖啡座全都张灯结彩，宣布爆满。上海的女人们早在几天前就显示出一种与圣诞节水乳交融的韵致与妩媚来，在外滩那些哥特式建筑的拐角处，时不时就会隐现这样一位女子，超短的裙装，貂皮或是毛质的长褛，神情有些漠然，然而笑的嘴角里又掩饰不住的嗲气。她们一手挽着一个同样飞扬而优雅的男士，去赴一个狂欢或是绅士淑女们的宴会。他们可能是一对热恋中的情侣，貌似恩爱的夫妇，或许是好聚好散、露水相逢的情人。要知道在上海圣诞节的街头是很难对他们进行分辨的，但我们必须否认俞芝也是她们中间的一员。俞芝来自于另外的一个什么地方，她恰巧在圣诞节的夜晚来到了上海，隐没在靓男靓女云集、灯火彻夜通明的淮海路、南京路、外滩万国建筑的阴影下面，东方明珠塔的球形倒影里。就像那个油头滑脑的出租车司机那样，现在我们还只能看到俞芝的侧影。我们只知道，俞芝与那些圣诞节上海女子们唯一的不同就是，俞芝去了和平大戏院，戏院里正演着一场京剧的折子戏，《三岔口》后面是《秋江》。现在我们只能非常冒昧地说一句，俞芝与那些嗲里嗲气、风情万种的上海女子的真正联系，或许正是在于：俞芝本来就是她们中的一个影子。

俞芝站了起来，往戏院的前排走去。她忽然觉得有些晕眩，一手撑着椅背，低声地向那些收缩起双脚、让路给她的邻座表示着歉意，然后一点点往自己的座位上移动进去。台上戏正演得热闹，锣鼓喧天，胡琴也咿呀地使出些腔调。俞芝却总是有种芒刺在背的感觉，她坐定了身，眼睛看着台上，戏里的人正痛快淋漓地把自己的辛酸心事和盘托出。讲了，再唱，唱了，还生怕观众不领情，夸张地用手指尖翘着兰花指，在眼角那儿弹出几颗泪，哭将了起来。

那个叫做萧梁的人，此刻就坐在俞芝的后面几排。而俞芝也终于让萧梁知道了这样一个事实：她在场，正在他的注视之下。但是他们却为什么没有坐在了一起，这仍然还是个疑问。无疑，俞芝和萧梁是认识的,无论新朋或是旧友,他们在某种程度上彼此熟稔。我们甚至还猜测出了俞芝千里迢迢赶赴戏院的真实原因,俞芝并不是个戏迷,况且这晚的演出也远非精妙绝伦,让人难以割舍。而若是我们一语道破说,一个女人愿意让另一个男人知道"她在场",因为这种感觉让她无比欣悦,这似乎又有些言过其实、危言耸听的味道。但事实恰恰正是如此。这就是我们迄今为止能够得出了唯一具有确定性的结论:俞芝为了要让萧梁知道——她在场——就在圣诞节的夜晚赶到了上海,俞芝和萧梁在一个叫做和平大戏院的地方看一出京戏,但是他们没有坐在一起,甚至也没有相互打个招呼。他们一前一后地坐着,看起来就像是两个陌路人。

　　是的,一定存在着某种阻碍,但是我们不知道这阻碍究竟会是什么,并且这将是在这个故事里面唯一无法得出最终结论的疑问。

　　俞芝为了与萧梁在一起过这个圣诞节,坐着高速公路的车子来到了上海。一进市区,道路就显得异常的拥挤,俞芝看了看手里的戏票,上面很清楚地写着演出开始的时间:晚8点。而现在,黄昏刚刚降临,只是因为冬日阴霾的缘故,才让人感觉仿佛暝色早至,一切均已有了暗夜的感受。俞芝其实并没有径直叫了出租车直奔和平大戏院。和平大戏院的那一幕其实完全就只是一个想象,或者我们把它叫做一个象征。那只是俞芝站在一座天桥上等待萧梁时产生的幻觉,高速班车比预定的时间早到了半个多小时,所以俞芝不得不站在过街天桥的顶上等待着迟而未见的萧梁。天桥下面人来人往,不时地有人从俞芝旁边擦身而过,四周竖起着许多广告牌,上面赫然写着——"美霖牌羊毛内衣裤与您共度良宵"。背景霓虹灯用的是浅淡暖昧的紫色,而字色则用深紫偏红的莹光勾出,让人联想起卧室里隐隐绰绰的壁灯。窗外是月明星稀,或者飘荡着爆米花香气的暗夜,这些都是上海所惯用的伎俩。这伎俩也只有在上海使用着,才显出天衣无缝的味道,让人在心底里生出些怅惘,以及对于凄清艳丽夜色的憧憬与迷离。

萧梁像个幽灵似的来到了俞芝的旁边，因为等待似乎有些过于漫长的缘故，俞芝对于萧梁的出现，少了些惊喜，她甚至还露出了些许害羞的神情。两个人没有说话，就并肩走了起来。要知道，这可是一个悠闲的世俗杂务暂且被抛在一边的平安夜的晚上，这样的晚上，是专门用来了却心事、偿还夙愿和适可而止地想入非非的。一切都有着一种看似虚幻的颜色笼罩其中，仿佛零星的。还起了几声远远的爆竹声，这不很相称的爆竹声，更给这平安夜的夜色一种恍若寓言似的警醒。但那放爆竹的人毕竟不是很忍心似的，噼啪几声过后，那不谐和的跳动着的声音便渐渐低沉，最终消失了。

萧梁很轻地拉着俞芝的手，街头灯火很明，这让他们感觉有些尴尬。那互相牵着的两只手就有些微妙的触动，萧梁就问俞芝，是不是饿了，还是先找个地方吃点东西吧。俞芝点点头，表示同意萧梁的提议。他们于是开始分配着自己的眼神，在街头路边寻找着合适就餐的地方。有几家灯火很亮、外形看上去十分新潮的海派餐厅，两人略略地犹疑了一下，很默契地走开了。隔着半磨砂的大玻璃窗，可以看见餐厅大堂里有着泳装的女子在进行模特表演，女子们脖子上还挂着长串的花束，像是铃兰或者百合的。

上海的圣诞夜，像这种餐厅的模特表演是非常普遍的。其实也只是青春女子即兴的几方舞步，素手纤纤，柳腰微摆，多数是草台班子，档次低一点的饭庄里甚至还有女子媚眼勾人的。当然，这还并不是使得俞芝与萧梁那般默契走开的原因，那么是他们不喜欢那样的灯光？刺眼的，直辣辣逼迫下来的，为的是纤毫毕露地展示女子们姣好的身段、细腻的皮肤，甚或时隐时现的胸乳。那里的情和爱都是可以摆上桌面的，给霓虹照耀也不会变色，热辣而又果敢，像新鲜的刚出炉的面包般实惠而经打耐敲。但他们不行，他们是不能见人的，他们是平安夜里影子与影子的恋爱，他们是圣诞节的幽灵，他们只能默默地走开。他们现形，是会把别人给吓坏的。

俞芝和萧梁找了一家小饭馆坐下。那是一家奇怪的小饭馆，临着大街，非常干净，简单可以讲是雅致了。桌布铺的是淡紫色的，上面缀着些青色牡丹花，迎客的小姐也很客气，咪咪笑着，又远远地略隔一段和你讲话。但店堂里却没几个客人，只在最靠里的一桌上坐着两个旅客模样的人，闷闷地抽着烟，头也不抬。就这里吧？俞芝看了萧梁一眼，就这里吧。萧梁说。

两个人要了一只小火锅。火苗是蓝幽幽的，很静心而安稳地烧着。拿上来的盘子分量也都很足，满满地装着许多生菜。平菇与豆苗显然是刚洗过的，湿淋淋地往外面滴着水。要酒吗？小姐帮他们把杯盘碗碟摆放齐全后，又问道。两人被问得愣了一下，然后又相视着一笑。要吧，要一瓶葡萄酒。

夜色终于渐渐的、真正地降临了上海。黄浦江的潮水按时涨落。远方，则因了暮色的缘故，显得有些模糊不清，要在很远的地方才能够触及到大海。甚至就在人们站立于外滩堤坝边的时候，仍然还很难想象到，这看似已很浩渺硕大的江面，将汇集于怎样的无限广阔的洋面之中，陆地将真正地在突然间完全消失。我们是不是都曾置身于夜行的船舶中，而看到那夜色下面的海洋（有月光或是没有月光）？那永无间隔的波涛与波涛的涌动，海面是灰色的，闷得像铅。在那种仿佛永无终止的航行之中，我们将突然忘却了陆地的模样。那些树，那些绿色，那些黄色的像金子般闪烁的麦田，我们将处于一种记忆暂时停滞的瞬间。我们将因为不知道究竟身在何处，而产生一种深深的恐惧与莫名的快感，就如同我们正经历着的一场铭心刻骨的爱恋一样。

我们现在可以隔着那个小饭馆的玻璃窗看到俞芝与萧梁。火锅烧得很旺，汤沸腾着，咝咝地向外冒着热气。所以我们可能要擦掉些玻璃窗上的热气，才能够看清楚房间里的情形。俞芝和萧梁面对面地坐着,我们可以看到两张像花一样笑着的侧面,他们在谈着什么话,又不时地停下来,相视一笑。在那两张脸上现在一点都看不出刚才在大街上的那种局促与窘迫,一切似乎都很好。他们谈得很好,吃得也很好,他们在某个瞬间里旁若无人地彼此注视,又在下一个片刻中有些害羞地垂下眼睑。我们不由得有些感慨,有些不忍去打扰他们的意思——这是两个太相爱的人,我们听见自己在说。我们说这话的时候不由得也有些害羞。但是我们仍然有着诧异存在心头:他们究竟是谁?怎么会出现在这里?他们为何相逢?为何总给人一种行将分离却又实难割舍的感觉?

是的,我们现在知道,我们所能做的就是去猜测一些可能性。我们不知道确实如何,究竟如何,我们能做的,就是天马行空,利用自己的阅历、性情、心境来进行某种猜测。我们可以来想象俞芝的职业、她的际遇、她的爱、她的梦幻,甚至于她的性创伤的种种种种的可能性。在我们的头脑里也将渐渐清晰地勾勒出萧梁的身影,这是一个什么样的男人?在他的生命中也曾经发生过什么样的事情,使得他能够与这位叫做俞芝的女子产生那样诚挚而又炽烈的情感。这情感使得我们即使作为旁观者也忍不住妒火中烧,又无法不为其中的缠绵和迷离而感到肝肠寸断、不能自已!

俞芝与萧梁大约在7点30分左右吃完了饭,他们赶到戏院时,台上《空城计》正演个开头。两人就在后排找了空位,坐下来。他们坐的位子有些靠边,两旁又都空着,台上两个老兵正佝偻着身子城里城外地扫着街道。那座西城的城墙摆放在正中,使得舞台显得有些拥挤,有些急吼吼地挤在一起看西洋镜的味道,但同时却又令台下的人产生了一种隐秘而安全的感觉。俞芝与萧梁的手在暗处摸索着,继而终于捏在了一起。

演诸葛的那人嗓子挺亮的,俞芝听见后排有人在说。俞芝抬眼又朝台上望着,台上的诸葛摇着羽毛扇正在唱:"我本是卧龙岗散淡的人。"一段西皮慢板，引得四周好多应和与叫好的声响。俞芝把身子挺了挺，坐坐直，因为手与手牵着，总有些怕人看破的心虚。俞芝觉得自己的这种心理有些好笑，就像是初恋而不谙世事的孩童。而台上的演员确实演得好，把诸葛亮那种自若与镇定，手里摇了羽扇缓缓而行，内底里却早已有些心力交瘁的情形演了个淋漓。这时俞芝和萧梁便看得都有了些沉浸，都有些若有所思的意味。我们知道戏院与影院从来就是一些引起人冥想的地方，因为"戏"的内容往往都是假设的，至少是属于过去时的，所以真正的隐秘便来源于观看者。他们因何沉浸，又究竟为甚落泪？就如同现在，我们寄希望于栖身戏院之中而透视到俞芝与萧梁的一些奥秘，而此刻我们终于借助于戏院里黯淡的灯光得以绕到他们的正面，我们躲在暗处，直视着他们的眼睛——

　　然而那正面观察所得到的直觉却还是让我们感到困惑，因为首先我们很难猜测出他们究竟来自何处。即使我们已经知道：俞芝坐着高速公路从燕城赶往上海，而萧梁则说好了在上海的天桥上等待着她，这些却仍然说明不了问题。他们看上去都不是那种太有地域界限的人，无法与某座城市真正地融合。说得简单而明了一些，如果我们说俞芝是燕城人，而萧梁是上海人，这当然不会引起异议。但是这城市的区分对于他们来说并不是那样的重要，他们完全可以出现在另外的一个什么城市里面，而依然可以做到，既与这个城市水乳交融，又悠然地超脱在它的外面。是的，真正的问题并不在此，我们之所以对这两个平安夜的"幽灵"深感兴趣，也并不因为要诠释一场燕城人与上海人的艳遇或者奇情。相反，发生在这个平安夜里的故事平平常常，几乎可以说是简单无奇，让那些乐衷于猎奇惊艳的人要大为失望、频频摇头的。因为在这个故事里面，故事的本身倒很有可能是最不重要的东西，它们与平安夜的夜色一样，至多也只能成为礼花焰火升起时在地面上闪烁而过的那些影子。

我们忽然感到有些忧郁，因为深入的思考常会让人产生出无望与失落。我们对于准确而切入的猜测有些力不从心，所以事情只能从边缘入手。就在这时，我们看见俞芝眨了眨眼睛，那眼睛里离奇的有种雾一样的东西，很迷离的样子，一闪而过，这让我们感觉很有趣味，所以我们大胆地猜测着俞芝可能是生长在一个多雨的地方。那里虽然也地处亚热带地区，四季分明，但阴晦与潮湿却是恒久的。每当春天来临，紧接着就是没完没了的雨季，雨下得不大，但是铺天盖地。这样的雨季，将会延续整整一个月，或者更长的时间。在这样的城市里，人们的生活往往趋于平淡与温和，我们知道，这种情况或许也与阴湿的气候有着密切的关系。因为多雨，房子的屋檐多取黑瓦斜面，有些还在两旁飞起檐角，雨点有时候就打在那些个檐角上面，声音既不沉闷，也不清脆，那是一些非常奇怪的雨声。

曾经有过这么一次，也是一个下着雨的午后。俞芝约萧梁出来，两个人撑着伞在开满了梧桐花的林荫路上走，俞芝忽然站住了身子，问萧梁：你去过上海的"情人墙"吗？那天俞芝一反常态，滔滔不绝地说着话，萧梁几乎未能在她的讲话间隔中插上一句。俞芝告诉萧梁说，那还是在她上中学的时候，有一次放暑假和两个朋友结伴去了上海。到外滩的时候已经是黄昏了，那时的外滩显得很昏暗，没有东方明珠塔，没有黄浦南浦大桥，也没有稠密挤搡的的士车队，零落的霓虹单调而陈旧，更像个弃妇与怨女。但外滩上的人很多，因为是夏天，江风很凉爽，爱赶时髦的上海女人有与小城中微妙不同的穿着。这种不同是细致的，不经意的，所以愈发显得无可模拟。

"那天我们三人去外滩的时候，天气很好，炎热但高爽。我们坐在江边的石阶上，靠得很紧。小城里没有这样的江水，这样宽阔无际的江面。我们心里存着一种惧怕，倒并不是怕被江风刮入滔滔的黄浦江中,但我们不知觉的坐得很紧,仿佛彼此寻求慰籍似的。而就在那天晚上,我们看到了外滩上著名的情人墙。

"一对对的男女从我们面前走过,然后面对江水,背朝我们倚在江边的栏杆上。女的多数穿着裙,有长有短。江风很大,有时就把裙摆撩起很高,有一个扎小辫的女孩我们甚至都看到了她水红色的内裤。天色一黑,江边就起了灯,但间隔很大,灯光也不是太亮。好多男女都视若无人的扭抱在一起,有的是依偎,有的是面对面的注视与搂抱,隔着三、五米就是一对,或者干脆就是一对挨着一对。开始时,我们三个女孩子都有点不好意思,低了头假装不看,就连讲话的声音都有点不太自然,低低地咳了几声,一副心怀鬼胎的模样。但是天越来越黑,在没有灯光的地方,黑得就连坐在身边人的鼻子耳朵都看不清了。然而一抬眼,眼前黑乎乎的又到处都是两个粘在一起的黑影,晃过来,又晃过去。过了大约半个多小时,我们三个渐渐开始交谈起来,尽量避免看对方的眼睛,在石阶上挪了挪身子,放松一下,然后两手撑着下巴,对那些黑影进行评头论足。

"我们三个那时都是16岁,都还没有谈过恋爱,至多是暗恋几个男孩子。但对于这一切,我们全都神秘兮兮,守口如瓶。这外滩上突如其来的变故,就如同一把重锤,重重地锤到了我们的心坎上。我们坐的石阶对面,是一块凸出于江面的平台,外滩的灯光在那里形成了一块淡灰的暗影。因为地形优势,那块平台上来来去去的情侣我们看得很清楚,先是一男一女,都趿着拖鞋,看来是住得离外滩不远的居民。女的挽着男的,很嗲的样子,女人侧过身来的时候,江中正巧开过来一艘客轮,前照灯打得很亮……后来我们就看到了那个丰满健康、如同小妇人似的女人。她和那个男的是在趿拖鞋的一对离开后站到平台上去的。其实我们一直都只瞧见她的背影。那背影真的一点都称不上美,臀部大大的,淡色小花的连衣裙在那儿撑得很开,在视觉上还有种下坠的感觉。那几乎是一个生育过后发胖然后略显变形的背影。然而那个男的一直紧紧搂着她,生怕她像一缕空气般从他怀里溜走似的。他低着头略略弯下腰,凑在她耳朵旁边说话,我们几乎都能闻见一股暖洋洋的气息,晃晃悠悠地飘过来。而她则如同孩子似的偎在他身上,两个人一动不动的站在那里,都不知道究竟过去了多少时间。她并不美啊!我们暗自嘀咕着,眼前的情景让我们生出一种莫名其妙的嫉妒。嫉妒的背后却是热望,我们又默然了。我们在黑暗中的眼睛再次相遇时,不约而同地说道:她并不美啊,真的。然后我们的眼光又避开,沉浸在黑暗之中,手心里沁出点汗水。

"夏天的时候,江海的旁边总是凉爽的。大面积的水域带走了邻近地面的热量,如果遭遇台风,在防波堤上就会听见幽黑而翻滚着的浪涛声。这是一种奇怪的涛声,它会让人在瞬间里产生不真实的幻觉,不是心生邪念就是灵肉升华。在还没有东方明珠、黄浦南浦大桥的时候,外滩还是灰暗的,人们趿了拖鞋,穿着老头汗衫赶去那儿,为的是乘凉、谈恋爱、想心事,或者干脆就是欲图不轨。上海从来就是个杂七杂八、无奇不有的城市,就像海水泛着泡沫、挟着纸屑、小螺、砂粒、珠蚌来到沙滩上。

"那天我们三个坐在外滩的石阶上。风真大,我们说。我们说得挺轻,还没有拍岸的涛声来得有力和果断。我们面对着那座情人墙,情人们在我们身边走来走去,手心里捏了一把汗,这可真是莫名其妙的事情,仿佛就像我们几个在偷情似的。后来我们就回去了,别人问我们在上海都去了哪些地方。我们说了城隍庙的包子、大世界、南京路,然后就停住了。我们谁也没有说情人墙,谁也没有说。"

我们是不是也会对俞芝的这段话感到奇怪,莫名其妙地讲述一段情窦初开时的陈年往事。在于俞芝这样的年龄,多少有些过于天真的嫌疑。后来是不是俞芝又说了些什么,对她的这段话进行某种解释,我们不得而知。我们看见她与萧梁的背影在林荫路上渐去渐远,梧桐花被雨打湿,有些花瓣湿淋淋地落下来,落在了他们撑着的黑布伞上。被雨水浸泡的缘故,色泽淡了,濡湿而膨大,稀稀落落地趴在那儿,有些委屈而无奈的样子。

俞芝为什么要对萧梁说这些?那段关于上海外滩的回忆,那里会有什么潜台词存在其中?是的,如果真有什么秘而未宣的事物,而我们则再一次对它进行大胆猜测的话,那就是俞芝所没有对萧梁说出的这句话:"那个时候你在哪里?是的,那时候你在哪里?"

那已经是很久以前的事情了,"情人墙"也早就因为外滩建筑的重建与修缮而不复存在,从此成为上海人在某个特殊时期中情爱与其心态的象征。但俞芝却总是无法忘怀,她把这件看似毫不相干的事情——与他们的相逢无关、与他们的此刻无关、与他们的将来更不会存在联系的事情向他和盘托出,因为藉此她至少能对自己产生两种暗示:她爱他。她希望那些在她来说最奇妙、最惆怅最伤感的时光能够与他分享。同时,也就如同她质问他"那个时候你在哪里"一样,她同样也巧妙地回避了"情人墙"之后与他们真正相逢之间那段看似空白的时光。而其实,所有的痛苦、失落、相见恨晚、痛不欲生或许都是从此中荫生而来的。时光形成了阻碍,而当他们再次相逢之时,却早已被光阴之箭射得千疮百孔,只能彼此寻求慰籍,而不能再有其它的作为。是的,这句话显得是多么的苍白而无可奈何啊——那个时候你在哪里?!

"那时候你在哪里?"俞芝坐在咖啡馆的阴影里,侧着脸问萧梁。那场京剧演到10点钟就结束了,俞芝和萧梁在一条小巷子里找到了这家小咖啡馆。咖啡馆里的人看了他们一眼,就用手指了指楼上。两个人踩着楼板上去,发现楼上的灯光很暗,暗得已经有种用意过于明显的意味了。并且那些座位布置得也很暧昧,窄窄的,四周的天花板上密密麻麻挂着好些仿真的葡萄架,灯光是暗绿色的,非常奇怪的暗绿,照在那些葡萄串上,泛出莹莹而幽蓝的光,给人一种不很真实的感觉。两个人站在楼道口,不自觉地都愣了愣,仿佛这小咖啡馆的幽暗既合了他们的心意,却又在不经意中非常微妙而精细地伤了一点他们的自尊心。两个人选了个位子坐下,忽然又觉得不合适,又站起来,重找了另一个。那是一个临窗的座位,隔着薄薄的一层白纱,可以望见窗外。对街可能有人正在放着焰火,那五彩的稍纵即逝的礼花,一闪一闪的,伴随着时有时无的声响,不断地投影到窗户的里面来。

两个人坐在那里谈话,由焰火而谈及圣诞。俞芝还讲起了巴黎春天门口那棵硕大无比的圣诞树,讲着讲着,俞芝忽然停住了,歪着头看着萧梁,说:"十年以前的那个圣诞夜你在哪里呢?"萧梁给问得愣住了,低头想了想,又猛吸一口烟,说道:"想不起来了,那时候的圣诞节没有现在这样热闹的。"这时,窗外一支正上升着的焰火发出一声刺耳的尖叫,一边叫着一边嗖嗖地往上直蹿,就在小咖啡馆的窗外开出一朵菊花形状的礼花来。"那时候你会在霞飞路喝咖啡吗?"俞芝盯着自己眼前一小枝正微微飘动着的葡萄串,幽幽地说。

接下来的谈话,因为窗外焰火的尖叫声过于刺耳而终于听不分明了。我们又只能看到两个坐得非常贴近的影子,时间正是1996年的圣诞夜,淮海路、南京路因为车辆、行人过于拥挤,已经造成了几度的交通阻塞,而地铁则因为超过了它的运行时间,早已宣布关闭。这是一个隐秘的、正有什么东西东奔西突需要喷薄而出的圣诞夜,这样的感受是如此的强烈,以致于坐在僻巷小咖啡屋里的俞芝与萧梁也无可回避地感知到了它。

他们向服务员要了酒。酒瓶和两只玻璃杯被放在托盘里拿了上来,玻璃与玻璃轻微地撞击着,发出叮叮当当的声响。他们在各自的杯子里加满了酒,又在黑暗中拿起了酒杯:"祝你圣诞节快乐。"他说。

"也祝你快乐。"她微微地抬起头,眼光掠过他的头顶,有些茫然地顿了顿,然后说。

"在这个城市里咖啡馆总是挺多的。"他又喝了一大口酒,不为人注意的自嘲似的笑笑,"这很好,而且咖啡馆常常坐得很满。音乐有时开得很轻,有时音量却又显得过于大,大得有些刺耳以至于影响了人们的谈话。但这些都不重要,重要的在于人们喜欢咖啡馆这样一个地方。"他再一次端起酒杯的时候她看了他一眼,他今天确实喝得很多。

"是的,咖啡馆很好,是的。"她正若有所思,所以有些附和地说了一句。楼板响了,又有人上了楼,坐在他们的身后。他们继续喝酒,还碰了一下杯。房间里隐约有着空调的轰轰声,几枝挂在空调机旁边的葡萄串被暖风吹得微微飘动了起来。这个小咖啡馆的灯光是一种奇怪的暗绿色,有些阴冷,甚至还有着些凄惨,仿佛唯恐别人不知似的,正好心地提醒着人们这只是一种梦幻。而这梦幻又是随时随地可能被惊醒的,被干扰的,被改变了颜色的。这样的咖啡馆里所有的声音都是一种窃窃的私语,都是夜已经到了过半的时分,突然梦醒,而窗帘有一角没有拉好,从缝隙里漏进些冷风,还有几瓣清冷的光。然而虽已梦醒,却仍然倦怠,也无意去追究那窗缝里的光,究竟是月色,还是街道那盏残破了一半的路灯。这样慵懒地躺着,听时钟的声音滴滴答答地走过去,也是冷冷的,像水滴落在了青石板的石阶上。这样的环境显然有些压抑,这让我们不由得也有了一种心情沉重的感受。幸而这样的时光不是太长,我们终于看到,俞芝与萧梁他们因为酒力的缘故,忽然变得有些兴高采烈、情绪亢奋起来。他们喜气洋洋地提高了嗓音说话,甚至还有了朗然的于瞬间爆发出来的笑声。

我们听见他们正在谈论一部怀旧电影,那里边说的是男主角在一家杂货店买东西时遇见了一个穿黑衣的女人,人们却都说她是女鬼。她问他借个火,点了烟,在打火机点燃的瞬间,他看清了她,冷艳的有着鬼气的一个女人。她不叫他名字,她叫他"人",他也不叫她的名字,他叫她"鬼"。他送她回家,穿黑丝绒旗袍的她与他走在晚间清冷无人的上海街头,高跟鞋敲打在青石板的路面上,发出非常清脆的嘟嘟嘟的声响。店铺都打烊了,所以他们说话的声音在街道上就显得出奇的清晰。他发现她住在郊外一座破旧的小楼里,四周荒败而凄清,而无数次的猜疑、跟踪、痛苦之后,他们终于相爱了。

"接下来那一段拍得很美。"她招了招手,又要了一瓶酒。服务员把酒瓶放下的时候,偷偷地看了他们两个一眼。"没有一句对话,就是音乐与画面构成的一整段,像金色阳光一样的色调,他们坐在马车上,银杏树开得很好。"

"是的,银杏树很美,我从来都没有看到过像那部电影里那样好看的银杏树,从来没有。"

"音乐也好,他们两个坐在霞飞路的小咖啡馆里喝咖啡。那个咖啡馆也是两层楼的,灯光并不昏暗,楼梯用的是那种铜质镂空的扶手,一个有些上了年纪的乐手正在角落里吹着萨克斯管。摄影用了一个中距离的侧景,这让我们能够看清那两个人的侧影。他们坐在那里喝咖啡,窗外好像还忽隐忽现的走过一个人,那人手里拿着一把胡琴。他们一定喝了很久,霞飞路的老咖啡馆总是开得很晚,乐手吹累了,就休息一会儿,接着再吹。"

"那是一段最好的时光,可惜不长,好时光总是不长。"她叹了口气,又像被这突如其来的叹气声给吓着了,有些夸张地笑了笑。

"他们所有的好时光就全在那个咖啡馆里了,他们在那里喝咖啡,一喝就是很长的时间。那也是冬天,他们无处可去,他们一直喝到那个老乐手吹得昏昏欲睡还不肯走开。"他又拿起了酒杯,他看了她一眼,见她没有反应,就自顾自地把杯子凑到嘴边,喝了一大口。

"是的,以后就有变故了,我在看他们喝咖啡的时候就有这种感觉,不会一直这样下去。你想这一段电影里面不出现一句对话就是一个预言,那简直就好得有点不真实了。就那样面对面、或者脸贴着脸地在霞飞路的咖啡馆里喝咖啡,不会一直这样下去的,他们的好时光全在那个咖啡馆里了……"

　　说到这里,她忽然停住了。一阵静默,两个人都像是想到了什么似的,有点要逃避对方的意思,各自避开了眼光。"后来就开始死人了。"他喝多了,她听见他的声音略微有了些异样,他的这句话讲得很响,以致于邻座已经开始有人在注意他们了。

　　"当然,故事里面总是要死掉个把人的。"她不得不把他的话头接着往下面讲,接着又伸出手推了推他,示意他少喝一点。

　　"十年前的那个圣诞夜你在哪里?"她显然喝得也有点过了,脸色红红的,即使在暗绿的灯光下面也能够看出几分。

　　他没有回答她的问话,两个人都微醺着,眼睛反而倒很亮。他们没有顾忌地彼此对视,一点也不知道羞耻。音乐声正轻轻地在咖啡馆里回荡,是情歌,柔得像棉絮一样贴心贴肺的情歌,在这样的情歌里面只有不说话才是合适的。但他们已经顾不上这一些了,他们就像是两个粗人,借着酒力,声音一会高一会低地交谈着,我们管这叫做交头接耳、窃窃私语,或者自说自话都可以。这些都不重要,他们都已经喝醉了,说话有些颠三倒四,他们喝醉了反而却坐得相隔更加远了些。这时坐在他们后面的两个人正紧紧地搂在一起,而他们却仍然面对面地坐着,毫无廉耻地贪婪地彼此看着。我们知道这情景其实同样能用"欲火中烧"来加以形容,但色情在这里暂时地受阻于爱情。他们像一对疯子一样使劲地谈话,使劲地笑,听任酒精毒害着他们而无力自拔。

　　"有一阵我也去霞飞路喝咖啡,是个夏天。是的,我记得那是个夏天。"窗外又一只焰火升上天,它发出一声凄厉的尖叫,那叫声暂时盖过了萧梁略带沙哑的嗓音。

"我在窗口的一个座位上喝咖啡。咖啡馆的窗户是落地的,所以能够非常清晰地看到外面的情形。一男一女,两人大概发生了什么争执,男人忽然挣脱了女人的手臂,飞一样地在街上跑了起来。"他从烟盒里取出一支烟,点上火。他抽烟的时候眼睛显得有些迷离,他的眼光仿佛在突然之间穿越过了什么东西。她看着他,有些出神。

"那女人疯一样地追了上去。她涨红着脸,像是刚刚哭过。大街上的人都停下了脚步,各怀心思地看着他们。那男人突然不跑了,从裤腰上解下皮带。那是一根带铁扣的军用皮带,很宽,铁扣也很大。"他的手在一亮一暗的烟火里不断映现。那手上夹着烟,然后他又把烟放在唇上,那嘴唇看上去是湿润而温热的。

"那女人没有停。那是夏天,女人穿了一件很薄的白衬衣,天还没有暗得厉害。她死命地要把他抓住,她可能哭了。那皮带扣一定抽到了她,因为那件白衬衣很快就渗出了红色,一块一块的,紧接着就是一大片,她的白衬衣被血水浸红了。"

俞芝哆嗦了一下,像是被什么东西击中了,她仿佛想说些什么,但嘴巴动了动,却又没说。

"那女人就是不避开,他抽她,但是她就不避开,"萧梁仍然有些意犹未尽的样子,喃喃地自语似重复着,"她死命地往前冲,她抓住了他,死死地抓住了他。她抓住了他就把脸贴到他的脸上去,她的手上也有血,她用它们抓着他,他有再大的气力也逃不掉了,女人发了狂就是这样……"

"有酒吗?"俞芝哆嗦得更厉害了,她声音颤抖地打断了萧梁的话。她把他面前的酒杯拿过来,一口喝了下去。"他们都疯了。"她的眼光呆呆地不知看着什么地方,然后有些求助似的望着他,一副要哭的样子。

"是的,都疯了,他们都疯了。"他看着她,脸上不露出任何表情地说。

夜已经深了,街边的焰火也有好长时间没再升起了。俞芝又要了点酒,但那酒喝下去,身体却仍然是颤抖着的。两人都没有要走的意思,咖啡馆里却陆陆续续地有人站起来,楼板那里传来一阵响声,继而又没有了,又沉静下来。咖啡馆里的音乐不知在什么时候也停止了,更显得四周有些黑沉,有些于心不忍却又不得不催人动身的意思。俞芝拉着萧梁的手,她把他的手指一一掰开来,然后再把自己的嵌进去,像个小女孩似地重复着这样的动作,嘴里却没有言语,只是专心地非常投入地那样一种单一而毫无意义的重复。在这动作进行的过程中,俞芝渐渐又恢复了平静,萧梁刚才的那段回忆确实让她受了点惊吓。这惊吓虽然远远未曾过去,但却依然无法抵御她与萧梁在一起时的快慰,非常简单然而又充盈了一切的快慰——她抓着他的手,便知道了他就在她的身边。他们只是相视而笑着,一点也不需要什么理由。

　　这是一个黑沉沉的被人们遗忘在城市的一角、很多很多的人都可能终生未曾走进去过的小咖啡馆,在咖啡馆的二楼还连着个小晒台。在这夜已深沉的时候,人们可以看到俞芝与萧梁站在那里。晒台不大,四四方方,栏杆是铜铸的,也镂空着花纹,就像大多数旧上海的老式公寓房子那样。室外的空气很好,凉凉的,却不很凛冽,吹在裸露着的手臂与脸上,稍稍有些刺寒,也至多是警醒,而不至入骨的。两个人靠在栏杆上,俞芝像是忽然想起了什么,对萧梁说,怎么圣诞节也放焰火呢,又不是过年。萧梁被问得愣住了,回答不出,就说圣诞也就是过年。空气里还弥漫着一些烟火味,辣辣的,却也好闻,是平日里难得闻见的喜庆的气味,没头没脑、肆无忌惮地飘荡着,像极了那些隐在布帘后面的皮影戏的影子。

　　晒台下面是条小巷子,规规距距铺着青石板的小巷子,很难想象,只要一出这条小巷,外面就是那条灯火通宵达旦的繁华大街。如果乘坐飞机经过这个城市,在云层里就能看到这大街上的万家灯火,就像一个时时刻刻、日日夜夜不断举行着的盛大婚礼,永远是笑脸迎人,永远不知倦怠。也像那种川剧里面花里胡哨却又奥秘无比的"变脸",虽然不知道下一个脸色将会是什么,那种繁华与热闹却是将无可非议地继续着的。你倦了,它却要继续。红舞鞋紧紧巴巴地上了脚,不想跳了也要跳下去,那是容不得你起些微个改变的念头的。

你的手有些冷。萧梁抓住俞芝的手,用叹气一样轻的声音说。俞芝没有说话,把下巴轻轻地磕在萧梁的肩上,那动作轻柔得就像是一阵烟,风一吹过来就要散的,却又像幽灵一样阴魂不去地缠绕着你,永远不会离开。两个人都不说话了,静默着,冷风吹在脸上,把两个人的眼睛都吹闭上了。

在接下来的时间里,我们忽然能在这城市的很多地方看到他们了。出于一种无法言明的复杂心理,我们在这个城市里追寻着俞芝与萧梁们。这让我们有些惊讶地发现,他们正以不同的形式出现在这个城市中,但他们无疑又是相像的。或者说,他们其实根本就并无区别。我们首先看到的是俞芝,俞芝背着一只大包出现在虹桥机场"国际到达"的指示牌下面。也不知道是机场内的灯光强烈炽热因而具有逼真的还原性,还是长途的高空飞行使人疲惫不堪的缘故,我们现在所看到的俞芝要比咖啡馆里的那个显得苍老、憔悴的多。大厅里这时略略地起了些嘈杂,但这嘈杂仍然还是有着分寸与节制的。接机的与被接机的彼此相认、彼此拥抱,甚至还有着此起彼伏又被压低了声音的呼喊声。

俞芝是一个人,她拿着行李走出了大厅。机场里正堵着车,我们透过密密层层的车流,看到俞芝皱了皱眉。一辆红色的桑塔纳出租车停在了俞芝的身边,司机很有礼貌地下了车,把俞芝的行李放到后车厢里去。我们看到那是一个穿着上光皮夹克的上海小司机,他很殷勤地替俞芝拉开了车门,在俞芝侧身坐入车内的时候,小司机尽可能仔细地上下打量了一下俞芝，然后轻而脆亮地吹响了一声口哨。

这仍然是一个即将到来的圣诞夜的黄昏。小司机非常殷勤地和俞芝搭着话，说小姐我觉得你很像那部电影里面的女主角！俞芝就问是哪部电影。小司机说，喔哟哟，现在上海人都在看那部电影，是讲旧上海女人的，你看上去和她不要太像喔。俞芝笑了笑，觉得这小司机既滑头，又可爱。上海的交通仍然还是问题，一路上堵了几回。小司机就问俞芝稍稍绕一下道行不行，俞芝点头，小司机一调方向盘，三下两下，就拐上了另一条大街。

我们这才发现，俞芝坐的车子现在已经开到霞飞路上来了。霞飞路宣布爆满的几家电影院外贴着大型的广告，因为好奇，我们驻足站立。从我们身边正走过一个个挽手搂腰的情侣，然而我们的视线却仍然久久地为那些足有一人多高的招贴画所吸引。那画上的女人确实像极了俞芝，坐着，略略低了头，鬓发垂落在肩上，一缕暗黄如同夕阳般的光线照亮了她半个面部，是个侧影。她和一个男人正在咖啡馆里喝咖啡，仍然是因为光线的问题，男人的脸隐在暗处，宛若一尊剪影。他们被一些有着金属泛光的窗格与楼梯扶手隐约地层层相隔，但那轮黄昏时就升起的月亮却是清晰的。一轮弯月，挂着几缕柳梢，这样的凄清冷落，倒衬得咖啡馆这样的场所有种蜃楼般不真实的繁华。我们听到身边人声阵阵，有女子正在谈论女主角穿的那件带镂空花边的黑丝绒旗袍，说"巴黎春天"这两天也有卖了，很贵的，但买的人很多。就在她们讲体己话的时候，俞芝坐的车子从影院门前匆匆而过。我们看见俞芝的脸在车玻璃窗后面一闪而过，她探了一下头，亦或并非如此。要知道，车辆在霞飞路上总是能开得很快。这是一条不大堵车的街道，跑动在这条街道上的车辆总是锃新光亮，车座上铺着纯白并且带有花边的垫套，坐着这样的车，行驶在黄昏的霞飞路上，很容易让一些具有怀旧情结的人产生这样的错觉:仿佛那车正是由两匹骏马拉动着的四轮马车,两旁是法国梧桐,修剪得整齐而有错落。更奇怪的是,树上挂满了五色闪烁的小灯,万家灯火似的闪着,在马蹄的"哒哒"声中,在轻风的呼啸声里。马车轻快前行,而在前面等待着的,也就是那个大团圆、大美满、大狂欢的圣诞之夜了。

是的,所有的人都已经感觉到了,这条霞飞路其实只是一条最最适宜于圣诞的街道。在这条街道的两旁,咖啡馆林林总总,难计其数。坐在那些闪动着暗黄灯光的落地窗内,能够极为清晰地看到霞飞路上正在发生着的情形。就在刚才,马路对面一个小孩正缠着他妈妈要买冰淇淋,我们看到小孩的妈妈使劲地摇着头,还弯下腰对小孩子解释着什么。那小孩先是牵着他妈妈的衣服下摆拼命摆动,后来就撅起了嘴巴,终于哇的一声哭了。

再次看到俞芝的时候,她正和萧梁走在一起。天黑沉着,这让人无法清楚地分辨出他们究竟正在赶往和平大戏院的途中,还是戏已散场,两人慢慢走着,而那个有着暗绿的灯光、壁上挂着葡萄串、如同梦幻般的小咖啡馆即时就会出现在不远处的那条小巷子里。当然,还有着其他的一些可能。比如说咖啡馆也已经打烊了,店主很草率地打扫着桌上的杯盘,然后,最后一盏微弱的灯也被拉灭。他们只能重新又走在了街上,忽然发现在这个城市里,他们已经无处可去。

俞芝的头发有些湿漉漉的,这或许是天上偶尔掉下几滴雨水的缘故,在她的湿漉的发梢中,不时还散发出一种好闻的沐浴露的气味。但不管怎样,此时的俞芝是沉静的,她仍然紧紧拉着萧梁的手,在晕黄的路灯与沉迷的夜色下,两个人都显得很年轻。俞芝和萧梁正在上海的街头散步聊天,这是一个圣诞节,而上海的圣诞节街道,却都是有些类似于很多年前的那条霞飞路。我们已经说过,霞飞路是一条最适宜于圣诞节的街道。霞飞路的圣诞夜是狂欢中的落定,是已经知道结局却也要强颜欢笑的一夜风情,是用胭脂花粉写出的

"我为卿狂";是涉世已深却又情缘未了的痴男怨女们"看破红尘爱红尘"的一声叹息。而霞飞路上这样的叹息声，却在无意中刺痛了正在散步的这两个人。两人有一搭没一搭地说着话，渐渐地就走错了道。他们走在一些楼房的影子里，走在一些刚刚施工完毕、尚未有人迁入的别墅区里，有些车辆的前照灯常常刺得他们睁不开眼来，这更让他们觉得无处可去，就像是两个鬼影。

他们谁也没想到会在拐角处遇上那个算命的老太婆，她孤零零地坐在电线杆的下面，白头发被风吹乱了，像枯稻草一样摆动着。老太婆面前放着一张白纸，上面写了几行字。大字是两个：算命；小字也不多：不用开口，就能得知贵姓与一生命运。

两人都愣住了。这是一条闹市中的僻巷，巷子两边的烟杂小店已经早早地打烊关门，路灯也是暗的，比不得巷外街头的霓虹。而那个算命的老太婆却静静地面朝了他们坐着，也不说话，更没有招揽生意的意思。她穿了件布满皱褶的深色棉衣，风很大，她却一点都不显出冷的样子。在这已经深沉了的夜晚，她却为什么还守候在这里？她甚至始终保持着这样的姿式：抬着头，望着从巷口走进来的这对男女。她望着他们，不说一句话，或者，在这里我们换种说法，她欲言又止。

就像是突然之间被人看穿了什么心事，俞芝害怕似地倚了一半身子在萧梁的身上。萧梁也没有言语，两个人沉默着、手拉着手站在一起，他们仿佛正在等待着什么。这等待中有着一些惊悸，有着一些毫无希望的希望。这等待其实是虚假的，因为结局早已经明确着，但这等待同样又是带给人一些幻想的——或许，会有一些即便明知是虚假的语言、虚假的抚慰——所以，在那个瞬间，他们就这样偻偬而虚弱地僵立在那里，仿佛要与算命老太即将宣布的命运相对抗，又仿佛正静待着上苍将要赐予的一个奇迹。

但那算命的老太婆却一直沉默着，那是一种曾经沧海之后的巨大的沉默,是无数次"在场"过后的一个真正的无所不在、无所不知。她已经满面皱纹、心若枯井,却仿佛更有着别样而无法泯灭的深情。她坐在那里,沉默着,这沉默让空气里含有了一种令人窒息的意味。她的嘴唇紧闭着,眼光里有些犀利,有些爱怜,更有些漠然。她像是在坚守着什么无法言说的奥秘,这秘密是早已存在于那儿的,而她的出现与守候,仿佛只是为了提醒人们这秘密的存在,而远非它的答案。但这种巨大的令人窒息的沉默却几乎要把这两个人压垮了——

圣诞夜的这场雪,就是在这个时候开始纷纷扬扬飘落下来的,起始时雪片还不太大,挟着些零星的雨水,落在他们的头发上。两个人握着的手不知怎的,都有些冰冷。等到两人走在了一处树影下面,萧梁停住了脚步。这时,我们也不知怎的,忽然也感觉有些凄凉,不忍心去打扰他们,只听到萧梁很轻的问话声:你怎么哭了? 然而那问话仿佛也并非问话,倒正像是喃喃自语,自顾自要讲给自己听的,忍不住自己也陪着要流下泪来,要用舌尖去舔对方的伤口,又怕分量重了。于是就像空气一样,隔着些微的距离,轻轻地拭摸,悄悄地陪泪,就连眼泪也是不忍心让对方看到。我们别转身去,心里冷不防地起了阵寂寞,树影下的那两个人忽然让我们把一切都看了个清彻透亮。然而,就像闪电飞过夜空一样,紧接着,寂寞跟着就来了。

俞芝和萧梁相扶着从那条小巷子里走出来。雪仍然下得不大,一会儿下,一会儿又停。但雪片有时候静悄悄地落在脸上,落在眼睫毛上,很快就化了,却冰凉凉的。俞芝走得很快,就像是在逃离一个梦魇似的,她的长大衣在风里飘动起来,这使得她的身影就如同一个在大街上疾驰而行的奔走者——这情景忽然让我们生出一种似曾相识的感受,仿佛有什么东西正悄然流转,再次往复。就在这时,我们仿佛又看到了那个女子。不知怎的,斗转星移,我们竟然又回到了好多年前那个夏天的黄昏。有一些来自于画面之外的嘈杂的声音。天空是梦幻般的深蓝色，却又蒙着些灰黄。车辆在霞飞路上奔驰而过的声音也显得出人意外的喧哗、响亮。这是一个让人心神不定的夏日黄昏，人们在霞飞路旁的咖啡馆里已经落座了半个多小时，天气异常闷热，又透着股潮腥气，让人怀疑到是否向晚的暴雨即将来临。咖啡馆里的坐客全都有种昏昏欲睡的意味，灯也昏暗着，时不时的有人推门而入，带进来一股街道上的热气，与人流中挟裹着的暧昧的汗味与体香。人们在那里喝着冰过的咖啡，甚至还因为胸闷烦躁，而向服务员发了一次火。大家都埋怨着咖啡的味道太淡，这样平淡乏味的咖啡，是根本就无法驱除夏日的疲惫与慵懒的。

那个女人是在萧梁喝第三杯咖啡的时候，从街道的那一面飞奔而来的。因为那种速度和疯狂与这个夏日黄昏死一般的懒散相去太远。所以我们相信，咖啡馆里几乎所有人的眼光都被这个女人吸引去了。

大家都不知道究竟发生了什么事。那时人们正在喝咖啡，在这个城市里，喝咖啡是消磨时光的最佳方式。许多事情都会在咖啡馆里发生着，相亲、偷情、谈生意，或者百无聊赖地打会儿瞌睡。虽然咖啡馆的座位排得很近，但除了未经世事的初次走入者，谁也不再希冀会在咖啡馆里遭遇什么奇迹，更不用说是在这样的黄昏——云层压得太低，马路上跑动着脏兮兮的快慢车辆，灰尘漫得很高，在这样的黄昏，没有人会有什么好心情。

那女人穿着白衬衣。那是一件质感很好的白色衬衣，有些宽大，所以女人跑动起来的时候甚至还带动了一些风，这让她乍看起来就像个仙女。她在追赶一个男人，女人跑起来就像是一阵风。

人们手里的咖啡杯举在了半空。好像要发生什么事情了，空气中充满了一种窃窃私语的气息。有一些咖啡的香味，咖啡的香味在这一刻忽然变得浓烈欢快了起来,咖啡唱起了歌,就像我们的心情,我们这群无耻的百无聊赖的人。

忽然,我们叫了起来。这声音是如此暧昧,几乎在瞬间里谁也无法分辨出那究竟是惊讶,是欢呼,是愤怒,还是浑身爆发出被压抑了太久的欲望与快感。我们叫了起来,就像野兽一样地叫了起来。

那男人正用一根皮带抽打着那个女人。她像疯子一样地呼喊着他的名字。

他在抽打她。她的白衬衣上渗出了血来。

她抱住了他,用自己的脸去贴紧他的,那姿式几乎无法让人看清究竟是撕咬,还是亲吻。

她也许哭了。眼泪与血渍混合着,顺着脸庞流了下来,这使得她的脸血淋淋的,非常难看,眼泪与血渍使她当众出了丑。

所有的人都在看着她,看这个当众出丑的女人。就在这时,她突然地转过头来,这使得她的整个面部异常清晰地暴露在人们的面前。我们惊讶地发现,这女人正是俞芝。

是的。现在我们终于知道,他们在好多年前其实就有了一次相逢——俞芝和萧梁——在霞飞路上的相逢。然而,在那个时候,他们擦肩而过,不曾相识。萧梁永远也不会知道,那个在霞飞路上被皮带抽得鲜血直流的女人就是俞芝。他们再次相遇之时,光阴已逝,彼此早已不再相识。但是萧梁其实一直无法忘怀那个霞飞路上的女人,他甚至还对俞芝讲起了这桩往事。虽然萧梁同时也隐瞒了一个细节:那个黄昏他刚从女友家出来,那个黄昏他同样深爱着他的女友,并且认为这爱情无可改变,一旦失去,他是没有办法再活下去。他带着甜蜜的相思和离别的惆怅,独自一人坐在霞飞路的咖啡馆里。他和女友刚接过吻,他还第一次抚摸了她的身体,他是那样的狂乱,以致于在咖啡馆里坐定已久,还无法平静自己的心绪。但是,他确实又被霞飞路上那个飞奔而来的疯狂的女人震撼了,他久久地心情复杂地看着落地窗外女人的遭遇，他发现自己竟然有些羡慕那个男人……但是萧梁并没有看清那个女人的脸，其实他坐的位子离大街非常之近，俞芝奔跑的时候几乎就是迎着他扑面而来。那时，冥色已至，白色的带血的衬衣如鸟之双翼。是的，萧梁惊呆了，我们可以从萧梁在多年以后对俞芝讲述这桩往事而得到某种暗示：他喜爱这样的女人，在俞芝飞奔而来的那样一个瞬间里，他心底深处的某件活物被骤然触动，他一下子就爱上了她，他爱上了那个不要脸的当众出丑的疯女人。他隔着玻璃窗——隔着以后将会抱憾终生的咫尺距离，他看着她，心中充满了柔情。

他们曾经都不是纯洁无瑕的，这让我们多少感到有些遗憾和痛心。但奇怪的是，事到如今，却正是这种亵渎与不洁深深地打动了我们，令我们无法自持，心碎不已。我们似乎已经不再有那种请命的悲哀，倒是渐渐地萌生出宿命的感觉。我们看着他俩像幽灵般行走在正下着雪的上海街头，他们走过一些已经打烊了、或者仍然有着暗黄灯光的咖啡屋，里面人影绰绰，隐约还传出些喑哑的乐声；有骑车人慢慢地从远处过来，后面的车架上还坐了一个，都穿着厚重臃肿的冬衣，挤靠在一起，就愈发地显得身影相系，有种让人黯然的相依为命的感觉；沿途的花店也已经都关门了，圣诞节的玫瑰花篮早已分布在各个豪华宾馆酒楼，有些花枝撒在了铺着红地毯的大堂里、弯角楼梯上，被纤巧的穿着高跟鞋的脚轻轻踩过。花瓣有些褪落，却仍然香着，香得有些颓败。在圣诞的华彩也就是即将接近尾声的时刻，这种颓败的香与寥落有一种执着地沉浸于往事的意味。

是的，往事。两个承载了往事的人走在上海古老的大街上。两个人的身影都显得很单薄。那只是因为，往事十分巨大，十分沉重。单薄的肉体负载了它，灵魂只能演变成为幽灵，但即便如此，幽灵也仍然在行走，幽灵依旧未曾倒下。雪片肆意地飞着，那形状与情势都有些纷乱,有些欲铺天盖地的气势,就像要把所有发生在过去年月里的事情都在此刻宣泄个干净。

为了背负起沉重的往事,两个人相扶着在街上前行。而就在这时,往事又在我们面前叠映出一些场景,那仍然是关于霞飞路的场景。颜色有些暗旧,就像电影语言一般:萧梁一个人在小咖啡里喝咖啡,萧梁在林荫路上散步,萧梁在抽烟,他有些失神,烟蒂的余烬燃着了他的手指。然后我们又看到了萧梁的一个背影,他——萧梁,和一个女人。窗外树影很盛,茂密的树叶投影在屋里的墙角上、床单上、蒙了些灰尘的家俱上。我们看不清那个女人的脸,她的脸隐在了大堆大堆的树影里,有一些阳光斑驳的金色。他们正躺在床上,被单凌乱着,暗示着一个激情过后的午间或者傍晚时分。两个人都很沉默,不说话,只看见萧梁又点着了烟,他的眼睛仍然有些失神,怅然若失。或许就连他自己也搞不清楚这其中最确凿的原因,房间里有种暧昧的气息,那是一种做爱过后的气息,单纯的肉体之爱的气息。萧梁闻见了它,所以他点了烟,烟味很浓,在房间里迅速弥漫了开来。这气味可能让床上的女人感觉到了异样,她欠了欠身,这使得我们终于看清了她。这是另外一个陌生的女人,我们并不认得她。我们看到她伏在萧梁身边的时候,莫名其妙地忽然心头一颤,她不是俞芝。我们不认得她,她却曾经在某一天的某个时候,像个亲密情人一样地睡在萧梁的胸前,这个陌生的我们所不认识的女人。

就在这时候,就在萧梁与其它的女人相亲相爱、水乳交融的时候,就在他们睡着的小公寓的楼下,就在那条著名的霞飞路上。俞芝像个疯子般的奔跑着,狂叫着。俞芝哭了,俞芝在追赶一个我们同样不认识的陌生的男人,那个男人用皮带抽她,抽出了血来。

萧梁或许也听见了这声音,他可能还与那女人一同站在阳台上张望了一下。但是,那时,他们彼此并不相识,他们还是两个陌路人——俞芝与萧梁，即使我们在一旁跺脚叹息、感慨万千、痛不欲生全都无济于事，他们形同陌路，他们是两个注定了将要爱得欲生欲死的恋人。但他们确实有过一次，就在霞飞路上，他们失之交臂。那时他们各有所属，心有所系，还全然不知命运与宿命之类的字眼。

现在，我们都已长大成人，所以我们已经知道，世上其实并不存在相见恨晚这样的说法。但我们都是些善良的人，我们仍然还会痴痴地寄希望于下一辈子，是不是还会有下一辈子呢？就在她飞奔于霞飞路以前，就在他默然而又有些心动地看着一个女人被抽打而疯狂以前，就在她开始第一次询问"那时候你在哪里"的时候，苍天有眼，能够让他们相逢？

雪还在下着，渐渐大了，然后又变小。下雪的时候，街道就显得非常空旷，有些不太真实的感觉。我们看见俞芝正扶在街边的一面墙上，她呕吐了，吐得一塌糊涂。他们可能又喝了酒，俞芝今晚一定喝多了，他们总是喜欢那样面对面地坐下来喝酒，直到喝得都已经有了些醉意还不肯停止。

俞芝说她明天就要走了，她将离开这个城市。她说这句话的时候，眼睛没有看着萧梁。她甚至似乎有些忘记了萧梁的存在，她时而自言自语，时而片刻沉默，完全地沉浸其中。俞芝这种突如其来的平静与坚定无疑又让我们感觉到了诧异。就在我们仍然感慨万千、几乎为他们情不能自已的时候，那样的平静与坚定又是怎样降临到他们之间的？

他们甚至还谈到了刚才的诸葛亮——京戏《空城计》里的那个，那个自古以来不知有多少人为之流泪的诸葛亮，他们非常起劲、非常隐蔽地谈着他。萧梁说，诸葛亮其实是有着难言之隐的。

俞芝就点头说，是的，忽然她又笑了，说：刚才看《空城计》的时候我都哭了，不知怎么的也流了眼泪，觉得诸葛亮为阿斗这样的人去争天下，忙得头发胡子都白了，也真是该有些不甘的。但仿佛却就是要这样的不甘,这样才好……

俞芝讲了一半,有些说不下去,呆呆的停住,不知在想着些什么。

萧梁一时也有些默然。过了会儿,他接着又说,有些话诸葛亮虽然没有说出口,但心里是明白清楚的,他内心其实早就有着寂寥。

俞芝听了,仍然点头,脸上却没有什么表情。俞芝说我喜欢诸葛亮,他已经知道是做不成功的,他知道,他的心里早已是看了个透彻,但他仍然做那样一种绝望的努力。

他还没有地方可以去倾诉,他独自一人,无人能够为他分忧。萧梁插了一句话,这句插话使得谈话出现了一次短时间的沉默。

是的,总是无处倾诉,总是这样。俞芝说。

接下来我们就听到俞芝讲起了别的一些什么事情。她在讲这样一些事情的时候,提高了声音,然而我们听起来仍然有些梦呓的意味。她对他讲巴黎,讲芬兰,讲那些美丽的欧洲小城郊外的树林,她还讲到了威尼斯,她说威尼斯也常常下雨,在威尼斯总是能听到雨声。但那里有很多的鸽子,不是纯白的那种,带点灰,但仍然是白的。它们经常栖留在广场上,广场上空旷无人,它们就在那里咕咕地叫着,雨下得并不大,仅仅打湿了它们翅膀上的一些羽毛。

广场旁边有一座桥。俞芝又说,虽然那里有很多座桥,但是我常常去的就是那座,常常去那里。

威尼斯有很多时候是浸透了雨水的雨季,在其中的一个雨季,那里来了很多中国人。他们是来拍电影的,拍一本关于旧上海的片子。一个女人站在桥上,穿着黑丝绒的旗袍,头发是鬒的,她在那儿站了一会儿,就走到临水而立的咖啡馆去。在威尼斯有很多像那样的临水而立的咖啡馆,到处都是水域,房子也总像是在水中,也像是船。坐在那里能够非常清晰地看到潮涨潮落,人总是不多,鸽子有时候来,有时候不来。咖啡馆里总有弹琴或者吹奏萨克斯的乐手,没有人在意他们,人们各自想着自己的心事,但琴声总是很美,常常让人忍不住也要屏息静听。穿黑丝绒旗袍的女人就坐在水边的那座咖啡馆里,独自一人。咖啡馆里同样也是人影寥寥,但那女人的神态却给予人们一种提示,仿佛这里即使是宾朋满座,这一切也早已与她毫无关联,她早已心如死灰,无法复燃。

音乐很好。俞芝入神地讲着,更像是喃喃自语。是的,只有在人影稀少的水边才会听到这样的音乐。后来就又下雨了,总是下雨,你知道吗? 在威尼斯你总是会碰到雨天,她却总是独自一人。

威尼斯的冬天同样寒冷,如果恰逢雪日,人影寥寥的城市总会让人感到愈发凄凉。我在威尼斯常常感到冷,我常常想起上海,常常想起。我没有办法让自己忘记上海,丝毫没有办法。人们在那座临水而立的咖啡馆里喝咖啡的时候,就能够看到那些正在拍电影的中国人。人们或许正猜想着他们可能来自上海——那个遥远的东方的都市,也有着各种各样的小咖啡馆,扶梯是铜质镂空的,乐手们吹着忧伤或者欢快的曲子。那里的冬天有时也会下雪,雪夜常常也很凄凉。人们看着那位来自东方的穿着黑丝绒旗袍的神秘女子,她就坐在那座临水而立的古老的咖啡馆里,那可能是影片结尾的一场戏,镜头拉得很长,一切仿佛有着戛然而止的意味。

她侧耳倾听,那是一段萨克斯的独奏,那声音具有一种挟卷一切的气息。窗外传来阵阵涛声。她看着那座桥,看得出外面风很大,鸽子的羽毛被雨打湿了,它们在风里轻微地打着旋,它们也感到冷,咕咕叫着,但叫声与叫声之间要相隔很长的时间。她看到桥面上走过几个人,打着伞,后来就空了。但桥下的水域是辽远的,它们是大洋的一部分,深不可测,它们甚至能够吞没整座城市与乡村,把那些响着钟声的教堂、带尖顶的海边咖啡馆、那些树林、田野、牛羊统统裹挟而去,不再复还。她看着那座桥,桥下的水面翻滚着波浪。

她看得如痴如醉,就像一个深深陷入情网的人。她的眼睛,如痴如醉的眼睛。

鸽子在叫了。咕咕……咕咕……鸽子的叫声很寂寥。人们非常惊讶地发现动物竟然也会发出如此寂寥的叫声。咕咕……咕咕…

下雨了,在威尼斯,雨水落在辽远无际的洋面上,没有声音、没有形状,她看着它们,如痴如醉……

俞芝大概是醉了,她一下子讲了那么多话,无边无际,无休无止。她再也不对萧梁提出什么疑问,仿佛就在突然之间,她的心里有了定数。她甚至笑咪咪地看着萧梁,她看着他,对他诉说往事。

他们就像两个酒鬼一样地谈着话,什么都谈,就是不谈内心,但其实字字句句又都是心贴着心肉贴着肉的。他们时常发出一些微醺后响亮的笑声,把自己藏在了这样的笑声后面——因为她知道,她的心其实他早已是知道的,她不能谈,他也无法说。他们甚至还说一些相反的话,但她是懂得的。她的眼睛在黑暗之中。她甚至希望他不要说,好让她活在对他的苦衷的刻骨体恤与悲悯之中,这样的体恤与悲悯,就如同针刺,血淋淋地直把她扎出血来,却能让她忘记掉那真正致命的痛——那是她想也不能去想的。

她看着他,没有说,她还是同样的什么也没有说。她只是对他诉说往事,不说其他的,她终于还是不说其他的。她说在彼时,在彼地,在彼刻,她只是要让他知道,在她对他倾诉的往事里,他早已经无时无刻无处不在。她已经有些疲惫了,但她仍然还在诉说,她已经肝肠欲断,痛不欲生。但就在这一刻,他嵌入了她的生命。是的,他们行将分离,冥冥中早已注定他不属于她的将来。而这"在场"也终将成为痛彻心肺的瞬间与回忆。所以,那发自内心最深处的、惊喜万分却又恐惧万分的"就是他!"终于演变成为另外的一种表达。

当然,这也已经无关紧要了。

他已经嵌入了她的生命。所有的疑问,所有的遗憾,在突然之间,全都成为了一种多余与必然。就连生命也是可以成为多余的,剩下来的是呓语,灵魂的呓语。这种呓语划破时空,补偿了生之有限与生之遗憾。

他们甚至还相视而笑了。两个肝肠欲断的人的微笑。

我们知道,上海的晚上满街都是灯火橱窗,霓虹灯也总是晶莹可爱。乍看上去,简直就是一个玩具世界。俞芝和萧梁喝了酒出来,他们都有些喝多了,走得跌跌撞撞。特别是俞芝,她扶在街边的一面墙上,她呕吐了。风很大,喝多了酒,又吃了冷风,这样的情况总是会引起呕吐,这常常无可避免。

街上有人在吵架,一男一女,骂得很难听,两个人甚至还推推搡搡打了起来。有几个人在围观,这样晚的下雪的夜里也有人还没有回家,也有人正在街上游荡。他们看到一对男女正在吵架,吵架声在寂静的深夜里显得格外刺耳,人们驻足而立,感到这事情虽然不成体统,却也有些趣味。人们看着看着就偷偷地笑,或者皱一皱眉头。但不管怎样,这样的情景也是司空见惯的,再也无法引起人们长久的兴趣与好奇了。倒是俞芝与萧梁,他们相扶着、跌跌撞撞地走在上海圣诞夜的街道上。他们看上去有些狼狈,雪花翻卷着落在他们的头发上、眉毛上,和冻得有些发红的鼻尖,他们都喝醉了,因此显得有些旁若无人。他们就像这世界遗留下来的唯一的一对恩爱男女,他们旁若无人地走在上海的霞飞路上,嘴里轻轻地呼唤着对方的名字。

人们都觉得冷了,风真大,真正的冬天在圣诞过后即将来临。虽然是处于亚热带的临海城市,冬天却依然是寒冷的,雪日过后便是冰冻,即便太阳已出,融化冬雪也将需要挺长的一段时间。人们将会小心翼翼地出现在结了冰块的大街小巷上,抱怨着冰雪给交通带来的不便。但他们现在还暂时不知道这些,他们已经睡着在了温暖的家里,门窗都紧闭着,床边的椅背上随随便便地搭挂着一些色泽浅淡的羊毛衣裤。那些衣物散发出一种非常好闻的体味,仿佛暗示出这寻常人家男女相亲相爱的温热与悠久。

这时,俞芝和萧梁却漫无目的地走在霞飞路上,他们已经完全迷失了方向。雪化了,雪化了就迷了他们的眼,大街上已经人迹罕至,吵架的男女也走了,也回了家。但他们没有,他们无处可去,那个吹奏萨克斯的老乐手也走了,城里所有的咖啡馆与小酒店都已到了打烊时分,他们却还在走着,手牵着手。

我们已经说过了,这是一个冬天。俞芝们和萧梁们的故事常常是发生在冬天的,虽然很少有人会真正明白到冬天的美,他们总是希望冬天早日过去,春天快快前来。冬天是封闭的,就象他们的心。那些心里其实都写着这样的诗:"死生契阔,与子相悦,执子之手,与子偕老。"至少在这样一个瞬间,在这样一个平安夜的晚上,那是能让所有的良善之人都落泪的啊。平安夜的俞芝在平安夜的晚上遇见了萧梁,他们手拉着手走在霞飞路的街头。街上闪动着节日的霓虹,他们在街边还看到了一个流浪艺人,艺人拉着胡琴,琴声让人感觉凄凉。街上已经很冷了,已是深夜,又下着雪,但这下着雪的冬天却让他们感觉到了一种安全。他们在雪夜的大街上彼此相视——他们觉得他们的眼睛也在做爱,那是一种比他们的身体更为疯狂而绝望的做爱。他们在各自的眼睛里看到了地老天荒,看到了死生契阔,也看到了行将绝别的可以令人死去的凄凉。

平安夜所有的钟声此刻已经敲响,不可避免的告别时分终于前来了。她站在路口,僵立着,她知道他在看着她,她也听到了自己心里的声音,带着哭音要奔他而去的,要告诉他这么多年,她其实只是在等着他。她吃了那么多苦,其实只是注定了要在这儿、在这个时刻遇见他。她的欢颜、她的还没有老去的身体与灵魂只是因为要在此刻与他相逢——

但是她没有,她笑了笑,对他说,好了——

你们有没有看到过上海平安夜的焰火,铺天盖地的在天上放射开来,形状各异,灿烂纷呈,就像是中国的新年。孩子们都睡了,他们沉在梦乡里,没有看到那样的明丽与绚烂,所以说平安夜的焰火有时也是寂寞的。它们亮了,很快便也湮灭。但就在那些如花开放的瞬间,它们寂寥而又疯狂地告诉着我们:大的节日就要来了。